长此以忘

Learn To Let Go

张秋寒·著

北京联合出版公司
Beijing United Publishing Co.,Ltd.

图书在版编目（CIP）数据

长此以忘 / 张秋寒著. -- 北京：北京联合出版公司, 2018.3
ISBN 978-7-5596-1433-9

Ⅰ.①长… Ⅱ.①张… Ⅲ.①长篇小说－中国－当代Ⅳ.①I247.5

中国版本图书馆CIP数据核字(2018)第007897号

长此以忘

著　　者：张秋寒
责任编辑：张　萌
装帧设计：格·创研社

北京联合出版公司出版
（北京市西城区德外大街83号楼9层　100088）
北京联合天畅发行公司发行
北京京都六环印刷厂印刷　新华书店经销
字数180千字　880毫米×1230毫米　1/32　7.5印张
2018年3月第1版　2018年3月第1次印刷
ISBN 978-7-5596-1433-9
定价：36.80元

未经许可，不得以任何方式复制或抄袭本书部分或全部内容。
版权所有，侵权必究。
本书若有质量问题，请与本公司图书销售中心联系调换。
电话：（010）64243832

自序

锦灰堆

有时候，也会想，自己真的没有做另一种人的能力吗？

打牌抽烟喝酒，应该学一学就会的。耽溺于体育频道的有形竞技与时政方面的无形竞技，似乎也不是难事。或者，娱乐的同时兼顾生财，比如那些时时刻刻都聚精会神地留心着风吹草动的人们，一边手捧平板电脑刷着股票基金期货贵金属行情，一边问候着空气与尘埃的母亲。

可是，就是不会啊，只是低头写细小的字，像个一辈子都和针脚打交道的缝纫工。

外人更愿意把时间花在名利场的交际上，或者寻欢于温柔乡。他们从心底嫌弃这个行当的穷酸无聊，同时还逼真地自叹弗如，说："真是耐得住寂寞啊。"

寂寞不需要忍耐，不需要挨。倘若话不说这么满，那就是——偶尔才要忍耐，才要挨。寂寞是伴侣，长期的磨合使双方具有不俗的默契度，偶然的错位才会出现"忍耐"和"挨"的局面。错位的幅度决定着或大或小的后果，这与寻常人家的饮食男女发生口角陷入冷战甚至大打出手别无二致。但多数时候，寂寞眷顾着写字的人，写字的人也迷恋着寂寞。就像男女常态的相爱。

以爱为喻实在是庸俗，好似古往今来写爱的文艺作品也在各自的时代里泛滥成灾。乐府情诗花间词，能诵能唱；传奇话本杂剧，能读能演；到了民国时期，郎情妾意的题材除了汇成风生水起的鸳鸯蝴蝶以外，更是在银幕上大行其道。

归根结底，爱是人类最朴素的理想。不得爱者，盼它光临。已得爱者，愿它常驻。

带着山高水长的期望，那些源远流长的故事都被冠以青梅竹马、破镜重圆、凤凰于飞、琴瑟和谐的面目，而对现实的疮痍有本能的抵触。像是不满《莺莺传》的遗恨哀伤，遂二次创作成花好月圆的《西厢记》。

上一部长篇小说《铅华》写成，已是七年前的事了。这一部动笔在三年前。动笔之初，我没有想到会用这么长的时间。这期间，它曾被空置很久——自我感觉需要回想写这本书的初衷，让它在逼近结局的过程中凸显，再逐渐消弭。

慢慢地，就想起来了。我最早是想写一场"不对"的爱情。说"错误的爱情"太笼统武断，它不是错，只是不那么对。对的爱情太多了，不对的爱情也多，只是看起来不值得描摹，仿佛一张曝光报废的胶片，不值得动用暗房冲洗。

一见倾心，扶持前行，爱成大业，这样的爱固然值得歌颂，可永垂不朽的只是很小一部分。那些狭路相逢、荒腔走板、一败涂地的爱即便真是反面教材，首先也该被翔实记载。

这个故事说的就是后面这一种。看起来的确是不够美好，却禁不住这样的故事总是如风一样在城市里来回萦绕。

丝丝缕缕的想法，已借助每一个角色之口做了表达，再过分赘言就很无趣了。其实许多事也都是说不清楚的，模棱两可的，于是这一方戏台上，生旦净丑，各自吟唱，水袖交错，旌旗堆叠，一片乱舞纷呈。

华美的并非浓墨重彩，而是这一段最好的时光。似水流年，锦衣霓裳，付之一炬。回头看去，依稀还有愁惨的火痕。人生自然还长，步入新的阶段，祈求涅槃。只是遗民都喜爱在月下踱步并寻找，执着地幻想着冥冥的风烟消散后，依稀还能隔空看见他们曾经的王朝。

张秋寒

2017 年 5 月

第一章 尘泥渗漉 001　　第二章 似水过石 031　　第三章 春露华浓 057
第四章 鹤影流沙 085　　第五章 月轮移去 101　　第六章 昨日欢颜 123
第七章 向隅承恩 151　　第八章 烟花当头 171　　第九章 海上舟痕 193
　　　　　　　　　　　第十章 忽如远客 209

CONTENTS
目录

第一章 尘泥渗漉

没进门,他就听见楼上传来了朔祺的声音,那种听的人都觉得喉咙疼的公鸭嗓。陈寰简直想掉头走人,然后打个电话告诉爱祺,说外头有饭局。只是也不能总躲,久了,他们郎舅之间难做,于是仍旧笑着上楼:"大哥来啦。"

朔祺在灯下抽烟,烟雾缭绕,面目可憎。爱祺不敢说他,她那副口才仅限在陈寰身上施展。有一次他没洗澡,她竟然都可以扯到孩子身上,说对胎儿不好。

朔祺掐了烟,咧嘴笑,露出一口黄牙:"你今天下班晚啊。"应该是来了好一阵子。

"稍微有点事的。怎么就你一个人?喊大嫂子和小大一起来吃饭啊。"

爱祺把菜端上了桌,远远地责备他:"管琥都多大了啊,你还小大小大的。"

朔祺打圆场："欢喜他才这么喊的。"

吃饭时,陈寰陪着喝了二两小酒。朔祺问："这一个才几天啊,两三个星期吧?"

"我说还可以。"陈寰碰了碰朔祺的杯子,"爱祺说她做事不利索。"

"中介刚才又打电话来,说有人,我直接回掉了。搞得家里跟厕所一样,什么人都能来来往往。"爱祺讲话酸,手脚并不懒。有保姆的时候,她也没闲着,一半以上的家务还是她亲力亲为。

"你这么想,旁人还以为是陈寰小气。那么大的老板,倒不把福给太太享。"

陈寰估计他在半分钟之内就要点题,果然朔祺装作好像是自然而然引到接下来的话题上的样子,慢悠悠地问道："大老板哪,爱祺跟你说了没?小大的事?"

"说了,你不来,这几天我也要去找你。"陈寰放下筷子,让自己的样子看起来也是严肃对待般的。

"是管琥自己的意思吗?我问了做这行的几个朋友,说现在苏城的仪表并不好做啊。市场被台湾还有国外进口货夹起来,紧得很。线上的渠道也差,还是要靠销售自己去跑。僧多粥少,客户自然就挑,价钱比前两年差了两三成……"

"哦?是吗?"朔祺听得出他是精心准备的,"他小子心血来潮,谁知道脑子里装了什么糨糊。只是我跟你嫂子也没大本事,要是能找到好差事,早让他滚蛋了。"

"要光光是解决工作的话,倒不难。他要真是对这一行感兴趣,倒也不是不可以。先让他去我朋友的公司看看,了解了解,熟悉熟悉。我介绍过去的,薪水总不至于太低。"

朔祺走后，爱祺说："不借就不借，我也没说一定要你借给他。只是你这样，未免太戏弄他。只是介绍一份工作的话，什么人不能介绍，用得着来求你？"

古话虽说是授人以鱼不如授人以渔，只是现在的人懒，不稀罕那个三点水，直观更显交情。陈寰换了睡袍，拖鞋在木地板上沉重迟缓地荡过，听得出很疲惫。

"一拳打不出一口井，一口吃不下一个饼。小大有什么天大的本事一上来就开公司？凭什么？凭他退学后在那个红灯会所里不到一年的拉皮条经验？"

"你讲话还能不能好听点？"爱祺把叠好的衣服重重地朝床上一摔。

"乳臭未干，心倒是很野。"陈寰想了想，说，"未必不是管朔祺的点子。"

"他又碍着你什么了？"

"到人家的公司，左右还是打工。父债子偿，指望那点工资，哪一天能把钱还上。所以就想自立门户，可他也要看看他儿子是不是那块料。上梁不正下梁歪，爷儿俩一个德行。"

"陈寰，我给你脸了是吗？你今天怎么回事啊！"

刚才的一点酒意忽然飞散无踪，陈寰醒过神来，说："睡觉。"

过了三两日，爱祺母亲来了，倒没说什么难听的话，只说过几日是老爷子的祭日，提醒他们小夫妻扫墓上香。末了哭了几句，也是并不高明的做戏。

老人的三观里，没有谁能真的手无寸铁白手起家。陈寰与爱祺相逢之初，手里虽有一点闲钱，算不得微时，可也只能算温饱无忧罢了。没有爱祺父亲的那四十来万，难说能发迹直至今日辉煌。老爷子如果在世，大概想着，还不如全都给了女婿，本大利宽，赚足了，分点股份给儿子也不是难事，谁知道儿子这样不争气。富不过三代，该到他管氏这一脉塌陷了。

爱祺母亲抽泣着，莹莹的老泪提醒着女婿，别忘了先翁的恩德。

晚间，陈寰填了一张支票给爱祺，说是他目前能做到的极限。

朔祺之前根本就是狮子大开口。这只是个零头，爱祺不好意思去送。陈寰说不送就算了，说完就把支票撕碎了扔进纸篓。隔日晨起，爱祺想明白了，又让他填了一张，另拿私房壮了壮，唤她哥哥来取。

又过了一阵子，陈寰听到了消息，说管琥被扣在了澳门几天，朔祺带着钱去赎人了。爱祺当时在整理妆台，听见了，只是从镜子里扫了他一眼，并不震动，许是早就听闻，只是没有告诉他。

陈寰问："怎么没有来找我们？"

爱祺说："也不是全苏城就你一门亲戚，大嫂子娘家也不缺有头脸的人。"

陈寰信以为真。到月底，给爱祺还信用卡时，才真相大白。顾念她有身孕，陈寰没有发作，只是好几天与她没有话说。一天吃早餐，爱祺忽然说："就帮他这最后一回了，下不为例。"陈寰慢慢地卷着培根，点点头。但他知道这是不可能的，她的最后一回已经有太多回。他也不是不能理解，他姐姐有时用钱要看丈夫脸色，他也时常私下支援，只是他姐姐接受慰问就能安于本分，从没有像朔祺一家这样作践，一味拿自己作舅太爷，鼻孔朝天，等着属国进贡一样。

爱祺说："我们家不是没有过钱，我哥哥不是没硬过腰杆，也不是什么了不得的事。他虽然今天没钱了，可知道常常来看我，和我说话。你是有钱，可你活得累，整天奔着钱去，家里也不顾，没了感情，又有什么趣。"

陈寰一时之间不知道该如何反驳。

这天，爱祺让他到阁楼里找她母亲以前送来的一沓子棉布。陈寰问是什么棉布，什么颜色的。爱祺说："唉，你都不留心。我烧完饭自己上去找吧。"陈寰追问是什么颜色，爱祺说有三种颜色，水绿的、宝蓝的，还有粉红的。她打算拿来做尿布。

阁楼的灯似乎比往常要亮，"啪"一声打开，小小的世界看起来明晃晃的。

他朝楼下喊："你换了灯泡了？跟你说了多少次，不要做这些危险的事情啊。"

爱祺的话音在蔬菜下锅的那一声乍响中听不太清楚："指望你到什么时候呢……"

陈寰在一个老床头柜最下面的那层抽屉里找到了她说的棉布。一沓三种，用塑料袋包得好好的，是爱祺请她母亲挑选来做枕套用的。

爱祺遗传了她母亲的一手好针线功夫，她母亲也是一直这么教导她的："科技再先进，女人针黹功夫好总是不坏的。"所以客厅的角落里到现在还停放着她母亲赠予她的古董陪嫁——一台蜜蜂牌缝纫机，是当年她外婆给她母亲的。

不过年终抽奖，爱祺抽到了床品，枕套也就没做。

临下楼前，陈寰看到角落的衣架上挂着几个他们以前用过的包。他不大上阁楼里来，不清楚这些陈年八代的东西爱祺怎么还收着。里面有一个人造革的单肩包是他的，皮都脆得翻卷了起来，假得很。他忽然拿了块抹布聊有兴致地把它上面的灰掸了掸。只是年深日久，拉链很钝涩，拉了半天才打开。里头有他以前的笔记本子，翻了翻，竟然有不少重要的内容。

他把包彻查了一遍，最后在暗袋里翻到了一张这个城市的第一代公交卡。卡套上有一张大头贴，具体拍摄于哪一年他记不清楚了，但的确已经过去了很久很久,久到需要用"年轻的时候"来形容。

他突然意识到自己不再年轻。

一个已过而立之年的男人,一个成家的男人,一个即将做父亲的男人。让"年轻"来审判这些条件的话,几乎每一条都是死刑。

大头贴上的女孩子也是年轻的。是的,是女孩子,假如说成"女人",对大好年华简直是种冒犯。她扎着马尾,头发梳笼得很整齐。这个发型的讨巧之处在于永不过时,和男人的圆寸是一个道理。大头贴太小太模糊,于是在这张照片上,对于她和他来说,凭轮廓能还原的信息只有发型这一样了。他想,那个年代真落伍,拍点东西要在机器后面排那么久的队,拍出来的东西还这么不堪,花花绿绿的边框,大吹大擂的背景,以及他们自身的丑态——像是剪刀手之类的手势。

但他又感激这笔意外的财富。毕竟,追忆往事的心情里,这些资料再笼统,再庸俗,总还是聊胜于无。

爱祺在喊他。他关了灯匆匆下了楼。

在暗沉的楼道里,他的手劲差点把公交卡握断。只是换作任何人也都会握得很紧,那是人一生里最好的十年时光,若能有从头来过的机会,应该把每一刻都握着过,每分每秒都掂量着过,让光阴从指缝里筛着过,过成那种所谓的细水长流。

大头贴上的女孩子叫周玺芝。写在纸上,很漂亮,也很大方,还带着一点从容不迫的古意。念出声也是美好的,平平仄仄,仿佛在推敲着宋人的词牌。

陈寰也没有拖她的后腿。个头、貌相、才华,各样也都是配套等称的。女的也好,男的也好,学校这个地点也好。人和地利占尽,唯独时间不好,是毕业的那年夏天。好像冥冥之中,相识就意味着告别。

当时,物流的车停在宿舍楼前的广场上,车头的大喇叭里发出的也是苏城口音:"还有没得发货的啊,还有没得发货的啊,抓紧时间,抓紧时间。"

陈寰看钟涛还在纠结,劝道:"扔硬币吧。正面留下,反面回家。"

钟涛照做,最后是正面,便又磨叽上了:"三局两胜好了。"

陈寰笑了笑,说:"回家吧。"

他很清楚钟涛的性格,大四最后一年的最后一个月都不愿意出去实习,每天盼着家里头汇钱,收到钱如数奉献给后街的网吧。他要是不想回家,就不会提前把包裹整理得那么俏正。

陈寰说:"我下去买饭,帮你寄了吧。"

钟涛有不舍之意,陈寰说:"少跟我煽情啦,猴头和老陶马上回来,你哭给他们看吧。"

烈日当头,陈寰问物流师傅怎么不选个阴凉的地方停车,非要在广场中心蒸桑拿。"这块地方你们四面宿舍楼都能看到啊。"师傅又说,"小年轻,你马上出了校门就晓得钱难挣咯。"

陈寰刚要走,却听什么东西开裂的声音——是个女孩子装被褥的包裹撑炸了线。

"你这个袋子容量有限哎,我的乖乖,装上三床被子啊,怪不到的。"师傅说,"你搞两个袋子扎在一起没得事啊,我算你一个首重好咪。"

陈寰说:"军训的时候学校不是发过一种专门装被子的迷彩滑雪布袋子吗?"

她说找不着了。

陈寰说:"那你在这等等吧,我拿我的给你。"

陈寰走后,师傅问她:"你们是同学啊?"她说不认识,第一次见。

"那你不要搭他腔哎。"

"啊?"

"哎呦,你们还学生呢!老师没教啊,无事献殷勤,非奸即盗。"她笑笑,用手扇风,说:"我看他不像。"

陈寰回来了,帮她理好了堆上车。

她问他吃饭了没有。陈寰笑着说:"你回家的人还怕欠我人情吗?"

她问:"你留苏城啊?"

陈寰点点头。

"男生,留下蛮好的。"她坚持请他到食堂吃个饭,"饭卡里还有几十块钱余额,赶紧用掉算了。你卡里留点钱无所谓的,以后路过学校可以进来吃个便饭,外面的饭比学校贵多咪。"

他们在小食堂点了几个菜。等菜的过程中,她自我介绍了一下。

陈寰问:"什么喜?喜欢的喜吗?"

"玉玺的玺。"

陈寰先是迷迷糊糊点点头,后来憋不住扑哧一声笑了,说:"玉玺的玺怎么写来着?现在真是提笔忘字。"

周玺芝也笑他,说你真是文学院的吗,太可怕了。

她说"尔",就是"你"去掉单人旁的那个"尔",下面加一个玉石的"玉"。

"哦哦,你的宝玉。"陈寰这样解释。

菜来了。水芹炒香干、鱼香肉丝、麻婆豆腐,外加一个排骨汤。周玺芝问服务员:"海带呢?我让排骨汤加海带的。"服务员说后厨可能忙忘记了。周玺芝说:"那你端回去,让他们加了海带再送过来。"陈寰说算了吧。周玺芝不听劝:"他们就是看你是毕业生,处处打马虎眼。

好在我也是这个态度,反正要毕业的人了,也不怕得罪谁。"

陈寰问:"怎么都要回老家呢。你老家是哪里的?"

"河婴,听说过吗?"

"怎么没听说过,我有个姑姑,家就在河婴。"

"女生跟男生还是有所不同吧。女生嘛,工作大差不差就行了,以后结婚生小孩,反正都是那么一回事,求的是个安稳日子。男生在外头打拼打拼还是有必要的,不单单指赚钱哦,各方面都会有好处的。"周玺芝说这番话的时候,一直低头夹菜,可又不夹走,筷子在盘子里拈来拈去。就像她这个看起来有点矛盾的人一样,有时锐利,有时柔软,有时前卫激进,有时落伍退缩。但是这些矛盾又能阴错阳差地达成和解,在她身上得以共生。

吃完了饭,他们走到楼下,脚步都变得迟缓。

陈寰知道,他们的缘分就止于这顿饭了,他恐怕连个回请的机会都没有。他在想,是不是该要她的电话,但是"要电话"这件事向来是有着公认的深层含义的,尤其是初相识的陌生男女之间。他不清楚周玺芝心中所想,他不了解她,不排除她就是这种性格,别人稍有恩典,赶紧想法还回去,彼此不拖欠。吃饭是最省时省事的办法。他要是张嘴要电话,她会表示奇怪吗——什么?电话?或者,就是要到又如何,她是要回家的人了,她说她要回家结婚生小孩。她的未来规划得有条不紊,他何必搅乱她的秩序。

结果就什么都没讲,各自回了宿舍。这个结尾真的显得非常仓促,因而失去了美感,他们的这场际遇也就担不起"邂逅"这样华丽的词。

三天之后,陈寰不再为这个潦草的收梢感到怅惘。世上真正完美的人生初见又有多少呢,即使初见完美又能如何,还不如把好感省着点花,用来打点日后的岁月,能处处都保有一些惊喜。

宿管在喇叭里喊:"二〇八陈寰有人找。二〇八陈寰有人找。"

他下了楼,见周玺芝坐在大厅长椅上。她梳着非常整齐的马尾,漆黑光亮犹如一条鱼。穿着白色圆领的波点短袖衬衫和藏青色绸质阔脚裤。脚上是旧的夹趾凉鞋,反衬出一种闲适的不羁之意。

"唉哟,找你费了大事了。"她走过来,笑盈盈的。

她知道他的名字,但是不知道他的宿舍号。徘徊了半天,宿管急中生智,说你不是来送袋子的吗,袋子里面有统一的编号,你报给我。

陈寰很吃惊,说:"不是吧,你又让家里人把袋子寄回来啦。"

周玺芝先是不作声,后来又笑着说:"让他们连着寄回去的被子一起寄回来的。有个朋友在这边介绍了份现成工作给我,就先不回去了。"

"这一通折腾啊。"

他们去餐厅的老位置吃饭,吃到半路,一个浓妆的女生自顾自地在周玺芝身边坐了下来。周玺芝无意看了她一眼之后,"啪"地拍了一下她的大腿。

是她舍友殷璎。

殷璎涂着非常浓的睫毛膏,以至于不太看得清眼白的部分。她只要了一份凉拌黄瓜,所以嘴上发亮的应该不是油而是唇彩一类的东西。她里面穿着一件吊带宝塔裙,外面不相宜地罩了件男款的白衬衫,是用来遮阳的。但这保护层似乎没什么作用,她并不白皙,最起码和周玺芝坐在一起是不显白。当然,她上周和她的佟先生去夏威夷度假,天天沙滩日光浴,也免不了要晒黑的。因为没有及时赶回来参加答辩,所以院里不打算给她毕业。殷璎倒一点不担心,她是以我行我素在院里闻名遐迩的。这件事到最后免不了又是佟先生出面,她走上层路线解决麻烦已不是一次两次了。

殷璎的声音很糯软,陈寰想她应该来自江南。

"男朋友哇?"

"你瞎讲什么哦。"周玺芝抬起胳膊杵了杵她。

陈寰笑了笑,说他们刚认识。

"不可能,光我看见就是第二次了吧。"殷璎说。

周玺芝和陈寰对视之下都笑了,说巧了呗,都叫你看见了。

殷璎问:"四年守身如玉,临了晚节不保,是怎么个意思?是不是抓个壮丁好帮你搬家。"

周玺芝毫不示弱,当即揶揄她:"是的呀,哪里人人像你这么好命,专车接送,足不沾尘。"

殷璎不说话了。在干净的男孩子面前,再佻挞的女孩子也有握瑾怀瑜的心,那些乌糟事万万讲不得。

陈寰对周玺芝说:"没问题啊,我帮你搬好了。"

周玺芝问:"你呢,你自己不要搬吗?"

陈寰就解释给她听,说姐姐家在苏城,他零零散散差不多已经把大件儿都拾掇过去了。

周玺芝说有亲人在身边真好。

殷璎劝她:"没谈就谈,谈了就好好谈,处理好姑嫂关系,以后隔三差五还能上门蹭顿饭。"周玺芝只有捶她。

这次分别前,周玺芝主动给他留了电话。殷璎诧异,说:"你们原来真的刚认识啊,怎么好像结交了八辈子一样那么健谈?"

周玺芝第一条短信发来时,陈寰正在他姐姐家。

陈缘和黄骥文可能刚刚吵完架,一个在卧室叠衣服,一个在客厅抽烟,一直不讲话。六十平方米的小户型,两个人一里一外倒像隔了十万八千里似的。陈寰来了,陈缘觉得自己不再势单力薄,吼了一声:"滚出去抽。"

黄骥文摁熄了烟看电视,又对陈寰说:"毕业照拍了没有?下次带来我看看。"

"人多,头缩得一点点大,也看不清楚。"

"有帽子吧?"

"有,照相的还让大家一起扔飞帽子来了张轻松的。"

"蛮好的。"

陈缘走了出来,皮笑肉不笑的样子,说:"你也想上个大学镀个金吗?现在多的是这种人。演艺明星啦,本来是野鸡艺校出来的,成了名之后履历上清一色只填电影学院研究生,那些戏校也乐意,反正彼此借名声,属于互惠工程。还有暴发户啦,土大款啦,都是商学院 MBA。翻翻老底,恐怕字都认不全的。我有朋友有这个路子,黄骥文你想念啊?花个两三万块钱就能搞定了。"

陈缘盯着他看了一会儿,像是摁到了他的死穴,得意地说:"两三万块钱都拿不出来的人,还做什么白日梦呢!"

黄骥文不理她,对陈寰说:"你坐,我去接青蓝下学。"

黄骥文走后,陈缘慢悠悠地走到沙发边上坐下来,又慢慢躺下,躺得没了正形,像是害大病。陈寰问:"你们又怎么了?怎么就没见你们过过几天清净日子,你们也为青蓝想想啊。"

陈缘没答他,倒问他:"妈说什么时候来?"

"下周二吧。"

陈缘叹气,翻了个身朝里,说:"你把冷冻室里的蹄子拿出来解冻。"陈寰刚要开冰箱门,她又说,"算了,那个等妈妈来了吃吧,今晚我们将就点好了。"

陈缘强撑着站起来,到厨房里去择菜。陈寰说要来打下手,陈缘不让:"都念过大学的人了,还来淘米洗菜的,那跟我有什么区别。"

陈寰不跟她争,乖乖听她的话在客厅看电视,姐弟两个有一搭没一搭地说话。陈寰渐渐地才听明白,是姐夫黄骥文投资失败了,才要听她念紧箍咒。

"我跟他说了那个人不靠谱,以前江东港口没撤的时候,他在那里搞船只生意的,也是名声很臭。说起来是同乡,可是同乡有什么用?在外头,哪个眼里不是只有钱,况且也只有熟人的钱好骗罢了。黄骥文偏生把他当个菩萨一样地供起来,说得他多神似的,又说他在湖光大街有好几间门面,跑不了的。结果呢?也怪我,一时昏了头,又贴了他一点,现在全打了水漂了。九月青蓝要开学,我们又要还贷,唉唉,大夏天的,连个西北风都喝不到。"

陈缘说完开始切菜,笃笃笃笃,陈寰劝她慢点。

"殷璎她人就那样,你不介意的吧?"短信把微微有倦意的陈寰震清醒了。

周玺芝这个短信来的时间有待推敲。照道理,她要有心解释,应该是他们吃完饭之后就发的,拖到这会儿是什么意思呢?是她从吃饭开始就一直和殷璎在一起,所以不方便吗?讲不通的,短信又不是电话,不用出声。还是说,她一直在等他的短信,左等右等等不到,只有主动?

其实这件事压根没有什么解释的必要,不过就是个无用的开场白罢了。开场白都是无用的,都是"女士们先生们"一类没话找话的东西,但是开场白可以开启一场盛大的晚会,又是个不可或缺的存在。

人与人的交流里,那些有内容的、具象的,是信息传达,它们有价值,像是"明天下午开会""四点记得发传真"等等,不过这些你只要记得就行。而那些没内容的、抽象的,就是款曲暗通了,它们更有价值。像是周玺芝的这条短信,看似光明磊落,堂而皇之,实际又语焉不详,突来乍到的,那就需要揣摩了。"揣摩"比"记得"的技术含量要高得多,"记得"只是一根筋,"揣摩"就要拐好多道弯儿方才能阡陌交汇的。

陈寰回了个"这有什么的,没事"。

周玺芝回:"那你是不是喜欢她?男生都喜欢这一款。"

陈寰赶紧解释。这一聊就一直聊到了陈缘把饭菜摆上桌。

"谁?"陈缘问。

"同学。"

"女同学?"

陈寰不作声。

陈缘说:"那裴宝玲怎么说嘛!你答应我要跟她吃饭的,她妈妈也晓得了。她妈妈那个人向来不把人放在眼里的,那天倒细细地问了一遍你的情况。照片也看了,应该是中意的……"

"你以后不要把我照片随便给人看好吧。"陈寰有些生气,倒也不全是生他姐姐的气,看他照片的陌生人更让人生气,凭什么这样单方面地受检阅。

"哎哟,你懂点事好吧。人家真要看上你了,你就赶紧出门朝天磕响头去吧。"陈缘说裴家刚刚又在开发区买了几万平方米的地,打算做木材加工厂。

"提醒他们,注意点甲醛。"陈寰听到了黄骥文的开门声,就走了过去,准备给外甥女一个大大的拥抱。

猴头说学校后街的餐馆这几天夜夜爆满,再这样拖下去,散伙之前就吃不成散伙饭了。老陶说女生都在杏林路那边吃的,或者也可以去试试。

钟涛皱着眉问:"杏林路在哪边啊?"

陈寰不想说他。四十二路坐两站就到了的地方他居然也不知道,他荒废掉的这四年如果用来记记站台也是好的,碰上外乡人也算行善积德。

算来算去,大家后面都有事,就订了当晚。老陶问他们的意思,看是不是把隔壁和对门两个宿舍的也叫上,猴头不同意,说不一定都有时间,凑不齐倒不如不凑。陈寰知道他心里是怕没法 AA，最后变成他们宿舍请大家。不过他倒也不是很赞成，男生这边要是都喊上，必定女生那边会听到风声，一个来了，乌泱泱就都来了，一个哭了，齐刷刷就都哭了。闹得不可收拾，一定又和之前吃学校的官方散伙饭一样。

哭倒不可怕，怕就怕有的人借着点眼泪谋算什么。那么多人，那么多眼泪，很难一滴滴鉴别真伪。

猴头和钟涛举瓶对吹时，老陶问陈寰是不是定下来了要去那家广告公司。陈寰说："形势这么艰难，哪有挑拣的余地，能有人收留就不错的啦。"

其实陈寰自己并不确定，但他怕如果口风不坚定的话，老陶又会怂恿他一起创业。老陶家里条件那样子，合伙的话，必然是他这边拿大头。老陶虽然是做事的料子，但毕竟是初出茅庐，他岂敢下这么大的赌注。

老陶说："系里要失望死了，那么多学生，真正做中文的没几个。"

陈寰说："话不能这么讲，应该是——如果当初不是必须服从调剂分配的话，那么多学生，真正愿意到中文系来的没几个。"

"你一说调剂分配，感觉填专业还是昨天的事呢，真快哦。"

"时间就是用来浪费的嘛。"

夏夜晚八点的杏林路波光粼粼的，黄昏时的一场雨把路面泼得极为匀净湿润。梧桐树窠里藏着橙色的灯火，光线温柔如手，抚摸着路边大大小小的店铺。很多情侣相携着往地下通道那边走，脚步匆匆地从落地窗外织梭般过去了，大约是去看新上映的电影。

陈寰蓦然想起了周玺芝，下意识地看了一眼手机，看是否错过了她的短信。

近日的短信会话，都是她起的头，他最后收尾。这样，每个人接到的、发出的数量都是一致的,收支相当,力道均衡。但相比之下,还是周玺芝供应得更为丰富。

起头是件很难的事,"干吗呢"这种话用一次两次还好,多了,自己都会觉得没趣。好在他每次的回答都让人颇有兴致,比如"在缝纽扣",那周玺芝就会接着说"不会吧,你还有这个本事",对话不会陷入僵局。这些充满想象力的招式是自然而然还是有意为之,他自己也不是很清楚。

陈寰微醺,在这种状态下,不太会喝酒的人往往得寸进尺地求一场酩酊大醉。其实微醺是一种很抓人的感受,和感情上的事殊途同归——肤浅时懵懂不觉,快乐来得容易,可一旦深爱,总是千百倍地叫人伤心伤神。

豪饮之下,又开了一箱,到最后,除了老陶以外,都喝得不省人事。

老陶说回宿舍,陈寰说去姐姐家。老陶把陈寰电话掏出来拨号,打算等他姐姐来领走他之后再护送另外两个回宿舍。

过了半晌,老陶也没打电话,陈寰醉眼惺忪地问他怎么了。

"你认识周玺芝?"他在陈寰的通讯录里看到了这个加了星号置顶的名字。

陈寰如醍醐灌顶,在老陶说他也曾和周玺芝交往过之后。陈寰揉揉眼睛,想着这样的话,就更要去姐姐家了,不然这一夜,宿舍的气氛会非常诡异。

也许是老陶联系过她,连着两天,周玺芝没有消息。这两天里,陈寰也都待在陈缘家。

第三天回到宿舍时,老陶已经搬走,钟涛也回家去了,剩下猴头在扫尾。这时候周玺芝的电话也来了:"你有空吗?我租的房子有钥匙了,来帮我搭把手吧。"

她口气没有一点异样,陈寰倒觉得迷茫。他有了一种从当局者变成旁观者的感觉——看着她和老陶两个人姿态各异地处理着这件不大不小的罗生门。老陶避而不提，周玺芝云里雾里。

陈寰说："那么你在楼下等我吧，防止女生楼宿管还是不让男生进。"

周玺芝笑了："你倒是熟门熟路的样子。"

陈寰说："有吗？我不喜欢掩饰而已。"

周玺芝和同寝室的两个女生一起在老小区澜光公寓租了间套房，陈寰问殷璎怎么不一起。周玺芝说："你倒关心她。"殷璎离群索居，自然是佟先生的意思，和她们住一起，来来往往不方便。殷璎自己也乐意独居，在她的想象之下，若是她与舍友同住，哪天她不在家，佟先生来了，指不定会发生些什么。

周玺芝的东西相比较于其他女生算是少得多了，又用规格统一的纸箱子打包得齐整，上下楼不过四趟就全部装上了车。

陈寰坐在副驾驶的位置，一直有意无意地朝后视镜里看。见周玺芝抱着双臂看窗外，陈寰说："师傅，麻烦你冷气开小一点。"

周玺芝说："我还行。"

陈寰说："哦，我有点冷的。"

周玺芝低下头去不再讲话。

周玺芝她们的房子在三楼。老小区都还是门对门的楼型，在阳台上能看到一楼长满花的院子。房子不大，也旧，好在干净，东西也算齐全。周玺芝的房间是主卧，陈寰说："看不出你还挺霸道的。"周玺芝说不是她要的，没有人要这一间，晾衣服来来回回要从这里过。

陈寰笑着敲了敲壁橱，听起来，木料的质地还不错，主家应该是讲究人。

周玺芝说这个公寓里住的基本上都是老人。地理位置太好，所以政府拆不起,老人一去世,房子就只有租出去,租金还不菲,专用来吸她们这些既不愿意每天来回倒公交,又想下楼就能逛商场的年轻姑娘的钱。

陈寰说:"可以开始新生活了。"周玺芝点点头。

她有点累,她觉得今天和他说话不如往日轻松。她在空荡荡的木板床上谨慎地坐了下来,怕上面的钉子头钩破裙摆。

"殷璎讲你之前都没有交过男朋友?"陈寰问。

"什么?"周玺芝一时没听懂,陈寰倒没有接着发问,周玺芝自己又想了想,说:"是。怎么?"空气突然变得很紧张,像是风口里一匹毛发倒竖的狮子。

"那陶明辉呢?"

"我就知道是他了。"周玺芝迅速接口,几乎是卡着"陶"这个字的节点说的,"他说什么了?你们是同班?舍友?"

陈寰点点头,倚着墙呼出一口气,如释重负的样子。

"我跟他那不叫交往,我从来也没答应他什么。"周玺芝慢慢地坐起来,手里的一柄檀香扇子坏了一片,像是失修的栅栏,留给外人一个入侵的缺口。

"他说你们相处过。"

"选择相信谁是你自己的事。"周玺芝突然变得很愤怒,"你有什么权利来追问我的过去?"半晌,终于没忍住,又补充,"你是我什么人呢?"

他们其实都很清楚,即便没有这一出,也到了问这一句话的时候了。

门开了,周玺芝的舍友们到了。

"来来来,吃冷饮。"崔蔚希的男朋友宁伟抱了一箱冷饮上来,"先吃个冷饮歇一气再做事。"陈寰拿了一瓶,说了句谢谢,下楼去了。

周玺芝关上了房门。崔蔚希见状,让宁伟先去隔壁坐,她和涂悦两个进去陪周玺芝说话。

"这才谈几天啊,就吵上了。"涂悦说。

周玺芝想,他们这哪里就叫"谈"了,他是同样的,从来也没答应过她什么。

陈寰母亲许佩珍到苏城来了。

进了陈缘家的门,她一直不言语,脸色也不大好。陈缘问怎么了,说是在车站弄丢了钱包。陈缘叹了口气,说祸不单行啊,一家里头,一个破财就都要破财,随后又嘱咐陈寰小心点。

许佩珍问他们怎么了。陈寰朝黄骥文看了两眼,说先吃饭吧。青蓝吃完了,陈缘对她说:"你先和舅舅去房里玩。"

许佩珍问到底怎么了。陈缘朝黄骥文努努嘴:"你问他好了呀。"黄骥文只有如实说了。许佩珍幽幽叹了口气,说:"能怎么样呢,碰上这种人,只当买个教训好了。"

这样的宽慰倒不如劈头盖脸骂一顿来得舒服,黄骥文无地自容,说班上还有事急等着做,先走了。他前脚刚走,许佩珍后脚就骂上了:"我又要说你瞎了眼找这么个败家的瘟神爷了。我把你爸爸的话告诉你,以后想要我们的钱,一个子儿没有。什么贷款啦,这样那样的,统统问他家老太婆要去。我也是倒了十八辈子血霉,生了你这么个不争气的东西。"

这些话陈缘早听腻了,只自顾自地收碗,当是耳旁风。过一会儿,入了厨房,陈缘嘀咕一句:"那也行啊,让青蓝改姓黄好了呀,改叫黄青蓝,颜色大全。"

"我怕你呢。陈寰以后找个媳妇难不成也像你这么难缠?老陈家还怕绝后?还得靠你传宗接代了?"

陈寰静静地走出来:"别什么都扯上我,我早着呢。"

"嗯,你早呢!马上再过几年,我六十岁了,还能给你哄孩子呢!"

他母亲见他不省事,调转枪头也说了他一顿。

"你儿子眼界高呢,裴家姑娘都不要,以后我倒看看娶的是哪一国的公主。"陈缘一面洗碗,一面说道。

许佩珍想了想,说:"裴家?裴宝玲啊?那个孩子我也不是十分看得惯。"

"人家银行一个月的利息比你一辈子的存款都多,要你看得惯呢。"陈缘说。

"你也别两眼只盯着钱。"许佩珍劝道。

"也不看看是和谁学的。"陈缘轻松驳斥。

许佩珍又来了火,说:"你做了这么大个错事,我还没说你呢哦,少插嘴插舌的。"又说,"婚嫁的事,还是要看缘分,两个人愿意好才行。我不干预,尊重你们年轻人自己的看法。"

陈缘在心里头冷笑。当初她和黄骥文在一起,不知是谁伙同父亲以及两头亲戚连成一线地阻挠,放话要"断绝母女关系",逼得她在家门口跪了一天一夜。要不是她搞大了肚子,许佩珍能投降吗?但这也是有条件的,青蓝就是条件,非要跟着姓陈,结果生下来又只是女孩。黄骥文母亲不买账,一样也不操心,该在孩子身上花的钱全是他们这一头拿。不知多少人在背后笑她母亲机关算尽太聪明,却没有一样落到好。

她和黄骥文谈一场恋爱真是受死了罪。现在因果报应,他们的日子过得不景气,也多是她母亲来收拾残局。

可不管是她母亲施压也好,还是黄骥文无用也好,她自己总是跟着受苦的一个。亲情的也好,爱情的也好,她从头到尾没有尝到过什么甜头。不公,所以不甘。她难过得要死,便趁机到里间陪青蓝了。孩子也跟着她一起苦命,听完父亲跟母亲吵,再听母亲跟外婆吵。

外间,许佩珍只有逮着儿子一通唠叨,无非还是以后工作的事,结婚的事。陈寰想起了周玺芝,他意识到自己有些过分,也不是过分,只是没有表现出男人的气量。他不清楚,在老陶和周玺芝之间到底是谁说了谎,但他清楚自己潜意识里是倾向于周玺芝的。他们相识的时间虽不及他与老陶的十分之一,可信任有时候与时间无关,更多的是靠感觉。理性角度上,他同样应该信任周玺芝。她若与老陶谈过恋爱,为什么他和老陶一个寝室,未见他露出一丝马脚?她送被袋的那一天,知道他住在二〇八,难道不会觉得不妥吗?唯一的可能就是像她所说的那样,老陶追求她,她未予理睬,他们之间甚至都达不到知晓对方寝室号的程度。

事情也的确如此。老陶和周玺芝在一次朋友聚会上认识,周玺芝当时喝多了,对他所说的那些话只是爱理不理,并非断然拒绝。老陶不懂女人心,以为她醉眼迷离,是将计就计放钩钓他,就死缠烂打过一阵子。最后好事没成,也就没在兄弟们面前提起半个字。

陈寰很后悔,幻想出了周玺芝哭泣的背影,肩膀一耸一耸的,手伸到前面去揉眼睛,只有一条马尾滑落至雪白的后颈——他还从未见过周玺芝哭泣的样子。

陈寰一方面想打电话给周玺芝,一方面又劝自己再等等,或者她可能先有信息来。一筹莫展的某个下午,他在商场里偶遇殷璎。在提锣挂鼓大包小包的阵仗里,她显得纤细狭长。她换了新款的眼妆,那眼线细细地在眼梢飞成燕尾,是古话里"媚眼如丝"的意思。

她说:"怎么一个人,玺芝呢?"好像早就认定他们二人已是情侣。

陈寰答非所问:"逛街逛饿了,要不一起吃个饭吧。"

点完菜,陈寰大致把他和周玺芝的情况告诉了她。殷璎笑了笑,说:"这就是你的不对了。谈恋爱嘛,谈到一定的功夫,男的受够了女人的脾气,冷她一冷,这还带一说。你们这才刚刚开始,你就给下马威,她就是原本想过和你好,也要再考虑考虑了。别等回马枪了,就是有,也是一枪把你钉死在墙上。"

陈寰其实并不想听这些道理,他想知道的是关于周玺芝和老陶的部分。他刚才故意把这一段说得含糊不清,潜意识里就是想引殷璎还原真实的情况。殷璎倒不说,一口一口地啜杯中的花茶。陈寰心急,问:"那他们是谈过?"

"我不清楚,我们宿舍怪得很,不大谈这些个人私事。蔚希和宁伟大一就谈了,我们也是大三下半学期才知道。一个个都是特高课里训练过的一样。"其实这种沉默和隐晦也是从殷璎这里起的头。她和佟先生,别人知道归知道,她自己如何能人前人后夸夸其谈。而女人之间,信息是有去有回的,你讳莫如深,我怎么好倾囊相诉。

殷璎觉得陈寰低估了她的操守,同时也高估了他自己的魅力。她与他不过一面之缘,她与周玺芝同寝四年,何以见得她会背弃姐妹之情沦为那种在朋友背后扇阴风点鬼火的人呢。

"你还是给她去个电话吧,讲得清清白白的大家都好。"殷璎说话间微微望向落地窗外,神色随之微变,话锋也转了向,喃喃自语,"情史这个东西,是丰富,是贫瘠,当事人冷暖自知,外人哪里能通过个把句话就参透了呢。"

陈寰领会了她的意思,却不知道她当时隔窗看见的场景是嘻嘻笑笑的佟先生在电梯上搂着另一位妙龄女子的纤腰缓缓升入更高层。

周玺芝的电话终于在他上完第一天班之后到来。聊完了,陈寰长长地舒出了一口气,想她这个电话来得是如此恰到好处,简直卡着节点,若不来,他下一秒就会忍不住打给她。

情场如战场,也许从来就是这个道理,两兵相持不会长久,总有一方要偃旗息鼓败下阵来。不过输者虽溃不成军,但赢家也未必有获胜的快感,就像这一席漫长的对话结束后,他总觉得,如果是自己率先打出了这个电话,或许能痛痛快快地丢掉近日以来沉重的包袱,无债一身轻。尽管周玺芝的委曲求全成全了他伟岸的高度,让他彻彻底底地享用了俯就的姿态,可恍惚之间,却是天上宫阙,高处不胜寒的。

周玺芝说:"你今天上班吧?"
上班的事陈寰告诉过她,想来这也是她觉得唯一可用的话题,一直挨到这天。
"唉,原来以为业务没熟悉,能歇几天的,谁想到第一天就忙得一塌糊涂。"
"四年了还没歇够啊。"
"人就是这样,勤快最好一直勤快,要是能懒一天,就想懒一辈子。"

絮絮聊了一会儿,气氛松缓了下来,便约了到新世界看电影。陈寰当时正在公车上,挂了电话就下车,一时等不到反向的公车就打了出租,上了车开出去好远又不知周玺芝怎么走,便又让师傅绕去接她,兜兜转转了一大圈,跑了小半个苏城。

周玺芝在她公司写字楼附近的广场上等他,她穿了一条洁白的裙子,衬着橘色的晚照仍旧像个学生。她上了车,坐进后厢,陈寰才觉得自己失策——一前一后讲话不便,电话里才热络起来,这样乍相见,又隔着,还是显得生分。

后视镜里,周玺芝微笑着,眼睛很清亮。大概是小别前他们曾这样一前一后地坐在车里,小别后又是如此,所以给她造成了一种错觉,仿佛她总是跟着他飞驰在道路上,去往无名的国度,杳渺的远方。

在影院,陈寰熟练地买好大桶的爆米花和可乐交到周玺芝手上,说:"你在这儿等我,我去买票,十分钟之后正好有一场,但是要到十点才结束,如果看不下去我们就提前走。"

周玺芝仍是微笑着看他。陈寰问怎么了，她说："你这个人还是蛮强势的。"

陈寰说这怎么讲。周玺芝说他大多数情况下是交代结果，而不是征求意见，事情在他手里都处理完了。陈寰想了想，也禁不住笑了，说好吧。

周玺芝说："谍战片不看到最后怎么能走，怎么知道谁是地下党。"

陈寰说："怪不得殷璎讲你们是特高课的人。"

周玺芝的微笑收去了一些，如暮色微散，说："你最近见过她？"

陈寰顾左右而言他："人好多，我去排队了。"

那场电影他们后来真的没有看完就提前离场了，并非内容枯燥，实在是各自怀着心事坐在黑暗中苦思冥想无暇顾及片中的谍影纷繁。大银幕上自然四面边声，两人心里也很难不紧锣密鼓。他们压根不用再看这场电影，电影里演的是乱世，是风云年代，瞬息万变，沧海桑田的。他们也一样，坠入了爱情，就是坠入了乱世，坠入了风云年代，无形之中就置身在瞬息万变的沧海桑田。他们就这么想啊想，想的东西不全一样，但有一点思绪是异曲同工的——昨日还以为老死不相往来，今天又并肩坐在了一处，可见际遇叵测，实非人力可为。

陈寰的手从暗处轻轻地游来，是月下攀附在橡树上的夕颜，是黛瓦粉垣外窥伺佳人的书生眼。周玺芝知道自己是喜欢他的。

他的秽亵她愿升华，提炼成不忍卒读的美好。这就是喜欢了。

他触到她掌心里涔涔的汗，探过身来，在她耳边呼出湿漉漉的气声："还看吗？要不我们走吧？"一连两个问句，都是征求意见的形式。周玺芝撇过头去笑了笑。

陈寰选择在新世界看，是它离澜光公寓近的缘故，看完电影他们可以步行回去。

出了影院，他们才发现外面已经下过一场雨，连日的干燥闷热得到了轻微的缓解。陈寰刚刚注意到周玺芝脚上穿的是细高跟,便问她走路疼不疼。周玺芝说:"讲实话,有点。你要像电视剧里那样跟我换鞋穿吗?"

"我穿不上,穿得上我真穿。"

"不会啊。"周玺芝当即脱下一只鞋子,"你后脚跟塞不进去就踩着好了,正好这鞋子我不想要了。"陈寰左右看了看,登时满脸通红。他远眺了一下前方的夜市小摊点,说你等一下。不一会儿带着一双泡沫底的赭石色拖鞋回来了。周玺芝说:"你能挑个好看一点的颜色吗?"

回程经过一段无人的小路,他们牵着手,也不讲话,周玺芝趿着拖鞋踢踢踏踏的声音在夜色中格外清晰。清凉的夜风里有晚香玉甘浓的芬芳,来自周玺芝她们公寓里的某个一楼小院。馥郁之中又传来主人低吟浅唱的戏曲腔,词句中说——甚良缘,把青春抛得远!俺的睡情谁见?则索要因循腼腆。想幽梦谁边,和春光暗流转?

陈寰问周玺芝是什么人在唱。

周玺芝听得出神,没作声。等回过头来,陈寰才发现她满眼都是泪水,是桃花瓣上浓酽的白露。陈寰走过去,抱住她。周玺芝再也忍不住,大哭了起来,把手握成拳头,打夯一样地锤他。陈寰搂她紧了些,她脱掉鞋子,站在他的脚面上去够他的嘴唇。陈寰在迷蒙中吻吸到她的眼泪,和常人一样,是咸涩的。她不是夜来的花妖狐媚,是个再普通不过的女子,悲欢亦是普通的悲欢。她自己也说:"你心太狠,而我不是对谁都能屈能伸,我做不了伟人。"

印象中,裴宝玲也说过他心狠的。

那是暮春,莫黛头一回领着她到陈缘家做客。莫黛讲话软软的,像刚刚下到滚水里的芝麻馅儿元宵。

"阿缘,黄骥文呢?"

陈缘给她们端咖啡,说加班呢。
"真忙。"
"穷忙。"

陈缘抬起头打量裴宝玲,她穿了一件艾绿色的雪纺裙子,外罩黑色线衫,和她表姐的粉色装扮搭配起来,显得桃红柳绿,十分明媚。裴宝玲小姐相太足,可能任何女孩子走在她身边都显得丫鬟气,莫黛算是美人了,一样不能例外。可是场面话还是要说一说的。
"黛,你爸爸和你姑姑长得像吧?"
"像的。"
"怪不得,你们表姐妹也像。"
裴宝玲抿唇笑了笑,应该不是发自内心。莫黛倒傻里傻气地说:"我们小的时候,我妈给我们织了两件一模一样的毛衣,去看电影,都说是双胞胎。"

说到衣服,陈缘看了看她们购物归来的战果。其中有条丝巾,做工很讲究,再看看纸袋上的标志,显然价格不菲。莫黛为她戴上,说:"你戴也合适啊,送你了。"
"找话说呢你!我就看看。"陈缘沿着丝绸上原先的折痕叠好了,放进去。
"你总是拘礼。"莫黛说。
"你还不是一样。都要走了才告诉我,我这边小是小,青蓝跟黄骥文睡,挪个地方我们说说话还是可以的吧?给你烧一桌饭还是可以的吧?"以前在邱城念高中的时候,陈缘和莫黛好得很,后来陈缘嫁到苏城来,就少了联系。来苏城前,虽然还未正式转户口,陈缘也没少在她面前翘尾巴。谁想到,今时今日莫黛嫁了邱城的地头蛇,开一辆车,带一辆车,浩浩荡荡地来苏城扫货。她不过生了青蓝,脊背都已轻微佝偻如大雪压枝,莫黛是三个孩子的母亲,却依然神清气爽,粉面含春,纤腰柳摆。

"唉,想想以前上高中一起睡,好像就是昨天的事呢。下次来一定先找你,这次姑姑提前十几天就替我把房间收拾出来了,不去,拂了她的一片心。"

陈缘再看裴宝玲,更生出一种绝望。这个世界上,财富被富人和富人的亲戚们联合在一起垄断了,里里外外富得拉帮结伙。莫黛这表妹不用她细细介绍,她们上学时,陈缘就听说过她父亲的名号。莫黛一开口就是"姑伯伯怎样怎样""姑伯伯又给买了什么什么"。陈缘想,锦上添花如此热闹,雪中送炭怎么就这么难,自己再不济,有个像样的父母丈夫子女,也是好的呀,好歹仗仗腰子。她这就想起了陈寰,一个年年拿奖学金的高材生弟弟,他是她最后的寄望。

陈缘说:"我喊陈寰来,你也好久没见他了。"

陈寰不喜欢莫黛,说她说话有气无力像要死了一样,又说她的名字很奇怪,让他想到胸罩或卫生巾。这话是他上高中时说的,陈缘记忆犹新,所以到阳台上打电话,她也没提起莫黛,只说让他来吃饭。

路上堵车,陈寰来时已近中午,还没顾得及坐下喝口茶叙旧,陈缘就挎上包说出去吃饭。陈寰在她耳边小声低语:"那你让我跑这一趟,还不如直接去饭店。"陈缘瞪了他一眼。

后来陈缘想起这个细节,才觉得,恐怕她弟弟对裴宝玲真的没什么兴趣,见到倾心的人,来路再颠簸也是不会觉得累的。不过裴宝玲这样阅人无数的千金,在她家正襟危坐了半天,一见他,倒流出了那样的话音,也就由不得他了。

"你姐说你念中文。"裴宝玲说。

陈寰说:"命苦,没办法。"

陈缘听见他们说话，便更加靠近莫黛，热聊起来，好做出无暇顾及他们二人的样子，隔离出一个单独的空间给他们。

到了饭店，陈缘问有没有小一点的包厢，就四个人。莫黛说小房间闷得慌，大一点也好，大家坐得宽敞，不用挤挤夹夹的——她一开始就没打算让陈缘做东，最后埋单推让一番，也只是做做样子了。

上菜前，裴宝玲打开笔记本电脑放最新的一部电视剧给大家看。陈缘说："你这个看起来好轻啊，黄骥文单位配的那个跟板砖一样。"

识货的人自然看得出，不识货解释了也没用。裴宝玲没说话，倒是陈寰说："一个美国货，一个国产货，当然不一样。"

电视剧里演到了女主人公寻死觅活要跳江的片段，众人在底下拦着护着。陈寰说："她还没死啊，不是得脑癌了吗？"

"误诊。"裴宝玲说。

"那现在就让她死去吧，太平日子不过，也让别人不安生。"陈寰说得淡淡的，好像死就如同给女士们的杯中斟满饮料一样简单随便。

陈缘轻轻踢了踢他的椅腿。

裴宝玲笑着说："你心蛮狠的。"

说起来像是贬义，实际倒成了吸引人的优点了一般。此后裴宝玲和陈缘也成了朋友，路过她家，上楼喝一杯茶，间或问起："陈寰呢？"

陈缘说他忙毕业论文呢，嘴上是惋惜的口气，心里却窃喜。求之不得最教人悬心。

机缘巧合，陈缘后来又在饭桌上认识了裴太太，先是从莫黛说起，而后落到了陈寰头上点明主题。到了裴太太这个年纪和经历，女儿就算不主动交代，她也看在眼里，清清楚楚如手指上有几个斗几个簸箕。

事情基本上已经过了朦胧的境地，大家俱已明了。陈缘催促她弟弟："什么意思嘛你？人家是稀罕吃你的一顿饭还是怎样。你也讲她长得不错的，其余的，家世学历也没有一样要挑拣的。"

陈寰说姐夫的家世学历也一般啊，你不也跟了他。

陈缘火了："知道就好，你还没看到我的下场啊。"

在八点半拥挤的公交上，陈寰的T恤被一个女人怀中的小孩蹬上了脚印。在对方的连连道歉声中他想，若是没有周玺芝的出现，也许裴宝玲真的是他一条光明的出路。优裕的生活对他来说不是没有诱惑，他亦是凡人，尤其是初入职场的人，碰一鼻子灰之后，要么是发愤图强，要么想守株待兔，悲观之中他知道自己更容易成为后者。

可他和周玺芝赶上了末班车，那么，其他未说的就不必再说，说过的也只有食言了。

第二章 似水过石

殷璎过生日,周玺芝问陈寰去不去。陈寰说:"她没请我啊。"周玺芝说她请我了呀。

入筵席还要以裙带关系,陈寰不习惯,当时就没同意。周玺芝知道他的脾气,也不做要求。当晚回家,屋里黑漆漆的,陈缘之前给他打了电话问是否回去吃饭,当时他以为要和周玺芝一起吃晚饭就让他们自己先吃,这会儿他们一家三口出去吃了。厨房锅凉灶冷,冰箱里也没什么现成食物,他下楼买了方便面回来泡上。

他来姐姐家以后,布局变了样子——青蓝搬进了父母的房间,大床小床之间拉上了一道隔帘,而他就住进了青蓝的房间。二室一厅的户型,房间其实并无大小之分,又都朝南。陈寰觉得如果其中一个小一点,或者朝北,他还踏实一些。这下,同等条件,一边住三个人,一边只住他一个人。他和姐夫关系好,黄骥文也是不计较的人,嘴里心里,都是没有什么叽歪的,姐姐自然更没有,青蓝无所谓,有他陪着玩,怎样都行。他又想,要是他们略嘀咕两句,他也踏实一些。他们越热忱,不分你我,他脚下越虚飘飘地如在云端。

　　黄骥文说只要早上洗漱错开时间,没什么不方便的,其实怎么会方便。陈缘好几天晚上说腰疼不想走路,写了清单让他带着青蓝去超市采买,他买完东西,又带青蓝去吃圣代,玩了好一会儿充气城堡才回家。

　　水不开,泡面嚼在嘴里像半成形的石灰,同时寄居带来的懊恼和微凉之感也让他食不知味。他忽然很想周玺芝,便打电话问她聚会上人多不多。周玺芝太懂他,说:"你来呀,都是熟人。"恰巧殷璎也听见了,走过来听电话,嗔道:"要我下帖请吗?你真是的。"

　　陈寰到了饭店,周玺芝向他招手,从身边的座位上拎走手袋放在身后。

　　"给我买礼物买到现在啊,你这人太客气了。"殷璎也走过来打个圆场,又对宁伟说,"你先替我罚他一杯,用白的,玺芝少来护。"

　　周玺芝托腮看侍应生上菜,说:"我不护,我护他干什么?"

　　殷璎走过去与她耳语了一句,周玺芝立刻捶了她一把。

　　大家都笑。

　　殷璎去别桌招呼了,陈寰扫了一眼最前头的那一桌,上首坐着的应该是传闻中的佟先生。后来散了席,听涂悦她们议论,说殷璎剪了刘海是为了遮掩额头上的伤。她和美院那个研究生来往的事叫佟先生知道了,给了好果子吃。

　　"伴君如伴虎,从来都是这样。她外头看着光鲜,其实很难做的。现在,她想走也走不掉,佟先生不会让她走的,她也没法走,那种一梯一户的房子她住惯了,你现在让她像我们这样,往这种陈年八代的老房子里一蜷,她也蜷不了。"周玺芝说殷璎和研究生也不过是逢场作戏,想气气佟先生。陈寰想,这便是殷璎自己犯糊涂了——在那种境地里,他哪怕养一屋子人,你也得忠心耿耿,没资格以牙还牙的。

"他露面办这么个聚会,是敲山震虎吧?"陈寰问。

周玺芝点点头:"两个人都有点孩子气,真以为是老两口儿一样。"

崔蔚希在前面回过身来喊:"玺芝,带钥匙了没?"

"带了。"

得到回答后她就和宁伟上了的士远去。崔蔚希今晚也喝多了,大概没架得住宁伟的死缠烂打。她一向严谨,很少当着众人面手舞足蹈的。

涂悦弟弟从国外回来了,吃完了饭她就上了火车回家探亲。回到公寓,就只剩下陈寰和周玺芝二人。周玺芝洗了毛巾给陈寰擦脸,两个人坐在阳台上吹风。月亮色泽陈旧,有点往事知多少的意思,让他们这样缔约不久的新人也有了置身亘古的感慨,好像时间的进制比外人扩大了一两位。

周玺芝说:"他们要是嚷着再开一箱,你是不是还陪他们?酒量可以的嘛,我看你现在也不糊涂。"

这么一说,陈寰的眼角倒晕染出了一点胭脂色的温存醉意,说:"你记住,台面上叫得最凶的,一定不是最能喝的。"

"怎么锻炼的酒量?"

"没锻炼啊,遗传我爸。"陈寰望向远处,那里,串烧生意至凌晨一两点都红火异常。他看了一会儿再回过头来,才发现周玺芝脸色幽暗,托着腮,看玻璃门上那个更幽暗的自己的倒影。

"怎么啦?"

周玺芝还没跟他说过她家里的事。她想,到了他们这样的地步,到了这样一个无人的夜晚,有些话大概可以告诉他了。她说她七岁的时候父母离异,父亲去了北方,每年给她们母女汇钱,汇到她上大学为止,就没了消息。他们离婚次年,母亲再婚,继父比母亲小了几岁,是工程师,人很好,对她母亲,对她,也都好。继父有一子一女,儿子刚去了旧金山念书,女儿还小,还在念初中,住她母亲那边,但有时也来家中看他。

陈寰问她怎么说起了这些。

周玺芝说:"没什么啊,突然想到了而已。"

"你们相处得都还好吧?"

周玺芝点点头,说:"之前准备回家,就是他帮忙找的一份工作。"

"也难得了,很多情况类似的家庭,哪个不是鸡飞狗跳的。"

周玺芝不知道该怎么向他表述她心里的感觉。她宁可鸡飞狗跳一点,那种兵戎相见是通俗的流程,不过兵来将挡水来土掩罢了。这样的礼尚往来倒让她不适,你屈膝请和,我完璧归赵,高风亮节之下,假意真心难以分辨,免不了就诚惶诚恐。

陈寰说他太了解这种感觉,又问:"你妈呢,觉得他如何?"

"我妈像是个孩子,任何人在她眼里都是好人。当年我爸跟她离婚的主要原因就是——他发现自己娶了一个孩子。他以前没怎么发现,有了孩子也就是我之后,他发现了这点。"

陈寰说是不是她不能胜任妻子和母亲的角色。周玺芝说:"也不能这样说,就是太单纯。小时候我们去花市买花,她挑了满满一把,跟一个花农说你帮我看一下孩子,我去叫一辆三轮车。然后我就丢了,这种事不是一次两次,换作我是我爸,也会崩溃的。"

"现在的这个呢,介意她这种性格吗?"

"介意的话也不会领证办手续吧。他先来家里住了一年左右的时间,大家互相适应了才走了程序。之前我妈吓得不轻,给我婶婶打电话,说他提出要同居,怎么办怎么办。我那个时候不过小学生一个,都觉得他对方做得合理,不知道她怎么会那样慌张。"

周玺芝忽然又说:"换点别的话讲啦,不说这个了。"

陈寰很冤枉，说："这不是你先提起来的嘛。"

周玺芝想，是啊，这些从没对人提起过的话，好像就是一直攒在那里，等着他来，沉甸甸地拿给他。分享的内容不见得教人舒坦，可和他分享算是一个舒坦的途径。她从来没发现，自己原来也有不容小觑的倾诉欲。

陈寰问："桌上殷璎跟你说什么悄悄话？"

周玺芝乍听还没反应过来，等想起来才低下头去。

"什么？"陈寰追问。

又沉默了半晌，周玺芝说："你真的要听啊？"陈寰点点头。

"她说——你不护他是不是因为酒后乱性更好。"说完了，周玺芝倒不像先前一样害羞了，开诚布公，坦荡如砥，静静地看着他。

陈寰愣了愣，微笑起来。周玺芝看他，在夜色里，他像是半卧在灌木丛中的一只原麇，一下子惊醒，散发着林莽的浑香。

他伸过手来，她搭了上去，好像路修通了，桥造好了，电缆线架成功了，可陈缘的电话也来了。因为安静，周玺芝也能听见那头在说什么。

"吃到现在啊……哪是我催你，妈刚刚给你打了电话你没接，她才打给我了……我哪里晓得，她有多少话是只愿意告诉你的……我晓得了……放心吧，不过，这样的话，你要不要答应我跟宝玲吃饭……好好好，你快点啊，路上看着点儿，夜里头路上全是醉汉……"

说到"宝玲"的时候，周玺芝明显感觉到他握着她的手用力了一下。

"宝玲是谁？"

"我姐夫的哥哥。"他就这样斩钉截铁地撒了个谎，只有避却性别，才能彻底阻挡所有的可能和疑问。这一瞬，他简直觉得自己生来就是撒谎的材料，甚至为了谎言而活。电光火石之间，他竟然还想到，如果周玺芝问为何像女人名，他可以接着往下编——保卫的保，莅临的临。

他失算了，周玺芝什么都没问，只是轻轻地把并拢成荷花瓣一般的手从他汗涔涔的掌中抽了出来，说："很晚了，你得回去了吧，我陪你下楼。"

陈寰一直在说不用，可她还是固执地送他下楼，送他上了车。

许佩珍打电话给他是说考电视台的事。

"你工作安定了，我们就能考虑在苏城给你买房子了。"陈寰疑惑地问她目前自己的工作哪里不稳定了。

"你那个叫什么工作，给老板打工，说把你开掉就把你开掉，许晔前车可鉴，你还看不见吗？"许晔是她的侄儿，陈寰的表哥，在顾城念的书，在私企里犬马一般效力了六七年。一朝楼塌，不仅安身立命成了问题，大鼻子洋老板跑了之后，股东债主倒全部都赖上了他，吃了好几门官司，算得上是无妄之灾。

"进了体制，不说你自己旱涝保收，后面谈对象也方便得多。老秦家的姑娘，麻团一样又癞又胖的人，考上公务员，谁敢说不是香饽饽。"许佩珍听他这边没声音，问道："你在听没有？你爸托了以前的战友，疏通了关系，只要笔试能通过，后面都没有问题的，这事儿我还没有跟陈缘通气，她要晓得有这个门路，指不定也要让我们把黄骥文送进去。哪里是这么容易的？所以你就先别吱声了，好好把书拿出来温习，事成了再告诉她好了。"

"这样不好吧，自家的姐姐。再说了，住在她那里，瞒早不瞒晚的。"陈寰想了想又说，"不过不说也好，假如提前透风，事后不成，倒丢人。"

许佩珍急了："什么叫事后不成？必须成！你老子替你铺好了路你还走不好，还喊崴了脚，那就是你无能。至于住不住在她那里倒无所谓的，你找个由头搬出来也好，她和黄骥文整天鸡飞狗跳的，你哪还能看得进去书。"

如此，中秋后，陈寰便从陈缘那里搬出来，说是离公司太远。陈缘在楼下拦住他,说:"这会儿没别人,你说你是不是有事儿瞒着我?"陈寰心中一颤,正犹豫着怎么开口,陈缘阴着脸又问:"是不是有女朋友了?"

见并非考试的事露馅儿,陈寰放了些心,又想着不如趁这会儿向她说明了,省得她再苦心拉拢裴宝玲,便说了他和周玺芝的事。陈缘听了倒也没有怨声载道,静静地叹了口气,说强扭的瓜不甜,又让他有时间带那个女孩子回来吃饭。陈寰不由得就有些可怜他姐姐,觉得她太累。他同她说:"妈还不知道,你别跟她说。"

陈缘翻了他一眼,说:"当年我跟黄骥文谈的时候,是谁按时按点地给他们转播?也该让我报一回仇了。"

陈寰知道她是玩笑,打躬作揖地走了。

租住的地方在凤凰巷,离澜光公寓还算近,另一间里住的是一对准备结婚的小夫妻,听口音是北方人。虽是同一屋檐下,可也是关起门来各过各的,直到周玺芝上门来玩,陈寰才想起到隔壁叮嘱了一声,若是他母亲过来,不要提女孩来的事。

女的不在家,男的笑了笑,说知道了。

周玺芝踢了踢他床肚里的纸箱子,说:"就堆在这儿?我帮你收拾收拾好了。"又说他的窗帘太脏,要摘下来洗。又说他吸顶灯里蚊虫太多,要取下来擦。陈寰一边誊录材料,一边说她话多,让她躺下休息休息。

周玺芝坐在床沿,单手支颐,一会儿看看他,一会儿看看自己的鞋面,说:"你以后要自己做饭咯,没有现成饭吃了。"

"在外面吃啊。"

"钱多得很呢!"

次日周玺芝又来了,给他买了一台小容积的电饭煲,一人用正好,又带了油盐酱醋和两大包食材,进了厨房卷起袖子乒乒乓乓做起饭来。陈寰想她自己平日里都不做饭的人,必然是雷声大雨点小的,可没过一会儿,排骨浓郁的香气飘进了卧室,他才大步走向厨房。

周玺芝穿了一件鹅黄色和奶白色相间的格子围裙,护袖与它是一套的,下身翠绿的裙摆微微比围裙长出一截,形成了好看的色系。头上戴的是一次性的浴帽,遮油用的,也是很老练的样子。

她一面做事一面吩咐他:"晚上自己去买一个调味盒,把糖盐味精倒出来。蔬菜顶多再吃明天中午一顿,再回锅就没营养了。肉多放一两天倒没关系,热一热也一样吃。"

陈寰耳朵里嗡嗡的,听不清她说什么,只是走过去,从后面抱住她。

周玺芝并不慌张,似乎之前就在等候着他的这个拥抱。她嗓子腻腻的,像是做菜时顺带着也在喉咙里撒了一把糖,问:"他们在房里吗?"

"出去了。看见又怎么样,平时都是我看他们,也该让他们看看我了。"

周玺芝看他像个得意又好胜的孩子,觉得好笑。

傍晚,两个人在房间里并排坐着吃饭,西天暮霭沉沉,楼下的道路传来各种向晚的声音。陈寰吃着吃着转过头来看着周玺芝,一时间有种恍惚,好像二人已经是结了婚的人,而且结婚很久了,是老夫老妻,一直在过这种居家的日子似的。

周玺芝像是也懂他,盈盈地笑着。

此后,周玺芝隔三差五来给他做一顿饭,遇见隔壁的小夫妻就点个头。女人叫万芳,有时与周玺芝二人在厨房开着左右灶头一起做饭。万芳说:"你就别做了,大家一起吃咯,小陈也是一样,拘礼得很。"

周玺芝翻了两铲子,说:"烧饭也算乐趣,当我技痒好了。"

万芳说:"我看你切菜就知道是老手。"

周玺芝笑了笑:"小时候家里人上班顾不上,就学着自己随便搞点吃吃。"

万芳见搭上了话儿,就问:"我听杨业荣说,小陈跟他打了招呼,怎么？你们家里人还不晓得？"

周玺芝关了小火，盖上锅盖，说："跟这火候似的，还没到说的功夫呢。"

万芳说："话是这样讲的，不过男女可不大一样。"她趁着文火慢炖，细细分析给周玺芝听，说到了这个年纪，既与他谈，必然不是学校里过家家的玩意儿。你像模像样，兢兢业业的，两三年时间白驹过隙不费力气。他若一朝翻盘，必然全身而退，你就不同了，虽然看起来也毫发无损，可好年纪就是女人的资本，买定离手，付诸东流，就再也回不来了。到时候他作为男人风华正茂，可同年的岁数，女人就是明日黄花了。

"两头家里人知道，对他也是掣肘，不敢胡来的。"万芳取了调羹舀了一勺子汤尝了尝。

周玺芝说："结婚也有离婚的，谈个恋爱哪还能指望买个什么保险。"

万芳想了想，说这倒也是。

话不投机，周玺芝盛了饭菜回房等陈寰回家。吃了饭，又说了一会儿话，到了晚上靠九点钟的光景，陈寰送她回去。万芳正蹲在卫生间洗衣服，听见开门声，够过脖子瞧了一眼，说："还送她回去啊。"重音若是落在"送"上怕是还好听点，顶多就是女生娇气些。她这腔调倒真让周玺芝难受，像是耳朵里飞进了蠓虫子。

明月洒满夜路，陈寰说："女人年纪稍微大一些就嘴碎了，我记得我姐姐十八九岁的时候也是很文静的，后来渐渐地就啰嗦了起来，嫁了人更不得了。"

"还是分人的。"她说骨子里若是耐不住寡言寂寞，沉默也只是因为没碰上能让她絮叨的人。她把手抄进口袋，夜风明显开始凉了。

周玺芝又说："我看了你的资料书，都还是看到上次那一页，既然准备考，就好好考啦，又不看书，时间都耗掉了。"

陈寰说："看来我是一个能让你絮叨的人。"

周玺芝拿包摔了他的腿一下。

走过城中湖,见远山如眉,月在湖心,秋风吹着秋水,有一种寥落的清旷。树林里有手机屏寂寂的荧光,大约是和情人在通话。

他们在石凳上坐下来。周玺芝想起包里还有一个苹果,便拿了出来,问他吃不吃,陈寰摇了摇头,她自己就吃了起来。吃了两口,他又要吃,周玺芝说你这个人真夹生,陈寰咔嚓咔嚓咀嚼着不说话。

如此这般的小事,说起来还是很美好的。这很难讲,是因为秋天就那么淡淡地过去了,还是因为时节的流转中幸而有爱人在场。

初雪的这一天,陈缘打了电话来,让他带着女孩子到家里吃自制火锅。陈寰左右推不掉,只好给周玺芝打电话,周玺芝倒答应得轻松。陈寰以为她性格如此,不怯见生人。实际上,周玺芝那天回家后细想了想万芳的话,也觉不无道理。而且他姐姐既然早已知道有她这么一个人,迟迟不登门造访已显得小气,正式邀请再不去,未免不近人情。

第一次上门,空手大摇的不好看,给陈缘两口子买东西又显得巴巴献殷勤,周玺芝就给青蓝买了儿童奶和冬季三件套。陈缘笑着接了进去,说太客气了。

青蓝在她母亲身后咯咯地笑。陈缘问:"你知道这是谁吗?"

青蓝点头,可仍是笑着不说。

"是谁啊?"周玺芝弯下腰来亲自问。

她更加朝她母亲后面躲,半响,说:"是舅舅的女朋友。"

陈缘弓起手指轻敲她的脑袋,说:"你知道得多呢!"

黄骥文招呼他们围着坐下。周玺芝坚持要坐在下首,黄骥文说:"这哪还分什么上下席啊,不要拘礼了。"陈缘端着酒精炉来了,叫黄骥文也别硬拉她:"你随他们年轻人自己去,你这样倒弄得紧张兮兮的。"

大家吃了一会儿,陈缘电话铃响,她低头看了号码,说是他们的母亲,大家不作声了。

"唉,吃火锅呢……在呢,谁还敢背着你儿子吃东西,电话给他吗……"

陈寰接过来和母亲说话,虽也专注,可还是分神看着周玺芝。她抿着唇,抿得很深,鼻子都被抿得有些往下坠了,他在那一刻觉得自己待她其实也算不得好。

许佩珍本想说抓紧看书考试的事,顾及陈缘在场,只略说了两句便挂了。这一头,陈寰也只是支吾嗯啊地应答着而已。陈缘说:"娘儿俩说什么呢,天机不可泄露的样子。"

陈寰用筷子挑着粉丝不说话。黄骥文说:"要是问恋爱的事,你也不必再瞒她,男大女大的,还怕什么?"

陈缘说:"都像你呢,十六岁就抓着女同学的手钻小树林久经沙场的。"

黄骥文觉得没意思,便不再说话。周玺芝的神色也不如先前好,陈寰见了,更加讪讪的。他也想过同母亲说的,只是一来他清楚他母亲是富贵眼,嘴上说不喜欢裴宝玲,心里一定是欲拒还迎的,若没有裴宝玲的出现,他把周玺芝领到她跟前,她接受起来也容易点,只是上过一趟制高点,再下来看周遭,未免会不尽兴。二来,周玺芝的家庭也复杂了一些,必然也会惹出一些啰嗦话来说。在没有想好怎么避重就轻地汇报周玺芝的情况之前,轻举妄动的下场很有可能是被一口回绝。他想趁着这些日子探听出他母亲的喜好,摸清她的脾胃,把周玺芝包装成理想儿媳,再隆重地推到台前。

正想着,门铃响了,陈缘走过去一开门,竟是裴宝玲。

她穿着一件咖啡色的貂绒大衣,老成的颜色衬得她的脸越发小了。她也确实比他和周玺芝小,还在念书。裴宝玲一眼还没看出大概,周玺芝倒瞧出了些什么似的,眼睛里含着许多意思。

陈缘愣了一会儿回过神来："宝玲啊，来来来，吃火锅，黄骥文你进去再搬张凳子。"

"不了，你这有客人，家里也催我回去吃饭呢。是我姐姐给你寄了一套面膜，不知道你的地址，就寄到我这儿托我转交，收到有一阵子了，只是放后备箱给忙忘了，今天去湖光大街办事，回来正好走到你这儿，就想起来了。"裴宝玲交过东西给陈缘，又朝陈寰看了看，说："有一阵子没见你了，忙什么呢？"

"瞎忙忙。坐下一块儿吃点吧。"真说上话，陈寰倒也不大慌张了。

"你姐叫我吃我还能相信，你这借花献佛的，肯定是假客气了。"裴宝玲对着门口的镜子整理了头上那顶驼色的呢子画家帽，说，"你们吃吧，我走了，有空上我们那里玩。我妈说人以群分，说缘姐你连性格都和我表姐很像，她很喜欢，让你多走动大家说说话呢。"

"她瞧得起我，没空也要挤时间去玩的。那我就不留你了。"陈缘送走裴宝玲，桌上的气压又低沉了一分。青蓝大概具备一种孩子独有的敏锐，察觉出了大人之间的微妙，吃了几颗牛丸就回房里去了。陈缘帮周玺芝夹菜，说下午就到楼下茶餐厅喝点东西，四个人正好可以打牌。周玺芝说下午要回公司加班，就不多留了。这理由一出口，正儿八经的，叫人就不好再说什么。这叫陈寰一下子就想起那天晚上他骗她说裴宝玲是黄骥文的哥哥，周玺芝这话也一样，是个堵死的方案。

她先前根本没有和他说到加班的事，明摆着是出了问题。

回去的路上，雪越下越大，陈寰几次说打车，周玺芝都说不用，说想走走。她像忘记了他这个人的存在，一直走在他前面，走着走着又像想起了他，停下来等，等到他快走到她身边，她又加急了脚步朝前走。

如此反复了几次，陈寰失去了耐心，驻足停了下来。

周玺芝也停了下来。场面僵持了一分钟左右，她回过身朝他走来。她的睫毛上落了一片雪花，陈寰想帮她摘掉，手却迟迟抬不起来。

"我不是为她难过,她又不是我什么人。你先前何必要瞒我,我又不会怎么样,我看起来气量那么小吗?"周玺芝的目光落在了灰蒙蒙的远处,"你总是用你自己的想法来揣测我,但其实我们并不像。"陈寰哑口无言。

"喏,就到现在,一句道歉也没有,一句安慰也没有。"

陈寰憋了半天,憋出了一句对不起。

周玺芝的眉头微微缓和了一点,说:"算了,和我先前的那次扯平了。"

陈寰惊讶不已:"你是说老陶的事?那你还是和他交往过?"

周玺芝啪地在他胸膛上拍了一掌:"给你找个台阶下,你还狗咬吕洞宾了。"

隔天傍晚,陈寰去周玺芝公司接她下班,走着走着塞了一个小盒子到她口袋里。周玺芝问是什么,他不作声,她就自己拿出来看。是一枚银戒,细细的,也没镶什么,说朴素说寒酸都可以。周玺芝戴上了它,看了看,又拿了下来。

陈寰问:"怎么了,不喜欢?"

"你帮我戴。"周玺芝停下脚步,郑重地把手和戒指送了过来。

暮色四合,街灯渐亮,长街上,车水马龙人来人往。这种匆忙,这种动,衬得他们愈发安静和庄严。他们觉得,只要心意有了,身在市井,身在教堂,也没有什么分别。

周玺芝温柔低眉,看着他谨慎地把戒指推送过来,她知道这是他因为昨天的事对她的补偿。其实这是风马牛不相及的两件事,就像别人问他吃过早饭了吗,他却说刚刚买了一件新衣服。但她是心软的人,他稍微诚恳这么一些些,她的气就全消了。他虽是文不对题,但她领了这情,也就不医而愈。

陈寰说:"就这么戴着玩儿的,算不上个东西。"

周玺芝说:"挺好的啊,银戒拔毒,细细的,显得手长。"

陈寰牵着她的手继续走,戒指静静地扣在那里。这类东西是个记号,也是证据,即便信步过了若干年,故人心易变,沧海成桑田,有它在,情史就很难被否决。

周末的上午,周玺芝买了菜到陈寰这里做饭,一直到中午也没见万芳出来。他们吃到半路,万芳才神情憔悴地扶着墙出来上了一趟洗手间,听她说话的声音是得了重感冒。周玺芝透过她半掩的房门朝里看了看,杨业荣似乎不在家。

"一起来吃点东西吧。"周玺芝叫她。

万芳摇了摇头,说吃不下,仍旧回去睡觉。

"老母鸡汤治感冒最灵了。"周玺芝硬是盛了一碗汤送到她房里去,"你爱人呢?"

万芳支支吾吾了半响,说出差去了。自然是假话,看情形是两个人闹矛盾了。万芳强势,有的没的爱唠叨,杨业荣估计是出去躲个清静。周玺芝和她都是女人,难免疼惜她这时候生病却没有人服侍照料,可这对万芳来说未尝不是个教训。往日里说说笑笑,杨业荣唯她马首是瞻,关怀无微不至,冷不丁要不在身边,尤其是她需要他的时候他不在身边,突然就觉得可怜无助了。

万芳嗫嚅,生怕她细问。周玺芝却不是啰嗦的人,大而化之地安慰一番就出去了。回到房里问陈寰,他却说没听见隔壁有什么大动静,但杨业荣已经有两三日不在家了。

下午二人出去逛街,逛累了吃了一顿自助烧烤。送周玺芝回公寓后,太阳已经快要下山了,陈寰也早早地回去,打算拿些换洗衣服去澡堂泡个澡祛祛寒气。衣服都晾在主卧的阳台上,万芳的门又关着,大概依然卧病在床。陈寰几次想敲门,怕打扰她休息,都没好意思。最后万芳听见了他徘徊的脚步声,说:"小陈?拿东西啊?你进来吧,门没锁。"

窗帘拉着,房间里暗沉无比。病因子如同沼泽边的植物,散发着腐烂的味道,空气迂回胶着。万芳躺着,头发散落在枕头上,一旁的床头柜上搁着中午的汤碗,一丝未动。

"你得吃点东西啊,不然病难好,难复原呢。"

万芳还是不作声。

陈寰走到阳台上收衣服,收好了,听见万芳捂着被子呜呜地哭。等陈寰走过去,她忍不住说了实情:"杨业荣不是人,他在外面有人了。"这事让陈寰难以置信,杨业荣那副骨头,看起来早已经被万芳熨得服服帖帖了。

"我亲眼看见的,他还抵赖。"

"说不定是朋友。"

"你们男人都一条声口,换个新鲜点的说法也教人心里好受些。"

陈寰端起汤,说要到厨房帮她热一热。万芳说你坐下陪我聊会儿天吧。

"五年,说短也短说长也长。你要说短吧,我读的五年一贯制,眨眼工夫就从入学到毕业。你要说长吧,对谈恋爱的人来说,五年里说了多少话啊,一生一世也说不了这么多话吧。"万芳两只眼睛直勾勾地看着天花板,一旦回忆往昔,眼神就涣散起来。

"你别吓唬我们这些才谈恋爱的人啊,你这么一说都让人不敢谈了。"陈寰说。

万芳笑了笑,说男女之情不外乎两种。一类是谈的时候电光石火心惊肉跳,隔三差五闹出点小玩意儿,这种小玩意儿虽也给人添堵,可也因祸得福,反而保得了大太平,一辈子吵吵闹闹也就过去了。一类是举案齐眉相敬如宾,表面上和风细雨风平浪静,这放在古代,那是夫妻生活的典范楷模,放到今天,惊天动地的大爆炸指不定就潜伏在哪个犄角旮旯等着呢。

听她这么说,陈寰便问:"那你们这回是哪一种?"

万芳说:"要是在以前,我以为是第一种。"

话音没了,门吱呀一声开了,杨业荣站在门口。他开门轻手轻脚,显然是想攻其不备。

陈寰从床沿上坐起来,说:"她生病了,你要不带她去医院看看吧。"

"你都坐那了,你就带她看去呗。"杨业荣说这话前沉默了几秒,大概是思考这话该不该说,估计即便已经撕破了脸,对万芳也还是有所忌惮。他也了解万芳——果然她听到了这话,立即抄起汤碗泼了他一身:"我看你妈的杨业荣!"

杨业荣又是沉默了片刻,接着从一边的衣架上拿了条万芳的围巾擦了擦扔在了地上,接着就打开行李开始挑拣自己的衣服。

万芳蜷缩到被子里放声痛哭起来。

陈寰没有处理这种局面的经验,不会调停,更轮不到他来调停,也就回了房间。过了一会儿,他听见万芳号啕着挽留杨业荣。

他想起一些老式的才子佳人的故事,尤其是和青楼、风尘有关的。那阁中的女子身在欢场,恩客络绎,见各色人物,寻常后生千里而来求取一面之缘,她还薄妆慵懒不待见。等到战争来临,危机四伏,商女也无安生之处,再去找那昔日的人,苦苦牵扯他的衣袂,也未必能换得他顾念旧情怜香惜玉。

爱情里,常常占上风又能从头笑到最后的人,少之又少。相反,马失前蹄输得最惨的,往往就是这一类人。

薄暮微光里,陈寰感到一片清冷。

杨业荣走后,天迅速黑了。

此后的一两天，陈寰说起杨业荣，万芳立刻摇手，影射事已至此，没有转圜余地，为今之计，只有安分守己过好各自的生活。陈寰见她这个当事人都已走出阴霾，自己再说些苦情或是励志的话必然显得惺惺作态。倒是周玺芝来得更勤了，几乎每天都要来，不来的时候也是抱着电话打很久一通。陈寰隐约猜出她的想法，又担心自己这点多余的考虑过于猥琐，便在晚饭后下楼散步时探问了两句。

周玺芝直言不讳："没错，我就是这个意思。"

陈寰说："她大我五六岁，我没有姐弟恋的癖好。"

周玺芝说流水是无情，可难保落花有意。她让他好自为之，是因为她鞭长莫及。周玺芝蹲下身看了看路边摊上贩售的马桶套，讲价一番，买了一个给他，让他以后别嫌麻烦，不要再和万芳共用马桶套。

"你这也太夸张了。"

"不是我夸张，是女人夸张，女人太了解女人。"

周玺芝的话，在几日后得到了印证。那天晚上，周玺芝来做了饭，吃完后，陈寰送她回去。回来时，见卫生间门缝底下一片金黄，是万芳开了浴霸在洗澡。

陈寰整理了衣服和浴具，打算一会儿趁她洗完后，屋子里还有暖气，也进去冲一下。等了有半个小时，万芳才出来。陈寰侧耳听了一会儿，听见万芳在隔壁收拾停当上了床，他才进了卫生间。起初并没有什么，洗到半路觉得胸闷，就顺手去扳开一点窗户缝。那时候，他脸上有泡沫，双眼就只是微微眯着，开窗全凭手的感觉，他感觉摸到了瓷砖，摸到了窗台上的一个原来养宝石花的陶土盆，摸到了一个废弃的塑料肥皂盒，应该就离窗户把手不远了。

这时他摸到了它。

摸清了硅胶的质感从而缩回手的那一瞬，他也睁开了眼睛。

他看到它逼真地横躺在那里。

本身就是一个人体零件,又是横截面的部分对着他,所以,它在水雾中看起来的的确确就是一具阉割物。至于它为什么没有血,当然是流干了,由水洗净了,被一墙之隔的那个女人以欢愉的方式消耗掉了。

他火烧眉毛一样地再次洗了手,洗了身体,可这一双抚摸过它的手再来洗自己的身体,让他感觉异常不适。他迅速结束了这场偶遇,擦干皮肤,换好衣服,准备回房。开门前,他又不由得停下了脚步回头看了一眼,它是她用完后遗忘在这里,亦或是刻意留在这里供人窥伺,将成为一个永久的谜题。

这是一场披着春梦皮的噩梦。

这件事,其实是后来陈寰搬走的根本原因。但事情表面上看来,倒还像是万芳在厨房里的逾矩言行让他生了去意,下了决心。

"亲自下厨啊,小周今天怎么没来?"万芳在一边切青椒丝,陈寰则烧水煮面。

"朋友聚会去了。"

"你不一起去?"

"都是女孩子,不想去。"

万芳顿了顿,说:"换成别的男人大概巴不得去呢。"

陈寰笑了笑,说:"你把我说得像正人君子。"

万芳斜斜地飞来一眼,说:"你就是正人君子。"

"你没见过真正的君子。"

"还不是君子?坐怀不乱,要赶上柳下惠了。"如果补充一下的话,这句话的前缀应该是"同一屋檐下,这么多晚上,你也不越雷池"。

陈寰有些着急,灶头开这么大,水还没开。

"她不来,你何必自己做,一起吃一点就是咯。"言中有"她",有"你",没有"我",说起来仍是心虚的。

"不用麻烦了。"

万芳一笑:"好像你觉得一起吃饭比单独下面麻烦。"

陈寰没有耐心再与她周旋,把锅端起来,打算回房用电磁炉煮。万芳叫住了他,绕到他面前,把锅端回原位,又慢慢地走回来,仰着脸看他。

"你觉得我老,是不是?"她的脸盘浮在厨房昏暗的灯光里,眼眸浑浊,细纹密布,脂粉乍看白里透红,近观却层次清晰,只余煞白干燥的画皮,这一切宛如漂在黑暗沟渠里的一张卫生纸。

"你不老,正是最好的年纪。"陈寰违心地说。

"最好的年纪?最好的年纪都给了杨业荣了。"在她的眼里,女人都是容器,有的装着果汁,有的装着烈酒,有的装着清茶,各有各的滋味。唇干舌燥的男人喝了下去,解决燃眉之急,然后,就忘记了这个容器,忘记了,它才是女人的本体。他们图的是一时的痛快,哪怕饮鸩止渴,也在所不惜。他们要的是女人的衍生物,而不是女人。

"你和小周现在是蜜恋,闭着眼睛恋爱,对这些都是选择性失明。不是我下恶毒的诅咒,将来的某一天,未必不是这样。"

陈寰说:"你突然变得像个哲学家,像个诗人。"

万芳的脸慢慢地往下低,往下坠落,说:"好的哲学家,好的诗人,都曾生活在底层,不是说没钱,而是尝试过一无所有的滋味。你煮面吧,我不打扰你了。"说完回到位置上切菜,刚才的一切就像是在排演什么荒诞的话剧,卸了妆,那些魔障就和她没有关系了。

陈寰当晚就决定搬走,但延迟了一个星期才和万芳说,不想过于明显,伤人伤得太狠。他说周玺芝决定和他一起住,方便彼此照顾。

万芳当时歪在床上看书,淡淡地哦了一声,仿佛这个决定根本与她无关,陈寰的缓和策略也就无足轻重了。

周玺芝倒也没有过问任何细节，陈寰所做的这个决定，比任何言语都来得切实有据。只是，她坦言对同居这件事情暂时无法接受，她母亲上周刚刚过来了一趟，以后有空肯定还会再来。

"她也不是传统，只是单纯，我不想让她努力改变自己去适应现在年轻人的这种复杂。她这个年纪，让她转型太困难。"

陈寰的声音突然变得很小，说："即便你不赞成，我还是会找一个单身公寓。"他说不想每一次都是在酒店。

周玺芝没说话，只觉他的话声东击西，带着不轻的讽意。

搬到新住处的第一天晚上，许佩珍就来了电话，问他好好的怎么又换地方。陈寰心里嫌他姐姐啰嗦，就什么都告诉了她。屋子没有整理好，他也没心思和她细说，想随便讲几句就挂掉，许佩珍突然来了火，说："你现在可以啊，这么大的事也不告诉我。"

陈寰还以为自己连换个住处的权利都没有，又说了两句，许佩珍才质问起周玺芝的事来。

"你不要怪你姐姐，她是为你好。你们才认得几个月，我做家长的都才刚刚知道这个人，双方父母都还没见过，不知根不知底的，就住在一起，早晚要出纰漏的。现在的女孩子都是妖怪投的胎，你知道她才认得你几个月就和你睡一张床是为了什么？你既没有扬名立万，我们家里条件也是一般，她为了什么？讲不清楚的话，这里面就有蹊跷。"

这一通话说下来，陈寰想他姐姐应该是把她所知道的关于他和周玺芝的事都已经向母亲交代过了。至于动机是不是怕他和周玺芝同居会捅出娄子所以率先向家里报备，请母亲来提个醒，暂时变得次要。母亲知道了周玺芝的存在，知道了他们感情的进度，这是最为关键的。

陈寰当时没有在电话里辩解什么，他母亲说一句，他就应一句。他是觉得好多事越描越黑，而且和长辈之间，有很多话当面都讲不清楚，更别提在电话里。许佩珍却又生出疑问,说:"你不方便讲话啊?她就在你旁边?"

陈寰看着房间里的一片狼藉,突然间想起了最近工作中的低谷,想起了工作之余还要抽空看书备考分身乏术,想起了和前一任房客之间的种种诡谲,想起了搬家的辛苦,想起了和周玺芝迷茫的未来,顿时就觉得很泄气。他说:"我明天打给你。"然后就不管不顾地躺到床上,想着睡上一觉,醒来也许什么事都没有了。

次日清晨,周玺芝如约来帮陈寰收拾房间,见他情绪低落就说了些公司活动上发生的趣事调节气氛。过了半天,陈寰还是不大说话,周玺芝也就没了心思,只顾着做手上的事。房间里极为安静,只有书撂到桌上或者扎塑料袋之类的声音。

吃完了午饭,陈寰送她下楼,刚想开口解释,周玺芝倒先说:"别说了。你姐姐给我打过一个电话。"陈寰当时就火了。送走周玺芝,他立刻打了个电话给陈缘,说我的事以后再也不用你管,劈头盖脸数落了他姐姐一顿。事后又颇为得意地打了电话给周玺芝,意思好像是替她出了一口气。

周玺芝无奈地说:"你又错了。这事只有我和她知道,你知道了,必然是我说的,那她自然以为是我教唆的,是我要你去向她替我讨一个公道。她电话里没同你多计较,大概又会和你妈说,让她再来教导你,事情就成了死结,我也就彻彻底底背了黑锅,成了一个操纵傀儡的坏女人。"

陈寰蒙了。女人的世界太过复杂,三言两语可以讲开的事情要绕无数个弯,织成经纬,打成千千结,最后再叹一句解铃还须系铃人,要一层层抽丝剥茧,还原事实真相。可他面上不能服气,说:"我找她讲明了,是我的责任。我说清楚之后,你们要再有什么误会,那就不关我的事了。"

"怎么不关你的事?她是你的姐姐,平白无故地,我怎么会和她有误会，还不是因为你！"周玺芝想了想，感叹说自己是难以翻身了。在她们眼里，她要么是放荡轻佻指手画脚，要么就是心怀城府欲有所图，和裴小姐那种标准的好女孩差了十万八千里。

听她说到裴宝玲，陈寰最后的一点点城墙都瓦解了。女人不仅复杂，而且太不通情达理，关键时刻没说排忧解难，伤口撒盐倒是做得顺手。在他心目中，他放弃裴宝玲就是为了周玺芝，她如今却说这样的酸话，简直要和他母亲姐姐合起伙来逼他到死角。但他想到这里，立马停顿下来，开始检视这个命题，他隐隐约约有些疑惑，它是否真的成立——放弃裴宝玲是为了周玺芝吗？甚至，他真的完完全全放弃裴宝玲了吗？

外面又开始下起了雪。城市的颜色在消融，成了一色的黑白灰。缺少了颜色的辨识，只余下明暗，这个世界有些混沌不堪。陈寰掏出手机，里面有陈缘发来的彩信，是转发自裴宝玲的，里面有两张裴宝玲的照片。下面有陈缘补充的一句话——她为什么平白无故地发她的照片给我，还不是想我拿给你看。

在他姐姐眼里，他简直是中彩。这桥段放在古代，明明就是富家小姐自视甚高，看不中王孙权贵，只钟情清水秀才。但古代的故事里，一般都是老爷夫人不同意，关小姐的禁闭，接下来是相思难熬双双殉情还是重见天日喜结连理就看二人的造化。

他和裴宝玲不同。裴宝玲那一头，父亲尊重自由恋爱，母亲对陈寰也颇为期待，照外人看来，眼前一片坦途。他低人一等，非但没说感激对方的纡尊降贵，好好巴结一番，来个鲤跃龙门，倒自视甚高，端起架子，算得上是不识好歹。

他心里一通急鼓作响。因为他从来没有把裴宝玲回死，他其实是给自己留着余地的。他觉得自己太缺乏冒险精神以及担当，在一条看似不通的道路前面，他的第一反应不是放手一搏，而是另寻途径。他突然很后怕，为他自己是这样的人。

圣诞到来前，陈缘替裴宝玲邀请了陈寰："他们平安夜要在家开酒会，让我叫你一起去。"陈缘大概以为他会回绝，又急忙补充道，"难得有个节日可以大家一起过，别不给面子，莫黛那么远都举家赶过来的。"

陈寰同意了，可他自己明白，他并不是因为他姐姐的补充而同意的。他跟周玺芝打了招呼，说当天晚上一起去。周玺芝在电话里顿了顿，问："我怎么去？我既不是她的同学也不是她的朋友，拿什么身份去？你去我不介意，不要带上我。"

陈寰说："你要是聪明人，你一定就跟我去了。"

周玺芝笑了笑："我笨得很，理解力极差。"她嘴上谦虚，心里已领会了陈寰的意思，后来也就答应了。

到了那一天，陈寰没有找陈缘汇合，直接去了裴宝玲家。陈缘早到了，就在门口等他们，见陈寰和周玺芝二人一起下了出租车，当时就变了脸色。周玺芝还是极有礼貌地问好，陈缘也就不好再说什么，可看得出，她对她弟弟带着女朋友来参加这个活动的行为表示出了非常的不满。后来一进门，就听她对裴宝玲的母亲说："周玺芝，我同事的女儿，父母去探亲了，我就带她一起来玩儿的，都忘了同你们打一声招呼，顺水人情做得也太失礼了点。"

裴宝玲走过来，不明朗地笑着，说："上次在你们家见过的。姐姐你有人缘，几代人里都周旋得开。"

陈缘受宠若惊地笑了笑："哎哟，如果这都还没有人缘，名字里这一个缘字就白用了。"

裴太太和莫黛听了直发笑。

这是二十世纪的翻修洋房。他们这样大的家业，置地买屋根本就是小事，盘踞在这里应该是看中了这里绝佳的路段——附近是高干聚集地，官商之间，自然密切。此处闹中取静，虽然隔三条街就是苏城最繁华的商业区，但那喧嚣噪音似乎已被道路两旁挤挤挨挨的梧桐树吸收得干干净净。植被的掩护使得这里具备了个人住宅最关键的私密感。

一楼大厅灯火通明，仿古的红木长案一路延伸，人间烟火，水陆八珍，不在话下。宾客们陈寰认得的不多，人以群分，毕竟不是一个梯队的。众宾的着装倒都很随意，还有一位太太穿着非常过时的高领毛衣，却听见女佣笑盈盈地称呼她"魏董"，应该是常客。相形之下，陈寰姐弟包括周玺芝在内，倒打扮得有些刻意。衣香鬓影里，陈寰比较好奇的是回旋楼梯通往的二楼，这一路都在扶手上盘绕了荧灯，有种要进天国的梦幻感。不过那里是裴宝玲的深闺，除了极厚密的几位女友与她相携着上去走了一遭以外，未见有别人冒失入内。

莫黛拉着陈缘到隔壁间去看一件瓷器，陈寰和周玺芝留在原地不大自在。黄骥文带青蓝上过一趟洗手间回来看到他们，搭了话，才显得没有那么拘谨。

黄骥文问他陈缘去了哪里，陈寰指了指隔壁。黄骥文说："有什么好看的，看也是干看着。"青蓝嚷着也要去，黄骥文只好带她去。黄骥文走后，裴太太从他们身边经过，招呼道："你们随意哦。"说完自上而下打量了周玺芝一通，但脸上仍然是笑。

又过了一会儿，吃了点东西，裴宝玲换了件衣服径直走来，边走边说："我带你上去转转？"

因为是"你"，不是"你们"，周玺芝的双腿就有点抬不动，可是陈寰又看着她，这就有些模糊。裴宝玲这时也回过头来看了周玺芝一眼，说了声"走啊"，她才微微有些融入感。

裴宝玲大概是遗传了父母内敛不露富的性格，房间倒也素净简单，但看得出那些家什都用的上好的质料。裴宝玲说："你是第一次来我家，但我总觉得你来过似的，不然你一来我就带你上来了，刚才在放电影。女孩子房间也就这样，看过就没有新鲜感了，是吧？"她最后的发问是对着周玺芝的，话语就进入了另一个层次。周玺芝此行秉持着言多必失沉默是金的态度，只是含笑点了点头而已。

"其实这边我也住得少，我自己在松俨塔南边有一套房子。"裴宝玲领着他们四处看了看，静悄悄半晌后又颇为郑重地说："我一个人住在那儿。"周玺芝听得刺耳，但是想想，这一趟本来就是铆足了劲来的，再难堪，再不顺眼顺耳，以后也不会有比这一趟更甚的了。她能忍得了这一趟，陈寰能有这个本事两下无碍地化解了这一趟，小巫见大巫，或许他们接下来的日子就要好过一些了。

回到客厅后，裴宝玲主动和周玺芝聊天，聊些什么，陈寰也不知道。他被黄骥文拉到一角谈工作的事，只能远远地看着她们。

灯光之下，裴宝玲穿了一件翡翠色桃心领条纹针织衫，烫得极有致的头发梳拢成一把，歪过头倾听别人谈话时会露出软玉一样的后脖颈。这是女性非常吸引他的部分，容易让他产生十分冶艳的幻想。裴宝玲手腕上有一条藏式的银嵌绿松石镯子，下身是漆黑的裙子，整个人看起来亭亭玉立，像是夜色笼罩的湖面上冒出一束光芒幽微的新荷叶。

周玺芝的整体颜色是粉色。眼角泛着淡淡的粉，刚刚哭过一般；两颊也是淡粉，被室内的暖气烘出来的；指尖也是淡粉，仿佛触碰过花汁。除了粉，余下一条白色的曲边罩衫。人看起来有种依靠着水滨的风致，在以一种极小的幅度微微摇晃，柔波荡漾。裴宝玲常常在笑，周玺芝敛眉的时刻更多，就愈发衬托出了一层寂静。

他觉得这一小部分光阴是上天恩赐给他的一场加时赛。打成平手胜负未分的情况下，最后来一局仲裁。

他就细细地看，细细地看，最后眼前一片清虚，成了一个飘渺无垠花红柳绿的春天。目光再次收回时，他确定，自己还是喜欢周玺芝更多一些。虽然认识裴宝玲更早，但和周玺芝毕竟已经走过了这样一段路途，这种情谊，还是很难抹灭。

第三章 春露华浓

春天到来时,陈缘家中涌进了一股反季节的寒流。她告诉陈寰,她要跟黄骥文离婚了。这次是真的,不是像以前那样过过嘴瘾的。陈寰问她为什么,她说不为什么。这样一来,陈寰就知道,原因是出在陈缘自己身上。如果是黄骥文的原因,她不仅要一五一十娓娓道来,还会大张旗鼓添油加醋。

果然,是她自己遇见了另外一个人。

陈寰本来没想告诉周玺芝这件事,毕竟家丑不可外扬。周玺芝身份尴尬,外人不是,内人也不是,和陈缘之间也亦敌亦友,他告诉了她,陈缘知道了一定会开骂。只是那一晚,在明朗的月光底下走着,陈寰忽然问周玺芝:"出轨这样的事,你说女人容易还是男人容易?"

周玺芝说:"你让我一个女人回答,我怎么可能把这顶帽子往同胞头上扣。只是，这种事由不得人，也没法按男女性别分门别类。毕竟，有一个出轨的男人，就有一个接轨的女人，是这边一拍两散，那边一拍即合的事。"

陈寰把手插在口袋里，低着头走路，不作声。周玺芝说："怎么了？你要出轨了吗？还向我提前打声招呼啊！"

陈寰说："是我姐姐。她要离婚了，在办手续。"

周玺芝有些惊讶："她出轨？她看上去不像。"

陈寰苦笑着说："不像？这是病吗？望闻问切？"

周玺芝问那个男人是什么人。陈寰也不是很清楚，但这是大事，陈缘已经和母亲许佩珍通了气。陈寰听他母亲说，那人有个小企业，比陈缘大几岁，带着一个男孩子。许佩珍下周才会来，让陈寰再去劝劝："她自己破罐子破摔不要紧，要为青蓝考虑。半路组成的家庭，能养出什么样的孩子。"

周玺芝听见他的重述，心猛地一沉，像是让人戳了鼻尖。陈寰意识到了，来牵她的手，说："我没跟他们说过你家里的事，你别多心。"

周玺芝略轻蔑地笑了笑："就是知道，外人又有什么资格指手画脚。我长成了什么样的人我自己有数，寻常人家出来的，也未见得都是正人君子。"

从那一次在裴宝玲家的酒会开始，周玺芝渐渐有些变了，讲话时常会有些尖刻的意思流露出来。陈寰试探着问过她，周玺芝的回答也简单："人善被人欺。"她说大多数情况下，另外的人看见了受欺负的人，愿意疼护的少，倒是也会学着上来踢两脚，向善太难，"坏"太容易感染。

所以，当她听见陈寰说他姐姐这些年也不容易，他姐夫也实在不争气的时候，周玺芝说："就说你跟她学坏了嘛。墙倒众人推，他是第一天不争气吗？你们是第一天发现他不争气吗？你姐姐和他处了那么些年，临了结婚不惜和家里撕破脸,是刚刚知道他不争气吗?我可以说,她就是看中了他的不争气。他做事能力与人交际都不如她,工资又少样貌显老,你姐姐不惜一切代价,还愿意留着他,是为什么?还不就是为了随随便便地轻视他。她不算优秀,可有他在,她知道自己就不算太差。现在她不要他了,是因为她连对他轻视两眼都提不起兴趣,都觉得是浪费时间了。"

陈寰先是不发一言,后来又说她洞若观火,觉得和她相处好危险。周玺芝笑了,说:"蛇算危险了吧,可一物降一物,白娘子法力无边也还是败给了手无寸铁的许仙。"

晚间,陈寰正要往陈缘家去,却在楼道里遇见了黄骥文。他左右手各拎着一个皮箱,因为盛放着他所有的家当,那表情就有些吃劲。如果不是得知他们夫妻即将离婚,外人瞧见了,大约只当他是要出趟远门。

陈寰劝他上楼大家再坐下来好好聊几句,实在不行再走不迟。黄骥文说不必。

他们的房子也是多少年的老小区了,没有电梯,陈寰就帮他搭了把手把箱子抬到了楼下。

黄骥文弯下腰,打开箱子,翻出一包烟来抽。摸索了半天,叠放得齐整的东西又弄乱了,一时人来人往又不便细细整理,跪在箱盖上硬生生按了几次才拉上拉链。

"你别劝她。她以为是我派你去做说客,我更没脸了。"

"同床共枕这么多年,你们还有闲心考虑自己的面子,你们把青蓝搁哪儿了?"

"她现在飞上枝头变凤凰了,青蓝跟着她没苦头吃的。"

陈寰有点来火:"这也是你做亲爹的说的话?那人要真是个不正经的,你就肯定你姑娘愿意认贼作父,就为了用钱活络享他的福?"

黄骥文往花坛里吐了一口唾沫,好像抽了这么多年才感觉到烟草的苦:"有钱不一定享福,没钱一定不享福。她们离了我,好歹有百分之五十的希望。"

陈寰和他说不通道理,也就不再多言。黄骥文香烟将尽,倒又说出他自己的另一番道理:"姑娘是我的,我要对她负责任、要爱护她,但是负责任的方式、爱护的方式有很多种,最差的一种就是我明明不能再和她妈过下去,却还要强行过下去。人生在世,也不是为别人活着的,我没义务为任何人承受痛苦、放弃幸福。这话我跟陈缘没法讲的,你念书多,大概还能理解些。"他说完了,掐灭了烟,拦了一辆出租绝尘而去。

月底,到陈缘和黄骥文正式办理离婚手续为止,许佩珍也没有出现。她跟陈缘说:"我老了,脑子跟不上你们。你们也大了,做事都该掂量清楚。你们要结婚,我拦着,你怪我。你们要离婚,我拦着,你肯定还会怪我。"意思是母女不宜做太久的仇人,亲情经不起浪费。

那晚陈缘叫陈寰回家吃饭,吃到一半,陈缘忽然哭得不成人形。灯影里,陈缘追溯流年,说有一年和黄骥文去爬山,在半山腰上,黄骥文问她脚踝那儿怎么红了一大片,她这才痛得直喊,说是鞋子磨破了皮,呜呜咽咽要下山,半痛半撒娇的意思。陈缘说原来快乐都在瞬间,痛感却可以绵延,教人总是后知后觉。青蓝大概已经哭够了,这时候倒坚强地抽了几张纸巾给她母亲。青蓝回房后,陈缘又抽抽噎噎地说:"真要伤心也算值了。要是不伤心,这些年才是不值。"

这套房子黄骥文考虑到青蓝,没有和她争。但陈缘打算下月搬去那一头,让陈寰退了出租屋住过来:"一来你能省点钱,二来也好帮我看看门。"她也知道自己跟那人未必就能修成正果,还没到变卖典当生死相随的地步,但是既已为他离婚,不去吃他的喝他的穿他的用他的,未免又教人心有不甘。陈缘让他记一下,那人叫古明德,以后要是发现她失踪了,也好对号入座去要人。陈寰白了他姐姐一眼。

陈缘说:"我没跟你开玩笑。他说他家在昭阳路,可那一带的房子都是金屋藏娇养情人的,他不是没有可能狡兔三窟。"

晚上回到住处,陈寰一开门,见屋里亮着灯,门口有两双女式的鞋子。他在陈缘那里听她痛陈情史那么久,心情已经很压抑,至于周玺芝,他一开始就跟她说过不要随意带人过来,这时便有些生气。往阳台上看了看,果然周玺芝在和一个女伴说话。

这间公寓临街,车流密集的晚八点正是吵人的时候,她们没听见他开门的声音,他就走过去,朗声说来客人了怎么也不提前打个招呼。周玺芝没怎么样,她的朋友倒哇啦一声大叫着回过身来,说陈寰你太吓人了。

是殷璎。陈寰听她这么说,更加不高兴了,心想随随便便跑到别人家,是谁吓谁。周玺芝懂他,立即解释,说:"她有事要拜托你。我说我替她转达,她不要,非得亲自过来,说一来显得有诚意,二来也考验你,看她初来乍到你应变能力如何,那样回头再跟她家人见面也不会太慌张。"

殷璎笑着走进卧室,在他的床上坐下来,说:"主要是怕玺芝舍不得,从中作梗。"

陈寰问什么事,殷璎这时倒又难辨真假地不好意思起来。周玺芝便替她说了,原来是殷璎母亲下周要过来,殷璎想请陈寰假冒自己的男朋友和她母亲见见面。

先前家里人问她感情上的事,殷璎一直都说有这么一个人。也不能怪她没有瞒住,一来佟先生时常买给她的那些东西明眼人都能瞧出价值不菲,绝非她一个女学生力所能及,二来又有那么些假日没有回家,在外与他挥霍。只是家人一直以为她不过遇上了一个家境好的,万万没有料到是这种状况。母亲一直提出与男孩子见面,她一直在挡,这一次若是再挡,她母亲就要起疑心了。老家离苏城又并不远,那些流动来往的生意之人要是听见了闲话带回去,她再想拿出一套滚圆的说辞,恐怕就不那么容易了。

殷璎说:"这也是下下策。你要是不方便也没什么。"

陈寰说:"倒不是不方便。只是我一向笨,怕到时候反应不过来,给你穿了帮。"

周玺芝听见了,飞快地扫了他一眼。

殷璎笑了,说这倒没什么,头一回见面,她母亲也不会刁难什么。

陈寰问她这是几号的事。殷璎说在下周三。

陈寰说等明天上了班,看看有没有出差安排再给准信。殷璎点点头,说晚上不便再多打扰,就先回去了,又说买的水果已经放到了冰箱里。

陈寰笑着送她出门:"还带什么东西,当我是个年纪大的吗!"殷璎的笑容在黯淡的楼道灯里倏忽一闪,便入了电梯。他这才反应过来,想是她误会他讥笑佟先生的高龄。

殷璎走后,陈寰问了问周玺芝的意见。周玺芝取出一个火龙果,切成两半,与他二人用不锈钢勺子挖着吃。他们一般都吃苹果梨子芦柑,殷璎豪气,除了火龙果以外,血橙猕猴桃都结结实实地称了几斤,又另买一个椰子。

"这样过起来不费吹灰之力的好日子,也难怪她这么费尽心思。"周玺芝吃了几口才转入正题,"你怎么倒来问我,刚才听你的口风,像是很乐意效劳的样子。你是拿公司的话做借口,可她也不是笨人。如果你不同意,她当然觉得是我在背后阻拦,她要生气了。可要她不生气我就得郁闷了,借钱借物的也没什么,哪有这样光明正大借人的。"

陈寰说:"这又是怎么了,当然是以你为重。就说公司要出差,也不是难事。她这样的朋友,浑水里蹚过来的,断交也不算什么损失。"

周玺芝一笑:"你能说这样的话就够了,反正我会以好朋友的身份跟着一起去的,这也没什么。她也辛苦,能帮就帮了。这事她不敢不跟佟先生打招呼,得到他首肯她才好操作的。只是佟先生说了,男演员一定要有对象,不然不放心。"

"你就是这样,总是自相矛盾,一会儿同情一会儿恨。"陈寰又说,"那佟先生是真喜欢她吧?"

"假作真时真亦假。动物跟人相处久了还有感情呢!"

到了周三,陈寰随殷璎赴约,周玺芝特意迟了一刻钟到场客串,一切看起来毫无破绽。

殷璎母亲并非他们预想中的乡野村妇。梳髻,穿中式对襟上衣和鞋尖弧度适中款式本分的粗跟皮鞋,戴玉镯,看起来十分讲究。讲话嗓音温柔,和殷璎如出一辙。话语也十分客气谨慎,让人如沐春风。陈寰和周玺芝本是有备而来,见她这样便减了警惕心,渐渐松弛下来。吃到了近下午一点的工夫,周玺芝公司来了个电话有急事,她便先行告退。

少了个旁听者,殷太太似乎少了负担,与陈寰说了很多交心的话。殷璎怕言多必失,一直含糊其辞地打岔。中途陈寰去了趟洗手间,回来时,在楼道转角无意听见殷太太在训斥女儿:"你有这个精力在我面前装神弄鬼,倒不如省下这份闲心去打点打点你自己。"

陈寰以为是事情败露了,回到桌上,殷太太倒又十分和蔼地续上了话头,仿佛什么事情都没有发生。陈寰想想,自己刚才的言语没有什么不妥之处,大约她们母女二人方才聊的不过是另外的私事。等到送走了她母亲,殷璎才告诉他,他们确实被看穿了。到底是在哪个环节出了问题已经不值得探讨,她现在更关心的是她母亲对事情的真相具体掌握到了一个怎样的程度。是仅仅识破了借来的男友,还是连佟先生的那部分也已获悉?殷璎忐忑不安,陈寰爱莫能助且心有余悸,想着关公门前耍大刀,他们这群不知天高地厚的小年轻儿居然敢斗胆和她母亲这一辈的人比演技。

063

"可不是嘛，他们打过的喷嚏都多过我们的呼吸。"来帮陈寰搬家的这一天，周玺芝听他细细说了那天她走后的情形，不由得发出慨叹。她一边清点满屋子打包好的纸箱，一边问陈寰和搬家公司约了几点。

对于这一次的搬家，周玺芝表现出了前两次所没有的热情。她总觉得以前住的地方都是个临时的寓所，人在其中也如无根飘萍，她常常夜半惊醒，很怕陈寰突然换了号码搬了家，那样她就再也找不到他了。这次不同，房子虽是他姐姐的，但从那搬出又重新搬回，总有种浪子回头认祖归宗的意思，接下来过的都像是安定的日子。

陈寰正要给搬家公司再打个电话催一催，却听有人按门铃。一开门，是穿着一身灰扑扑蓝色工服的老陶。陈寰下意识地对身后的周玺芝施以回眸，好像老陶今时今日以这样一种职业形象出现，其尴尬程度完全抵不上他与周玺芝在自己眼前的会面。

老陶的克制非常明显，脸上的肉都在小幅度地跳动着。他说这么巧啊，陈寰说是啊。周玺芝见老陶向她点了个头，便也点个头回应。陈寰问他怎么许久不见做上了这个差事。老陶说先装车吧，这事说来话长要慢慢讲。

苏城的春天很短暂，初夏已经有了滚滚的热意。老陶开车，陈寰和周玺芝并排坐在右侧，自然是周玺芝靠窗。马路上是明晃晃的日光，树也很绿，人也很多，楼也很高，玻璃幕墙也很亮。好像毕业也不过是很近的事，像昨天，甚或是还未到来的明天。

只是，涉足社会，质变是很快的。就像咸菜也曾是青菜，只是下了缸，撒了盐，捺上石头，成了腌制品，这是变化，却不是以前菜地里长高一寸长老一分那样的变化。

老陶说他和朋友办了个工作室，承接一些商业庆典的演出。没多久，他朋友和一个女歌手搭上了，好了一阵子。后来有一天来了一伙人，不由分说砸了工作室，还砍了他朋友几刀。老陶这才知道那女歌手是道上一个头头的人。老陶与他合伙做生意，本钱没有多少，出个气力而已，他自己手里也没什么钱，资金一时周转不过来了，就陆陆续续从女歌手那里借了点高利贷，结果生意又没起色，落得人财两空，只剩一身伤疤。

老陶说人还躺在医院里，他和他知交一场，不能见死不救，先出来卖卖苦力，给他赚点营养费。

陈寰听了很感动，说自己身上钱不多，但好歹可以凑一点给他救急。老陶说心领了，又说大家都刚刚出来，吃喝拉撒都是开支，都不宽裕。老陶说："你要是真想帮我，等我忙过了这一阵子，你替我看看有没有什么像样一点的工作。电视台那种体面的差事我是不指望了，能管得了温饱，每月另有点结余就行。"

陈寰惊讶，问他怎么知道自己去考电视台了。老陶说："给电视台运东西，看他们在橱窗里发榜，贴了面试人员的名单。你这名字特别，一眼我就看出来了。"

"那你还不与我联系。"

"混得没你们好，怕丢人。"

"你瞎扯，我也就是一点死工资而已。"陈寰知道他那是幌子，终究还是因为周玺芝的事。周玺芝一直看着窗外不作声，陈寰觉得不好，便和她说话。老陶有心打破尴尬，时不时也插进两句加入谈话，气氛这才渐渐地和缓起来。

等到帮他们把东西运到了陈缘那里，老陶却不肯收钱了。陈寰打架一样地塞给他，说："你瞎讲呢。你是帮人家做事的，现在又正是用钱的时候。"工作难找，若是落下这个人情，他就不是帮老陶物色物色这么简单轻松了。他要留老陶吃个饭，老陶说还有下一家在等，后面有得是相聚的机会。

老陶走后,周玺芝开始把各样物品按秩序归纳摆放,半晌,说:"好像每次搬家都能碰上些不高兴的事。"事实确实如此,翻箱倒柜,有些秘密就重见天日。

陈寰说:"怎么了?我没有不高兴啊。"

周玺芝的话虽刺耳,口气却仍是淡淡的:"就是因为你没有不高兴,我才不高兴。"

晚间,周玺芝做了些菜,二人一起吃了。聊到了靠九点的光景,她说要回去了。陈寰摸了摸她的头发,说你知道我不会让你这么晚走。陈寰凑过脸来,刚刚要腻歪,外头砰砰砰一阵敲门声,开门一瞧,竟然是青蓝一个人单枪匹马地回来了,孩子满脸都是泪痕。

陈寰顾不上青蓝的哭诉,先把她交给周玺芝,自己跑到阳台上给他姐姐打了电话。陈缘一听在他这里,连连叫了几声阿弥陀佛,说她已经把他们那边大大小小的街巷都跑遍了。陈缘说要过来,陈寰立刻阻拦:"她现在躲你还来不及。你想干什么?妈在的时候你欺负妈,现在妈吓得不敢来了。姐夫在的时候你欺负姐夫,现在离的离散的散。那你就接着欺负小孩?万一她哪天也不要你了你欺负谁,欺负我吗?"大概的确看清了自己众叛亲离的下场,陈缘沉默了好久,最后说:"那这几天你就辛苦点帮我送她上下学,等她好点了我再去接她。"

陈寰应诺着,问还有没有别的事。陈缘说:"你让她接个电话吧,我就跟她说两句话。"陈寰把陈缘的想法转达给青蓝,孩子一个劲地说不要。

陈缘又问:"你一个单身汉,自顾不暇,能照顾她吗?"陈寰说周玺芝会来做饭,帮忙料理几天。陈缘说:"一码归一码,不是她帮我照顾小孩,我就会到妈妈跟前去替你们游说的。"陈寰冷冷一笑:"你别清高了,你现在这么糟,没有人沦落到要向你示好。"

周玺芝敏慧,听得出他和陈缘说的是什么。他出言不逊,有伤姐弟和睦,她听了着急,但心里又十分受用。

青蓝回来了,周玺芝就不大方便夜宿。青蓝入睡后,陈寰要送周玺芝回去,她生怕一不留神孩子再跑掉,坚决不让他送,陈寰便只送到楼下。月色清朗,花草似有荧光,周玺芝有这光拱卫着,带出点神话中仙子才有的风致。

两人此时都有些恍然。这种心思周玺芝这里出现得更频繁,她有点害怕,担心这是女人老去的苗头。陈寰的恍然是与岁月无关的,只是因为周玺芝。她有时很接地气,有时又像要凌风飞去,他看这一切太像是黄粱美梦,冥冥中嗅的是另一个世界的香味。

他伸出手去托周玺芝的脸,说:"别随随便便生气。"周玺芝说:"生气会怎样?无非是变老变丑长皱纹,无非就是你不要我了,也没什么可怕的。"陈寰说:"怎么会。"周玺芝说:"明天还没有来,不用这样信誓旦旦。"陈寰说:"真不知道你怎么会有这么多气,这么多理论。"周玺芝说:"还不是因为你。"

她的娇嗔让他再度悸动。他来吻她,说:"她睡着了,你留下她也不知道。"

周玺芝坚持着掰开他的脸:"你老是这样贪图一时。若要人不知,除非己莫为。她知道了,你姐姐也就知道了。你姐姐知道了,你妈也就知道了。这种事,回头说起来又总是我的不对。好多误会已经百口莫辩了,你就别替我找麻烦了。"

过了一日,晚上吃了饭,青蓝说想见她父亲。这并不费事,只是陈寰不知道如果她姐姐知道了会怎么样。周玺芝说:"你不必跟她打电话,你征求她意见她肯定不同意,你要再喊他来,就是不尊重她。这种事只能先斩后奏。"陈寰说:"不知会她岂不是更不尊重?"周玺芝说:"那么,事后也别说了吧,嘱咐父女两个,谁都别提这事。"陈寰说:"你不了解我姐夫。他忍气吞声全是为了青蓝,青蓝再受气,他肯定要跑去找她理论的。"

于是这件事情承受最多的便成了青蓝,她既没有在她父亲面前提她母亲动手打她的事,也没有告诉她母亲她与父亲见面的事。周玺芝朦朦胧胧就看见了那个身为女童的自己,一直学着向隅而泣,一直在寻找皈依。

陈缘一声不吭来接青蓝时,看到他们三人在客厅里吃饭,觉得陌生又熟悉,笑容里带着许多意思,说:"看你们倒像是一家三口。"周玺芝起身去添碗筷,这反客为主在陈缘看来也有些别扭。她说在家吃过了,让他们自己吃。青蓝见她来了,不由得更挨着陈寰些。陈缘从包里拿出一只新买的娃娃还有两三套娃娃的衣服,一样一样地展示给她看。青蓝到底是女孩子,到底还小,经母亲抚慰几句,也就同意和她回去。

陈缘看桌上烧的几样菜卖相都很好,不禁盯着周玺芝细看了几眼。陈寰在一边看到了,怕周玺芝不自在,就劝他姐姐早些带青蓝回去休息。陈缘起身要走,周玺芝对陈寰说:"我也得走了,你自己洗下碗筷。"陈缘回过神狐疑地看了她一眼。周玺芝不在乎她是不是以为自己是做样子给她看,兀自洗了手收拾东西。陈寰见状,也就只好送她们一起出门。

后来,陈缘同周玺芝一起走了一段路。

陈缘向周玺芝表示感谢,谢谢她这些天以来对青蓝的照拂,一副官方交涉的口吻。周玺芝知道她是先礼后兵,一定有话在后头。

陈缘又说:"我是没必要与你过不去的。如果我是宝玲那样的女孩子,那还带一说。只是我是他姐姐,他和任何女孩子在一起,在我眼里都是一样的,况且你也看得到,我是泥菩萨过江自身难保。你看我现在凶神恶煞的,这不是我,我是代表了我妈,我是提前把我妈的样子演示给你看。小巫见大巫,你如果都过不了我这一关,那你就应该知道她有多难缠。"周玺芝听这是交心的话,也很感动,一直点头和应。

陈缘说:"她一直希望我留在老家,嫁个公务员,或者老师,或者医生,像她和我爸那样慢条斯理不出差错地过到老。我没有听她的话,结果弄得鸡犬不宁不让她省心我已经很歉疚,我不想陈寰还是这样。他当时填志愿,可以填好几个地方的名校,最后却选了苏城这个,主要原因是我在这里。我不想让她最后又给我制造骂名,说我带坏了陈寰或者怎样怎样。"

周玺芝听到这里忍不住反驳:"我不觉得我和他在一起会结出什么恶果。"

"谁当初不是这样想的?我和黄骥文在一起热火朝天的时候怎么会想到有一天我们会离婚。这可是离婚啊,那时候连结婚都觉得遥远,怎么会想到离婚呢?可是就是发生了,看起来也没什么不可思议的。"陈缘无力地笑笑,"贫贱夫妻百事哀,很容易就互看不顺眼。真的,从爱到恨,比一开始就恨还要恨得深,还更像敌人。心里骂自己不长眼又怎样呢,事已至此,什么都是敷衍,什么都治标不治本。况且,我妈这个人,也许你有所耳闻,也是个贪财的人。我很抱歉在你面前揭她的短,但有些话提前说,有些事提前知道会比较利于开展接下来的议程。宝玲,你见过的,她嘴上说不喜欢,不过也是想端一点款。她还小,她家里人不着急,陈寰也只能算是他们的备选。等过个两三年,宝玲大了,陈寰的事业也初具规模,他们会派人过来。等到那时,他们主动把话伸到我妈嘴里,她还能有什么不乐意。"

周玺芝有了种置身事外听别人故事的感觉,说:"我可真多余。"

"我不是这意思。事情不成形,谁都不多余,谁都有余地,就是不能急功近利,要文火慢炖。首先他要先进电视台稳定下来,以后讲话腰杆才硬。不然，即便是你，难道不会担心吗——你凭什么给我幸福？"

周玺芝说："你也知道了？"

"什么？考电视台？我不聋也不瞎，是个大活人。"陈缘的笑容木木的，冰凉的，"陈寰不跟我说，一定是她的意思。她大概怕我想让她把黄骥文也弄进去，所以只字未提，省得麻烦。她总是骂我，却不帮我，她只知道她的儿子。"

"怎么会。"周玺芝劝她。

陈缘流下眼泪："离婚到现在，她只给我打过两个电话。"

周玺芝搂住她的肩膀拍了拍："青蓝还在这里。算了吧，已经忍了这么多了。"

"不说了，也没意思。改天你们上我那儿去玩。"陈缘拿纸巾揩去眼泪，带青蓝上了出租，摇下车窗冲周玺芝摆摆手。周玺芝为她在这个晚上和自己说了这么多话感到奇异，转念一想，其实也并不荒唐。熟人面前，谁都有竞比之心，刻意扮好自己，展示的都是荣光，那么这样的艰难困苦更适合向相对陌生的人倾诉。而过于陌生犹如面对一堵墙，没有减压的效果，最好能了解一点这其中的人物关系和枝枝节节，这样，怨艾的排泄便有了一个清晰的走向。

陈缘这一次的话，周玺芝三缄其口，没在陈寰面前透露半句。这是两个女人的对谈，谈的都是难得示人的秘藏，况且前车可鉴，告诉了陈寰，他一定又要去质问他姐姐，那她在陈缘心目中的形象可算人不人鬼不鬼了。

她想想，心里又好笑。她周玺芝是无貌还是无能，难道除了陈寰她就没有人要了？今天竟这样被人挑拣比验，再这样下去，她简直怕初衷会扭曲——她不再是要陈寰这个人，而是要争一口气。那么，陈寰只能算是个无辜的工具，是颗用以证明她道术不浅的棋子。

等入了秋，陈缘又叫陈寰去她的新家玩，再不去，陈寰怕她以为他看低她，便和周玺芝一起去做客。等到了那里，拜会了主人，周玺芝才觉得荒谬——古明德她看着眼熟，细细一问，竟是崔蔚希的舅舅。难怪前一阵子，她听崔蔚希提起过她舅舅再婚的事。不过听她的口气似乎对陈缘的印象不佳，所以陈缘问起崔蔚希有没有说些什么时，周玺芝就有些装聋作哑。

古明德说这日子过起来也真是快。周玺芝也觉如此，那年还是刚入校的时候，军训结束了，他来看望崔蔚希，请宿舍的同学们一起吃了个饭。一桌子女生都晒得巧克力一样，衬得他白白净净像块肥皂。古明德问他们的意思，看是不是叫崔蔚希一起来吃饭。周玺芝怕大家这样冷不丁以另一种身份相见局面尴尬，谎称崔蔚希和男朋友去爬山了。

古明德对陈缘说："蔚希的那个男朋友我看也不怎么样，空有一身腱子肉，像个做体力活的。到今天也是东一榔头西一棒，没有正经差事。我看我大姐倒也开明，对年轻人的事从没有插嘴插舌，你该劝劝你妈。"

这话是站在陈寰和周玺芝的角度说的，可陈寰听着却不顺耳。想他们还没有见过，母亲还没有认可他，他背后却已经敢这样指手画脚的，就指桑骂槐地丢给他姐姐一句："以后你少跟她说我的事。"他觉得古明德如果是个聪明人，应该能听出来这个"她"其实是单人旁的"他"。

吃完了饭，大家到院子里喝茶。再过十来天就是中秋，天极开阔，没有半缕云丝，月亮也被前一阵子的雨水濯洗得分外通透。古明德的儿子小楷已经上初中，吃完了饭就上楼去温习功课，青蓝原也有作业要做的，只是陈寰难得过来，她迟迟不肯离去，一直黏在他左右。古明德说："我听蔚希说，你们是三个人住一套房子。"周玺芝啜了口茶，说："是。不过接下来就我们两个人了，另外一个同住的女生要回老家去工作。"

古明德有过半分钟的失神，后又笑了笑，说："小舅子现在不是自己住吗？你是迁就蔚希，怕她一个人落单吧？"

陈缘在桌子下踢了古明德一脚。

陈寰问:"说起来这里也算宽敞啊,怎么不叫蔚希来住?"

古明德无奈地摇了摇头:"要能说得通啊,她生来就男孩子性格,无拘无束的,叫她在我这里她不自在。她妈也是犟得要命,那一年她上高中,暑假来苏城补习,住在我这里,回去的时候,我大姐居然要寄伙食费给我。真是搞不懂。"

周玺芝瞥了陈寰一眼:"像他这样二话没说就霸着姐姐房子住得心安理得的人能有几个,亲兄弟就该明算账啊。"古明德赶紧摆摆手,陈缘也说他不是这个意思。

在周玺芝眼里,古明德这个人的行事作风有些藏精于拙,这在经商的人马里算是难得的智者。只是他的精也许又太精了些,像是啤酒斟杯,手腕的气力再怎么努力地控制着流量,最后还是有点沫子要满溢出来,这精就失衡了,露出了马脚。

一周后,涂悦要回家去。临走的那天晚上因为她屋子里的床品都打包成箱寄回去了,便在周玺芝这里挤了挤。涂悦洗澡的时候,周玺芝听见她电话响,拿来一看,是个没有存电话本的陌生号码。周玺芝对数字敏感,仔细看看,这个号码倒不陌生。她从包里翻出上次在昭阳路做客时古明德留给她的名片一比照,人就有点僵在半空。这时崔蔚希也回来了,先是朝周玺芝房里望了一眼,然后径直走向卫生间敲了敲门。

周玺芝的心装了滑轮一样咻地提了起来。

"你洗什么澡,下楼吃点东西啊。"崔蔚希说。

"我们晚上下了面吃了。"周玺芝走出来说。

"再吃点啊,我还没吃。"崔蔚希走过来向她眨眨眼,压低了声音,"也给她送个行啊,不然不好看。"

在露天烧烤摊子上,涂悦只吃了两串面筋,就一直低着头和别人发短信。崔蔚希说:"你也不知何年何月再回来了,短期之内这就是最后一顿了啊,别给我省钱,以后想宰我也宰不到了。"涂悦只笑了笑。

崔蔚希又见邻桌饮酒,就问她们的意思,看要不要来点啤酒。涂悦不想喝,周玺芝随意,说:"倒不是我劝酒,只是人家说无酒不成席。她既然要给你饯行,你多少也喝一点,也是那么个意思,往后真不知道哪一天还能一起喝酒了。"

欲拒还迎,涂悦心里难过,嘴上说不喝,倒喝得最多。等到靠凌晨的光景,三个女孩子竟然喝掉了大半箱。涂悦卧倒在周玺芝怀里,眼泪汪汪地说:"我什么都没有。钱没有钱,人没有人,工作没有工作,夹着尾巴灰溜溜逃回家。"

周玺芝像抚摸一只小猫一样抚摸她的头发,她的脸颊。

涂悦说:"我不比殷璎光彩多少。她比我灵光,她的那个也比我的这个守信。我是最惨的一个。"

崔蔚希说:"你不用说,我们也不想知道。"

崔蔚希是个没有窥伺欲的人,只是这话在知道内情的周玺芝听来,有点掩耳盗铃的意思。当然,这只是她的错觉,崔蔚希一点都不知道。可涂悦就像不甘心一样,不甘心崔蔚希对她舅舅那种人的所作所为一概不知,所以尽力地逼近真相,捅破一点点窗户纸:"他之前答应我,一离婚就跟我回老家,那里没有人认识他,没有人追究他的年龄他是几婚,我们可以像一张白纸一样既往不咎地过日子。但是他骗我,他又结婚了,和一个拖儿带女的女人。我居然比不上那样的女人!"

崔蔚希像是还没听懂,周玺芝一个知情人听当事人这样表述一遍则懂上加懂。

次日周玺芝要送涂悦,涂悦没拦着。周玺芝很希望古明德能意外地出现在车站。她不是想看什么热闹,她只是将心比心,觉得如果自己是涂悦，不让他送他最后还是坚持来送，她心里会好过一些。但古明德终是没有来送，他是个谨小慎微精打细算的商人，他不是痴情种，没有半点愚忠。

立冬的那一日，陈寰在电视台转正。许佩珍来苏城给他庆功，是古明德做的东。陈寰让周玺芝来，周玺芝说还是算了。陈寰说："你不能让她主动。"周玺芝想着，古明德也是第一次和他母亲会面，自己也不至于太显眼太孤单，也就去了。

临行前，崔蔚希帮周玺芝参谋该怎么样搭配服装才讨老人家的喜欢，周玺芝说顺其自然。崔蔚希一边在穿衣镜前拿衣服为她比验，一边说她："心里明明巴不得她能少说几句啰嗦话多看你几眼，偏偏嘴上要强，陈寰也是嘴上要强的人，你们这样硬碰硬，别怪我乌鸦嘴，还不知道能好到什么时候。"

周玺芝说："好不了就算呗。"

崔蔚希说："就知道你又是这种话。"

周玺芝最后穿了一件墨绿色提暗花的毛衣，乍看不出挑，细看有讲头。外面的长款风衣比较随意——餐厅的房间里开空调，要脱外套。陈缘像是火眼金睛看出了她暗藏机关一样，周玺芝一进门，她就来帮她脱衣服挂到一边的衣架上。

当时古明德在陪许佩珍聊天，周玺芝跟她打招呼，许佩珍笑着点点头，说："来啦，喝点水。是大麦茶，那个杯子是刚倒的，还没人喝。"她说话时，古明德并没有停下，所以许佩珍是一边听着他说话，一边对周玺芝说话。说完了，又很轻易地被古明德从眼前的世界拉回到他所讲的奇闻异事里去了。周玺芝由衷佩服他笼络长辈的能力，也分外感激——他的存在让她和许佩珍的会晤简单得像是重逢。

过了几分钟，古明德讲完了，看着空荡荡的玻璃转台问陈缘："人齐了你怎么没通知他们上菜啊。"

陈缘愣了愣,看着他小声嘀咕:"你不是说喊蔚希来?"

周玺芝脱口而出:"什么?"

古明德埋怨陈缘记性差:"我后来不是说不喊了嘛,在车库里说的,你忘了?"

陈寰说:"要不喊一下吧。她来就来,不来就随她。"

许佩珍看他们四个人说得热闹,饶有兴致地问崔蔚希是谁,陈缘耐心地给她解释了一遍。许佩珍笑了笑:"是这样啊。那是你们不人不鬼的,让小周夹在中间难做人。"又劝周玺芝:"今天人多好打岔,说说笑笑的,她大概也不会怪你瞒她。这种事瞒也瞒不住,还是别瞒的好。"周玺芝点点头,觉得她这轻轻一个"瞒"字真是振聋发聩。

古明德给崔蔚希打了电话:"来吧……你两个老朋友也在这……我不告诉你,你自己来看……"听他这么说,陈缘一个劲地翻白眼,许佩珍倒是笑得开心。

陈缘说:"就会这么神乎其神的!"许佩珍说:"他没有这么两招,你也不会被他骗到手。"周玺芝在一旁听着,怕是许佩珍倒不是她想象的那样,喜欢正经严肃的人,会插科打诨能搞怪耍宝也许正合她心意。硬要举证,好比她一向不喜欢正经严肃的黄骥文。

一刻钟后,崔蔚希和宁伟到了。惊讶是自然的,周玺芝率先堵了她的嘴:"今天人多,你别骂我,回去我们慢慢说。"崔蔚希不理她,宁伟憨憨地问:"这以后算啥,算亲戚了呗就是。"

礼让再三,许佩珍还是不同意坐上席,一直把古明德往上推:"在我们家,就从来没有女人坐上首的话。"古明德违拗不过,也就坐了。

敬酒时,古明德劝许佩珍:"老爷子也该歇歇了,好歹也是拿大几千退休工资的人,这么拼命在外头忙着赚外快没意思。"

许佩珍说:"我的姑爷,他为谁辛苦为谁甜哪?今天是自己人吃饭

075

喝酒，我不说外话——陈缘现在跟了你是享福了，先前我们大的小的难道贴补得还少了？我是劳碌命，他也是。"

陈寰说："人有点事情做，可以老得慢一点。"本来是碍于崔蔚希他们在场，刹住他母亲忆苦思甜的车，倒又被她扯出了啰嗦话来。许佩珍一手持杯，一手指着陈寰，对古明德说："你看看，你还有个这么孝顺的小舅子，都不是省油的灯啊。"说完一饮而尽。

吃了几筷子菜，陈缘用胳膊肘抵了抵周玺芝，意思是该敬酒了。许佩珍眼疾手快，倒先端起了杯子，周玺芝站了起来。

"坐坐坐。"许佩珍笑道，"这些天我往这里走动得少，也不知道他们姐弟俩是怎么编排我的，实际上我是最容易相处的人了，年轻人最欢喜我的。"

先发制人，周玺芝一时倒不知怎么接招了。陈缘说："我们的时间多多啊，每天用都用不完，专门拿来编排你，编排你还有工资可以拿呢。"

崔蔚希听了，没忍住笑出声来，大家就都笑了。周玺芝在这一团和气里喝了酒，坐了下来。

许佩珍对陈缘说："莫黛前一阵子上法国去了你知道吧，带了各种瓶瓶罐罐回来，特地送来给我。我说我年纪大了，就不妖扮古怪的了，你还不如送给陈缘去。这回她听说我要来，让我带了来。另外还有一份，要你转交给她表妹。"

周玺芝当时在嚼一朵西蓝花，听见最后一句，不由得咬住了嘴唇。西蓝花的细小颗粒在口腔里一点都不安静，像小时候常吃的跳跳糖。

陈缘说："宝玲会缺这些东西？"

"缺不缺是人家的事，让你转交你就转交。"古明德适时说道。

周玺芝一抬眼，见陈寰也正看着她，复又低下头去。

"宝玲是说裴宝玲吗？她当然需要，卸了妆好丑的。"崔蔚希持公勺朝碗里舀豆腐羹,不以为意地说道。她只是听周玺芝提过这个人,连裴宝玲照片都没见过,凭空拟出此言只是为周玺芝抬势。余光里,许佩珍笑了笑,不作声。又过了一会儿,崔蔚希好像和宁伟闹起矛盾来:"滚滚滚,别跟我说话。"古明德沉下脸教育她:"嘴里讲话不要没个边。"

吃完了饭,古明德要请大家接着去唱歌,许佩珍说小楷青蓝明天都要上课,大家便各自回家。周玺芝仔细回忆了一下,她在陈寰那里应该是没有什么过分的痕迹的,比如晾在阳台上的内衣,淋浴间的香波,都已经提前收拾干净。这才放心和崔蔚希一道回去了。

路上她问崔蔚希桌上怎么说了那么多话。崔蔚希说:"我聒噪一点不是显得你有涵养嘛,主角好不好要靠配角来衬托的。"

"她那么大的岁数,心里才有一杆秤呢,哪是我们好四两拨千斤的。你那么说裴宝玲,她说不定还以为是我和你串通一气贬低人家。你那么凶,那么对宁伟,她也未必不会觉得物以类聚人以群分,我和你是一路货色,也是母老虎,以后刁难她的儿子。"

崔蔚希笑了:"我还没质问你,你倒有这么多道理。"

"一直想和你说的,只是没有机会。"

"难道你觉得今天是个合适的机会?"

"你舅舅犹豫来着,没禁住他们劝。大概是觉得择日不如撞日吧。"

崔蔚希同她两人走在清冷的月下,很轻蔑地笑出声:"其实和我有什么相干?一代亲,二代表,三代了,不过是舅舅而已,他管不着我,我也管不着他。我只是觉得陈寰的姐姐该警惕些,我做晚辈的不该说些以下犯上的话,可他真不是什么安分的人。现在看起来日子是太平,没准哪天就冒出个野女人带着孩子上门,找他滴血认亲。"

"这样恐怖。"周玺芝听着像是民国时候才会有的事。

"你不知道,我先前的舅妈是怎样好的一个人,他到现在还不领悟。其实我也是近来才会念起她,大概,总要被辜负之后,才能觉得是好的。"

许佩珍待了几日，陈寰听她的口风，对周玺芝的印象还不算太坏，只是一直没有避谈裴宝玲："你和小时候上学那会儿一模一样，总不思进取。一百分考到八十分就知足了，从来不说和人家名列前茅的比，只记得谁谁谁给你垫底。小周还不错，但也只是不错而已，她的家境和宝玲比起来逊色多了。你不要以为我嫌贫爱富说的是人家的家底，我是说家里的环境。小周她妈离了婚，还找个比自己小的，不知道安的是什么心。她爸连个人影都看不见，就更加是问题。"

陈寰听她说教时一直在分神，想着怎么样才能以一种既不背叛他母亲不向周玺芝和盘托出，同时又不背叛周玺芝能让她含蓄地了解到事情真相的方式向周玺芝讲述这一切。

送走了母亲，还在思考的时候，他遇见了裴宝玲。

那个夜晚下着小雪，他走过寂寥空旷的街头，忽然有人用一种熟悉而遥远的声音喊他的名字："陈寰。"他当时所在的那种环境是非常落寞的，然而这个声音来得极为合宜，像是这声呼唤也是落雪的一部分。

裴宝玲的头探出车窗外，头发倾斜下来。

"上我那儿坐坐吧。"陈寰上车后，裴宝玲没有问他去哪好顺道载他一程，而是直接下达了命令，邀请他的光临。

裴宝玲雇了保姆，一进门她吩咐说："如姐，没什么事你就先回去吧。"如姐仰起头来打量陈寰，笑容里有一种对陌生人细致的分辨。陈寰也微笑，想她接待过多少风格各异的男宾。陈寰要去盥洗室洗手，如姐在前指引，然后转身去自己的房间收拾东西准备回家。她晚上原是住在这里的。

陈寰顺手关掉了手机，奇怪的是从他送完他母亲之后，周玺芝没有来过一个短信和电话。

如姐走后，裴宝玲熄掉了一盏大灯。暗调的房间看起来是暗的，却让人心跳加速。

"喝什么？有咖啡和印度茉莉，还是我给你榨点猕猴桃汁？"裴宝玲脱下外套随意地搭在沙发上，里面是件质感极柔软的麦芽色敞领线衫，衬得锁骨洁白清晰。

"不用忙了，我坐会儿就走。"自己能深深感觉出来违心。

裴宝玲沏了茶来，看着他臃肿的棉衣，问道："是空调不够暖吗？"

陈寰笑了笑，拉开拉链。

"还是说，我这个人不够热情？"

裴宝玲接过他的衣服，用衣服撑子撑好了，挂到了衣帽间去。

"你平时都住在这儿？"陈寰问。

裴宝玲说："对啊，我跟你说过的，而且不止一次。"

陈寰脸红了，说："记性差。"

"是吗？我堂嫂骂我堂哥的，说他总是以记性差为理，可是中央五套哪一天转播哪一个俱乐部的比赛他记得清清楚楚啊。没有记性差这个说法，只是没放在心上。"裴宝玲坐到了他身边来，"你姐姐前一阵子送东西给我，她说你现在在文艺部？"

"对啊，她什么都跟你说。"陈寰感觉到自己的脚趾正用力地扣着拖鞋鞋底。

"她不说我就不知道了？"裴宝玲嫣然一笑的脸倏忽之间冷了下去，"还是你以为我也和你一样麻木，别人不说，就真的不知道？你以为你凭什么只当了半个月的记者中间还缺勤一天，最后倒能堂而皇之地转到文艺部去享清福？"

空气凝结了一下，陈寰在这个空当猜出了半分。

"那是我政协的舅舅卖了老脸给你们台里。"也许只是一个电话，一声招呼，但裴宝玲说得义愤填膺，她是真的来了火。

"所以陈寰，我拜托你不要视一切为理所当然。在这个世界上，大概除了我喜欢你这件事以外，别的事都是有原因的，都是有迹可循的。"

陈寰没有想到最后真的是裴宝玲率先捅破这层窗户纸，这比他进文艺部是裴宝玲在背后运作更让他感到了自己的无能。他端起茶杯慢慢地，慢慢地喝了一口。裴宝玲也慢慢地，慢慢地倚过来，把头搁在他的肩膀上，又从身后拉过陈寰的手，来搂着自己。不搂怕失礼，搂着怕逾矩，于是陈寰的手臂是僵硬的，如同古代的圈椅。楼上一点动静都没有，裴宝玲为了视野选了这一层，又因为不能忍受噪音，买下了上面的三层，这是陈寰怎么也想不到的事，但在裴宝玲这里是自然而然的事。这样的差异多了去了，但在这样的一个夜晚，这些差异暂时置身事外，让他们获得一个和平共处的机会。

裴太太忽然来了个电话，陈寰听见铃声，仿佛一碗水从后脖颈浇了下去。裴宝玲一边嗯嗯啊啊地接电话，一边吊起眼睛看他，看不出哪一件事更重要。

裴宝玲挂了电话，说："她明天要飞悉尼，之前一条丝巾落在我这里，马上来拿。"

陈寰起身，放下心，缓了口气，同时他也意识到，自己全部的表情都在细心地掩饰着那份意犹未尽的遗憾。裴宝玲递外套给他，脸上是种冷冽而秾丽的笑容。他穿起来，往玄关那里走。

裴宝玲先前关了灯，周围黑漆漆的，她的声音也这样黑漆漆地传来："人都是这样，得不到才渴望。陈寰，我不会放过你的。"

外面还在下雪，寒冷，明亮，让刚才温暖的幽暗在回忆里如同梦境。车轮打滑，出租车司机开得很慢。陈寰摸出手机，红色的开机动画映衬着他的脸，然而没有预想中一连串的短信或未接来电。一切又很快暗了下去。

说失望,也谈不上。毕竟,他知道自己和周玺芝正处于最无味的状态里,像吃到饱的饭局,或是听到快睡着的戏。他闭上眼睛,微微地往刚才的梦境里探索而去,呼吸它未了的余香。他告诉自己,就一小会儿,就一小会儿,马上就走。

隔日周玺芝才来了电话,原来是她母亲身体不好,她坐夜车赶回河婴去了,手机上车时就已经没电。元旦她公司发了两壶橄榄油,一瓶白葡萄酒,同事替她存在前台。

"你下班路过去取一下,我跟他们打过电话了。"

"你不来做饭,我拿回来也没用,等你回来再说吧。"

"在我们公司,但凡人不在,总要一个个来看过一遍把包装最差的换给你才安心。"

陈寰就去了周玺芝的公司一趟。前台的两个女孩子听见他说明来意,露出些怯生生的笑容。周玺芝如果在公司,免不了要被调侃的。陈寰道谢,提上东西出门。远远听见她们说:"那上次那个真不是。"陈寰把这话噎在心里只字未提,等周玺芝回来后才突击问了个究竟。

竟又是老陶。

原来先前周玺芝的公司迁址,居然还是请的老陶所在的搬家公司。那天,周玺芝在会议室打包,一转身看见老陶站在门口。他大概已经看了她好一会儿,笑了笑,不作声。周玺芝走过去,压根不知道说些什么。但即使没有对话,外人看着这副形容,还是觉得有说头。

事后,主管问她是不是认识,说的时候还拿胳膊肘抵了抵她,声音还压得低,带着暧昧。周玺芝说是同学。主管自然不信,老同学见面怎么可能不说话?况且她的同学做上了搬运工,这也叫人费解。更是越描越黑。

那一晚收工后,老陶又找到周玺芝,说要请她吃个饭。周玺芝说还有事，老陶的神色立即叫人同情起来，像是主人抱了很久的宠物忽然被放在地上。周玺芝知道他有歉意，很想把话说开，以后能当普通朋友处，斟酌了一下，也就同意了。

"上次陈寰在，我有些话也不好说。"老陶喝酒上脸，打算讲重点时，也不知是不是酒水下肚，壮了胆子。

"都过去了。"周玺芝低头吃菜。

"我知道，我没有陈寰看起来那么彬彬有礼，一看就是学中文出身的。我就是个粗人，所以穿这身衣裳合适得很。"老陶拎了拎自己的领口，说，"但我不是不正经的人，我没有玩弄谁的意思。那天晚上你跑回宿舍后，我在你楼下站了一整晚，我怕你会想不开……"那天晚上——这明明已经是很久很久前的事了，在他的嘴里竟像是昨天。

放不下回忆的人才会这样模糊了时间。

"好了，别说了。"周玺芝丢下筷子。饭碗里盛满了她的往事，让人难以下咽。

"这大概是我这辈子做的最后悔的一件事。"老陶的双眼是沧桑哀凉的淡红色，像是奋战不力等待对方屠戮的寇敌。

"后悔？人生可以懊悔，却不能后退。路再难走，总是要走，要往前走。"周玺芝也喝了些红酒，剩下一点，在杯中回旋。

老陶要送她回家，周玺芝自然不同意。他知道会被拒绝，可还是要表达，陈情不是为了收获。分别的岔路口，周玺芝同他说再见，又说："以后要是没有什么事，就尽量别来找我了。"老陶笑了笑，他也清楚，她委婉的口气不代表什么余地。

周玺芝一直没有告诉陈寰这件事。就像荷花池一塘清水波澜不惊，但要连根拔起，必然要翻滚起阵阵淤泥。只是这一次，陈寰并没有深究些什么，说："只是吃顿饭而已，我有机会也要找他吃饭的。"

周玺芝走过来,倚在他怀里,说:"让你去公司一趟,不是为了拿油拿酒,是以正视听。"

陈寰撇撇嘴,说:"是吗?"

周玺芝说:"再怎么说,你的这张脸还是能替我扳回一城的。"

这一晚,他们的状态都非常好。也许是别后各自的身体悄悄焕发出了新的生机,每一寸肌肤都像经过蝉蜕,初次试探周遭的世界,更易感受彼此的鲜美。他吮吸她的体香,她握紧他的脊梁,配合着满屋的雪后白月光。

事后,周玺芝背对着陈寰,忽然小声地问:"明年的这个时候,你说我们还会在一起吗?"

月色温润地濯洗着周玺芝的耳轮廓,逆光中看起来像一只蜷缩的白鹭,陈寰伸出手捂着它。周玺芝说:"你是不想让我听到真相吗?"

"这些天,我总觉得,你也许明天就不在我身边了,觉得我们不能走到最后。"过了半晌,周玺芝问,"你在听吗?"

陈寰一直不言不语。

"我妈说,有了经过,就算抓不住结果,也不遗憾。"周玺芝说她恰恰相反,她喜欢全方位的占有,无死角的扣留。

"其实啊,我妈也是到了那个年纪,下不来台,找个借口开脱而已。哪个人喜欢瓜分,哪个人喜欢抽成,唉!"周玺芝说着说着声音变小,到那一声叹息时已经很难听清,如同大雾之中前方的车辆渐渐隐于谜色。

极度兴奋后的身体是惫懒的。若在平时,陈寰听见她说这样的话,会起一身的鸡皮疙瘩,那时却完全没有。倦意使得他任人宰割,他只是抱着她沉沉睡去,像什么都没听到一样,像刚才耳朵被捂住的那个人是他一样。

第四章 鹤影流沙

周玺芝回家探望病母的那个深夜,游复予亲自开车去车站接她。他已经把副驾驶一侧的门打开,她还是习惯性地坐到了后厢。开了一会儿,周玺芝见不是去医院的路,就问他往哪开。

"她刚刚睡下,我送你回家。"

"怎么突然之间这样?我以前没听她说过有这样的毛病。"

"天气忽冷忽热,大概感染了。"

周玺芝不再说话,游复予专心开车,碟机里流泻出来的风笛声就显得格外寂寞安静。到家后,周玺芝打开自己的房门,温暖的空气涌过来。游复予提前开了油汀,床褥也晒过了。周玺芝知道会是这样,她每次回来都是这样。但游复予说是因为她母亲的病,怕传染给家里人,所以天晴时里里外外洗晒一遍。周玺芝宁愿是这样的原因。

"热水器开着呢,你去洗吧。我去医院。"他还是不让周玺芝这么晚去，怕她母亲看到她兴奋，睡不着。病人需要平静将养。

周玺芝洗完澡给手机充上电，想给陈寰去个消息，又怕他睡了。翻出书来看，见多出一张书签，应该是游复予拿去看的。她母亲从不看书，说字小行窄，看久了头疼。

凌晨一点多听到游复予开门，这种时刻，周玺芝仍旧胆寒。小时候，母亲离开家出远门办事，她第一次和游复予独处，总有种预感，他随时会拿出一口大麻袋把她拐走。那些年，母亲还算年轻，他就更年轻，容貌也非常潇洒英俊，总是穿洁白挺括的衬衫和毛线背心。周玺芝不像别的小孩那样肤浅，以为坏人都是大灰狼的长相，她觉得漂亮是邪恶的源泉。游复予剥橘子给她吃，她借口拿回房间吃，悄悄地从窗户扔掉。

次日他们一起往医院去。医生正在她母亲床头的病人卡上写些什么。

官秀丽。无论是听到或看到亲人的名字，还是名字这个东西出现在公开场合被示众，周玺芝都觉得尴尬，她说不上来是什么原因。游复予请了好几天的假，周玺芝坚持让他去上班，官秀丽也让他走。到这时，丈夫和女儿对于官秀丽来说，亲疏太容易分辨，且母亲让女儿陪着，没有任何负担。游复予轻轻退出去，关上房门。

官秀丽对周玺芝说："你也早点走，年前事情忙，不要让单位领导同事埋怨。"

周玺芝低下头帮她剪指甲，也不接话茬，意思是不要她操这些闲心。

官秀丽又问："你没事有没有去看看你小妈？"她说的是周玺芝的婶婶。她们妯娌之间的感情一直很好，官秀丽很信任她。周玺芝祖母还在世的时候，有什么要交给做媳妇的决断的，官秀丽从来都是让给她来。

"她跟你小爷离婚我是万万没想到的。"官秀丽总觉得离婚是发生在她这种笨人头上的事，周玺芝小妈那样精明能干，不会步她后尘。官秀丽替她开脱,说是小叔子在外面太招摇太花天酒地。实际上,周玺芝一直觉得她婶婶有点神经质,和她孩子气的母亲能谈得拢就很能说明她的异常。

他们离婚后,周玺芝叔叔把他城郊傍山的一幢别墅留给了她婶婶。外人听起来豪气,其实对他来说就不算什么。官秀丽至此渐渐与她疏于来往。这里面有个很重要的原因,是官秀丽当时和游复予的关系已经非常稳固。决策之初,官秀丽曾经请教过周玺芝婶婶,她本来是赞成的,后来自己离了婚,反而有些看不得别人好。谈到男人,显得啰嗦,说教里有明显的漏洞。

前些日子,官秀丽忽然又接到她的电话,家里家外的事都聊了一些,最后说起周玺芝。

"不知道也就罢了,既然知道你在苏城,不拎点东西去瞧瞧她到底不好看。她到现在还是一个人,挺孤独的。而且怎么也是你小妈。"官秀丽说。

"知道了。"周玺芝的电话响起来,是陈寰的。她走到阳台上接。

回来时,官秀丽问她:"你谈朋友了?"

周玺芝忽然惆怅起来。母女之间的感情清淡得像君子之交,差一点点讲话就要用谦词敬语,彼此之间的关怀总是迟到且稀薄。像她病了这些日子,她才知道。像她谈了这么久,她也才知道。

官秀丽没问起这话时,周玺芝总是蠢蠢欲动,好想她问一问,她能告诉她,算不上惊喜,也算分享一个小秘密。此时问起,她又不想说,觉得这事实在没有什么观赏价值。

"只是个普通朋友。"

"我让他帮你关心着这件事。"官秀丽从来不说"你爸爸",知道这会刺到她。

"不用。"

"他们院里刚刚招了一批年轻人,有些是研究生。可是我每次跟他说,他都嗯嗯呜呜的。"官秀丽的头垂了下来,"说到底……"她不往下说了,什么亲生不亲生之类的话更会惹怒她。

"你安心养病。病中还这样劳心,不知道哪一天能出院。"

官秀丽听见她说到病,咳了两声。之前不咳的,这两声就有种撒娇的意味。

晚间,官秀丽吃完了饭就让他们回家。游复予担心她夜里还会发烧,迟迟不肯走,周玺芝也就陪着。到了十点钟左右的光景,官秀丽睡了,两个人才出来。

游复予问:"工作什么的都还好吗?"

周玺芝听者有意,觉得这后缀有深意。"什么的"是指什么?除了工作,还有哪些方面需要他们的关怀。

"还好。"

"你打算就扎根在那里了吗,不回来了?"

"男的才能谈扎根。女的是雪花命,飘到哪算哪。"

游复予淡淡一笑:"她让我帮你物色着人。有是有,只是怕你嫌距离远。而且,女孩子走出去,开眼看世界,格物致知,层次上去了,回到小地方,这样的人只怕你未必看得上。"

"你听她的呢!"周玺芝冷笑。

"你还小,不急。"游复予的话音拖得悠长且懒散。周玺芝听不出来,以为他就是疲于为她奔忙,但游复予只是不想为她找而已。他可以为别人,为与他无关、比她更疏远的人找,他也可以为她做别的事,比这辛苦百倍的事。但他不愿意为她找,他主观上就在排斥这件事。

殷璎经历着的变故和周玺芝截然相反。周玺芝回到苏城后,殷璎约她出来喝茶,说:"老佟要撵我走。"周玺芝看到她眼睛里一闪而过的水光。

"怎么了?好好的。"

"不知道,无缘无故的。"那天佟先生应酬完,他那些知根知底的老朋友很熟练地把电话拨到殷璎这里。他们要转到一个会所去看茶道表演,喊她来作陪。殷璎的驾照刚刚拿到手,开得不溜,倒车时一个急刹车,佟先生一口就吐了出来,当即甩了她一个嘴巴子。在边上指挥着倒车的人都惊呆了,在他们前面的几辆车也停下来,纷纷来劝。

佟先生的眼睛也不是怒目圆睁的样子,反而垂着上半截困倦的眼帘,可不怒自威,一种肃杀的戾气扑面而来。他把挂档球头当成拄手拐棍,撑着被酒肉泡过的虚囊肉身,就维持着这姿势盯着殷璎看了好久。殷璎先是愣了一下子,后来就被这酸涩糜烂的酒气熏醒了,抽出面纸先替佟先生擦干净,擦车子,再擦自己,然后给佟先生倒了一杯水。佟先生喝完,开始在副驾驶上打呼。

殷璎凑过去向他耳语:"我们不去了吧,回家,我煨了当归乌鸡汤。"

佟先生像是睡得很沉。

殷璎摇下车窗:"他不舒服,我们先走了,你们玩儿。"

到了家,殷璎自己成了拐杖,驾着他慢慢往里走。脱鞋,脱袜子,放热水,准备换洗衣服,烧茶,最后洗一个干净的盆,盛上清水,置于床头。她拾掇好了,佟先生也洗好了。

房间的灯开得很亮,大灯小灯金碧辉煌。佟先生千不怕万不怕就怕独寝,只要一个人睡,就要亮堂的环境,且视野范围内不能出现可以遮蔽藏身的拐角。殷璎的鼻音厚得像加了几层垫子,说:"感冒又重了。我今晚睡隔壁间吧。"

佟先生招招手。殷璎走过去,上了床,歪在他臂弯里。

佟先生正在老去，老去的人身体上的味道是默默改变着的，感冒无法阻挡殷璎灵敏的嗅觉。她想到，这已经是她跟着佟先生的第四年了。四年，一千多个昼夜。如果人生是一个瓶子，这四年一定是瓶肚那个部位——同样的高度，却盛放得更多。

"我酒喝多了。"佟先生扑朔地道歉。

殷璎摇摇头。因为在他怀中，这动作看上去就像蹭。小对大的依恋，低等对高等的崇拜。她不需要他解释，他的解释对于她来说是种负担。

殷璎问他明天给台湾汇的数额要不要酌意再添加一些。明天是古历十五，按时汇钱的日子。宋熹媛是廿四那天的生日，虽然是散生日，但是佟先生作为丈夫理应有所表示。殷璎不吃醋，只是生怕佟先生会让她去挑选礼物。她恋物，漂亮的总想自己留着，品次太低的送不出手，买双份又觉得自己不配。佟先生说都随你，都随你。那就钱吧，送钱等于送一切。

宋熹媛不把家，佟先生取缔了她所有的信用卡，按月汇钱。汇钱的事一直是殷璎经手。殷璎觉得，一开始佟先生把这个任务交给她是某种考验，后来完全放心。她自己想起来，会独自冷笑。佟先生的钱起初是她最看重的，现在成了她最不看重的。

佟先生说："那索性就多寄一个月的给她，佳妮好像刚刚换了一台琴。"

佳妮是他的大女儿。不爱看电脑的佟先生常常去翻她的博客。

殷璎点点头，起身，让佟先生休息。走到门口，佟先生叫住她。就在那一刹那，她感到将有不好的事情发生。女人的第六感都在关键的人和关键的事上滋生，它没有余裕，无关紧要的时候没必要漫溢出来。殷璎觉得千钧一发。

"不然，你走吧。"佟先生的眼神像第一天被送入幼儿园的孩子。

殷璎迅速接口:"我这就走了啊。不是说了嘛,今晚你自己睡。"说完就掩上房门,终止一切可能。

周玺芝问她:"你自己怎么想,你打算挨到什么时候?"

"什么是挨?我和他在一起,从来不是挨,不是耗,不是磨时间,就是普通的男女的关系,你不必戴副眼镜看我们。"边缘的处境里,在姐妹面前要强要脸,周玺芝想她又是何必。

"总有个了断的时候,他不会一辈子不回台湾的,等你到三十岁再来为自己筹谋就迟了。"周玺芝为她续上茶,高高的一线茶水,流坠而下,也像时光,一淌就淌到了三十岁。对她这样的女人来说,杯中已满,就再难回还。

"你的处境未必比我好。"殷璎呷了一口,"现在又不是万恶的旧社会,婚姻包办不了,所以,家里人不同意只是个幌子。其实,你自己心里也清楚。"

"你想说什么?"周玺芝不看她,眼睛望向别处,使得自己的状态看起来是对她接下来一大套说辞的不屑。

"有人在裴家千金的那个小区看到过他。"殷璎说。

找到裴宝玲的地址并不难。挑一个合适的机会登门,或者说在一个自己心里状态比较好的时候登门对周玺芝则是很难的。

这一拖就拖到了夏天。这期间,陈寰是一条平稳的线,没有一点点曲折让她产生立即造访裴宝玲的冲动。

在贵德商厦撞见裴宝玲的下午,空气沉闷燥热,怕又要降雨。机会似乎是千载难逢,让偶遇更像偶遇却需要精心设计。

周玺芝拿了一件同款等候在试衣间外。

"真巧。"裴宝玲出来时,周玺芝迎面送上一句。

"无巧不成书啊。"裴宝玲眼动头不动，俯视着周玺芝手中的孔雀蓝裙子，说，"两个女人喜欢上同一样，要么是同伙，要么是敌人。"

周玺芝笑笑："手上有汗，我先试衣服，别回头不买，还把人家的搞脏了。"

裴宝玲也不假客套："我等你。"

周玺芝出来后，裴宝玲和她两个人并排在试衣镜前站着。裴宝玲上身是浅鹅黄色的雪纺衬衫，印着咖啡色的葵花图案，和蓝色一撞，又是极白的皮肤，扎眼得很。周玺芝是一件普通的白色一字领 T 恤，观者的注意力集中在裙子上，腰线就显得高，腿形长而纤瘦。

明面上，似乎和斗艳毫无关系。但二十几岁的女人血气方刚，好胜心呼之欲出。

售货员以为是闺蜜，嘴也和蜜一样甜，上下左右分毫不差地夸了一通。

周玺芝说："这件被试太多次，你从仓库拿一条没穿过的帮我包起来。"

裴宝玲说："把我自己之前穿的那条包起来，我这件就不脱了，怪麻烦的。"

出门外头果然在下雨。

裴宝玲说："走吧，载你去哪儿？陈寰家？"

"时间还早，我想去你那儿讨一杯茶。"

裴宝玲一转方向盘掉头往南："怎么说讨？请还请不到。"

雨水刀子一样砸在挡风玻璃上，气氛紧迫而诡异。裴宝玲问："要是一会儿你在我那儿看到什么东西是陈寰忘在那儿的，你说怎么办？"

周玺芝不假思索，轻声说："那我就做主把它转赠给你了。"

"他？"

"是啊,又能值多少钱啊!"

裴宝玲哈哈大笑起来:"好久都没见过他了。"

"下一句是不是——我都快忘了他长什么样了?"

"哦,那可不对。他讨喜的也就只是那一张脸了。"

"这句倒是中肯。"

"我还没说完——可现在的人啊,最看重的就是这一张皮了,随你什么里子什么馅儿都不管。卿卿我我搂搂抱抱的可都是这一张皮,要是皱皱巴巴,那可多瘆人。"

到了裴宝玲家,周玺芝坐到沙发上。裴宝玲倚着门,说:"就你那个位置,陈寰坐过的。"

周玺芝笑她步步为营:"坐哪儿你都记得,看来是稀客。不过朋友之间互相拜访,就再寻常不过了,你有空也上我们那里去玩儿。"

"去啊,怎么不去。"裴宝玲故作惊讶,"你就没我细心,我在那儿坐过的位置难道没留下什么香水味?"

周玺芝沉默了一会儿,深吸一口气:"夜猫进宅,无事不来,我今天上门拜访,真的不是和你来耍嘴的。"

裴宝玲眼眸一转,笑了起来:"做戏就要做足了功夫。何况一开始,是你先打的官腔,如果没这个本事唱念做打样样俱全,就别轻易踏进这个行当出将入相。"

周玺芝毫不畏惧,迎难而上:"好,那接下来,我就正正经经地请问一下裴小姐,你到底打算纠缠他到什么时候?"

裴宝玲信步走到窗边观雨,说:"我?纠缠他?你有没有搞错。你又凭什么跟我这样讲话?"

叮的一声,周玺芝轻轻把耳杯置于碟盘上。先前裴宝玲说茶没有意思,她有刚刚从山里带回来的青梅酒。

周玺芝说："凭我是他的女朋友。"

"有关系证明吗？情侣介绍信？同居暂住证？有吗？"裴宝玲双臂交叠于胸前，款款走来，"没有的话，你又凭什么？什么都凭不了，那他就是自由的，和交易市场待价而沽的花瓶没什么两样，拍卖师的锤子没尘埃落定，所有的顾客都可以叫价，他可以是任何人的。"

"人有感情，不是商品。"

"是吗？那你刚才不是说要转赠给我？这又是什么文明的说法？"

那年圣诞，周玺芝曾和裴宝玲有过短时间的交流。她领教过她的性格，知道此次会师必是这个下场，但她就是想来，不然总有一口恶气迂回在五脏六腑里。从小到大，她从不好强，更不善战。她记不清自己是什么时候变成了一只蛐蛐，一只斗鸡，一头西班牙的牛。但是再早，也不会早于陈寰的出现。为了他，她耗尽芳华，终于渐渐地不再是她。

如米成炊，入了嘴。如木成船，离了岸。

就这样，她那前半生的使命俱已完结，接下来是走火入魔还是羽化登仙，都不是那凡尘里的自己。她感到一股汹涌的哀伤，一浪一浪。

"那好，我把他转赠给你。"周玺芝的分贝小了很多。

"说了任何人都没有他的所有权，你又何必再做这种无效的人情。"裴宝玲三两步快速走到门边，拉开大门，做了个请的手势，"我晚上还有饭局，不方便陪你了，你好走不送。"

周玺芝撑着伞，在雨中沿着高地一步步往家走。半路上，雨停了。黄昏到家，她在楼下看到崔蔚希晒在外面的毛巾被。早上就跟她说过今天有雨。

小区里飘涌着大团大团的青草香气。阵雨初霁，夕阳又起，云蒸霞蔚，远远看上去，就有些缥缈的仙意。晚照之处，周玺芝见亭中坐着两个人。一个着缁衣，年长一些，一个着红衣，与周玺芝一般年纪，都低着头聚精会神的样子,像是在下棋。周玺芝大概知道他们,与她直上直下一个单元。年轻的那个住在二楼,姓虞,是夜校的老师,她曾经有包裹请周玺芝代收过,名字太拗口,她忘了。年长的那个就有名了,是苏城二十世纪最红的昆曲名伶,叫罗敷。

周玺芝走过去,走进亭子了。没有人招呼她,她也没有向任何人打招呼,只是负手站在边上看了一会儿。

"一开始的局就没有布好,节节败退也是理所当然的事,您不必再让我。"虞老师说。

"有工夫留心着我是不是在让你,不如看看你手边的那一片还能不能补救。"罗敷清冷的眼神如鹤翅拂风般在棋盘上逡巡而过。

"这一片其实也只是出空城计了。"

"是吗?那可真是糊弄到我了呢!这就和我们唱戏是一个道理,唱错了词,走错了步子,这些都不要紧,关键那个范儿从始至终都要在,让台下的看出破绽,那就完了。"

失之东隅,收之桑榆。说话的间隙,虞老师吃了罗敷的几个子,笑着说:"老师您百密一疏啊。"

"死灰尚可复燃。所以啊,盖棺前别急着定论。"

"……"

周玺芝又看了一会儿,听了一会儿,渐渐地失去耐心,上了楼去。

回到家打开窗子,她却见楼下亭中空空荡荡。她感觉自己陷入了某种"山中一日,世间百年"的传说——砍柴的樵夫上了山,看到有道士下棋,一个得道已久,一个受他点化,是他学生,半个真人,说些天玄地黄的话。下山前一阵大雾,一回头二人没了踪影。下山后,家山已改,儿女都已归西,往日砍柴的刀只剩下被蟪蚁蛀蚀的木把手。

没有协商一致,对相遇之事,周玺芝和裴宝玲倒都默契地守口如瓶。周玺芝特地选在陈寰来时才洗衣服,把那条和裴宝玲同款的裙子晾在最外面的显眼位置,余光里打量他的形容,未见有什么异样。可又不觉得这能代表什么,想他这几日不一定见过裴宝玲,见了,裴宝玲也未必穿了这条裙子。心有疑虑,除非自己看破,不然总是很难打消。

过了一会儿,崔蔚希回来了,宁伟跟在后面。看见陈寰,各自打了招呼,就回到房里去了。他们在门外,听见里面两人压低了声音吵架。没过多久,崔蔚希又摔门而去,宁伟依旧跟在后面。

他们走后,陈寰说他想起以前住在万芳那里的时候,万芳说吵吵小架倒也不是坏事。周玺芝说:"我知道这意思,就跟感冒似的,难过归难过,倒能加强免疫力。久不得病,会害大病。"

都发现了。已经很久没有吵架。礼让之中生出了相敬如宾的意思,不追究,不问责,心里只是担待和宽恕,面上则是尊重。细想想,非常骇人。

下午左右无事,他们就去湖上划船。湖堤上游人三三两两。湖水是深碧色。漆皮剥落的船是暗哑的枣红色、藤黄色、月白色,零落的几只浮在上面,远望也显得空旷。周玺芝处于生理期,不能喝凉水,自备一只保温杯,水倒在杯盖里,慢慢地吹着,然后浅浅啜一口。

陈寰说:"中秋的时候,台里要办晚会,让我拿策划案。"

周玺芝把杯盖里剩下的一点茶晃了晃,倒进湖中,说:"好事啊,领导器重你。"

陈寰低着头:"谁知道呢。"

周玺芝说:"也许,就该你命里有高人相助,有贵人看重。"

陈寰一抬头:"什么意思?"

周玺芝倒觉得不解:"怎么,这有什么不好吗?"

处处是雷区,有可见的,也有不可见的,踮着脚尖,谨慎规避。

陈寰伸出手,周玺芝放上去。陈寰把她往身前一拉,抵住她的额头。

船危险而富有美感地晃了晃。周玺芝说:"小心啊。"

陈寰说他最喜欢有惊无险,是种很美妙的体验,就像失而复得,好像比一开始握在手中还有分量。

"毕业那年,你说要走,后来又回来……"

现时的生活不够美好,才会拿当年出来回味。周玺芝并不觉得陈酿芬芳:"那么也没见你有多珍惜。"陈寰刚要还口,周玺芝瞬间又堵住了他,说出来的话像把温柔的刀:"如果我告诉你,在很久之前我就注意到你,寄包裹那次只是我人为安排的一计,你会觉得诧异吗?在食堂,在羽毛球场,在晒台上,注视你的人太多,我只是其中一个。"

周玺芝抬起眼睛接住他求索的眼神:"如果你想问我为什么不早一点行动,怎么一直等到毕业。我只能说,我有我的苦衷。或者,告诉你也没什么——陶明辉和你同班,我想等一个重新开始彻底翻盘的契机。我以为,毕业后大家各奔东西,这就是最好的契机,谁知道还是有些顾此失彼。"

陈寰怔怔地问她为什么不早点说。

周玺芝的笑容在潋滟的水光里倏忽划过:"我说了,我有我的苦衷。"

陈寰握她的手有些衮软,周玺芝反过来握着他的手。每一个女人,哪怕再历经风尘,都有她尊严的底线,不到紧要关头,这点苦衷都不会像呈堂证供一样记录在案。

"我今天说得已经够多了。但是,没有想让你拿你的历史记录和我交换的意思,因为我已经不想知道,已经对你的事没什么兴趣了。两个人都不够单纯,才会枝节横生。所以从一开始,大家就误入歧途。我从来没有想过要推卸责任。只是,你扪心自问,这些日子以来,你又在做些什么。"

大家凝神屏气了片刻,陈寰大而化之地回答道:"我不知道你指什么,或者你可以说明白点。我想无论是什么,我也总有我的苦衷。"

以牙还牙,周玺芝生出凄哀的笑意。她的脸白得像纸,眼窝如墨,整个人单薄得好似晾在风中。陈寰的手面上是她手心里湿热的汗,粘腻感仿佛昨日尚在。慢慢地,周玺芝的手也滑走了,像沉鱼摇曳而去。

船渐渐地靠到岸边,陈寰先上了岸,回过身来要扶周玺芝时,却听她在湖风中无奈地叹息了一声:"既然大家都过得这么辛苦,那么,就到此为止吧。"说完就解掉绳索,一个人向湖心划去。陈寰没有再雇船去追她。

隔天他收到了她寄来的戒指。没有谁敢说自己是在玩笑取乐。等到陈寰某一晚路过周玺芝的公寓,鼓起勇气上楼时,却被崔蔚希告知她早已搬离的消息,据说也辞了职,换了工作。听崔蔚希的口气,她也不知道周玺芝的近况,但陈寰知道她不可能不知道,想想却没有追问,这是为难她。

崔蔚希说她一个人住不了这么大的房子,很快也要搬走了。陈寰在屋子里晃了一圈,想起了他帮周玺芝搬家时的场景。听崔蔚希这么说,想他以后也许就要和他们这帮人断了来往。也许是人多量大,气势上就扑来一股沉重的诀别,他竟然觉得比和周玺芝初初分开的日子还难过。

或者,建立在周玺芝之上的人际关系全是为着周玺芝,他们代表的就是周玺芝,是若干个周玺芝汇合在一起。

关于湖上的那一天,周玺芝记得最清楚的是自己穿的衣服。一件浅胭脂红的一字领细麻连衣裙,手臂上有带着弧度的镂花绣片。她喜欢这件,陈寰也喜欢,临别前用来加深印象最好不过。这事,是没有征兆的,但不代表是没有预谋的。她清楚自己的境地,已到了主动出击的时候,与其最后两败俱伤大家难堪,不如尽早抽身而退。她把整个过程想得滴水不漏,以至于在毫无彩排的情况下,情节依然按照她预设的方式缓缓推进。只是此后,她还是痛苦了一阵子。她以为,被自己剧透的人生已经不存在悬念,她酝酿好了足够的心理准备。可这结局是开放式的,有无限可能的,而陈寰到底选择了"此时无声胜有声"这一种。这种选择是不是排除万难动心忍性的,她想象不出,也已没有意义。他将计就计,她只能走为上计,就搬出公寓,去了江北的一个工厂里上班。过江时,周玺芝一回头就可以看到蓝灰色的一团城池。

蓄谋已久,借着寄包裹的机会搭讪?她冷笑,她才没有像自己说的那样算尽机关,她那么胡编乱造只是想向他确认陶明辉的事,既坦荡荡,又显得势均力敌,还比事情的本来面目更合乎情理。关键是,这样说,最符合陈寰的逻辑,她知道的。为了不让他揣测出其他不堪的可能,或是接近她最不愿提及的事件,她只好先声夺人。

她渐渐地忘了自我,只记得,当初真的是为了他才留在了这座城市。这件事,一点都没有掺假。

第五章 月轮移去

有一天,一阵大风忽然从头顶刮过,头皮也随之一阵冰凉,陈寰发现冬天来了。一进门他就不停地搓手焐耳朵,陈缘端给他一杯热茶:"你也别太虚张声势,昨天陪他去江北谈事情,最起码还要再冷两度,只隔着一条江,居然这么大差别。"

陈寰接过来焐了焐手。

江北,江北。江北的那个人还好吗?

殷璎所知道的最小范围就是江北。那天陈寰一再问她,她还是这么说:"起初听人说,她还在苏城,后来又听说在江北,大概再过一段时间也能知道是哪条街哪个企业,可现在我知道的只有这么多。"陈寰请假去了江北,用一天时间跑遍他能跑的所有地方,依然没能找到周玺芝的踪迹。

巳裕路街头车来车往，冬天的夜迅速来袭。他在显眼的街心广场站了很久，他觉得周玺芝会在人潮中看到他，他认定她看到他绝不会不来和他说话。等到将近十一点的时候，出租车明显少了很多，他拦了一辆回市区。

氟利昂不足，空调没有热度，冷雨敲窗的夜晚，周身空空荡荡。之前刷牙，陈寰发现洗漱台的角落里有一根长发，这大概是周玺芝留给他唯一的东西。电话响了，裴宝玲说话时，酒气仿佛能从听筒里吹过来。

"外面好冷啊，在下雨呢陈寰。"

"你如果喝酒了就打车回去。"

"你应该问问我是为谁喝的酒啊。"裴宝玲说，"我为你喝的酒啊。"

"我比你付出了更大的代价，我为你放弃了她。"

"可你依然不爱我，我知道。"

"什么是爱？"

"爱就是为你做所有以前不愿意做的事，就是这样下雨的晚上希望卧在你怀里，一觉睡到天明，还是不想起身离开。"裴宝玲渐渐有了一点鼻音。

"你在哪儿？我去接你。"良久，陈寰说道。

"没事，我去找你，我舍不得你被浇。"

那晚，裴宝玲一进门就抱住了他。她微卷的头发上散落着坚硬水珠，在他手心里慢慢融化。吸到了她丰润上唇的刹那，他蓦地睁开眼睛，他发现她不是周玺芝，周玺芝的嘴唇薄得像广玉兰的花瓣，带着清软的香气，有丝缕的肌理。裴宝玲浑然不觉，依旧非常投入。他用瑟缩的舌头更进一步地去试探她。她像一块浑厚好吃的巧克力，缀满了榛果颗粒，但她看起来总不像是他的，她应该放在丝绒布盒子里，扎上金色绸带，放置在白橡木的柜子里，而不是属于他。

裴宝玲也知道他不属于自己,不会轻易地让二人产生从属的关系。但是,这个夜晚是良机,不必完成,只需促进。而这一晚过后,居然很多人都心照不宣地把故事翻篇,一致认可他们俩携手开启了新的纪元。没有人泄密,但又都觉得事无不可对人言。

无需开口而公之于众,或者是一个很优雅的姿态。

相形之下,周玺芝的音讯更加石沉大海。

许佩珍来时看出了陈寰眼底的失落,说:"小周那个孩子也不错,只是……"陈寰冷冷地白了他母亲一眼,她便止住不说了。陈缘泡了柠檬水来,各添了一匙蜂蜜递与他二人,又在中间做调停:"反正,顺其自然就好了,走到哪一步都站稳了脚跟。今日宝玲这样全心全意地待你,你还愁云惨雾的,就太说不过去了。"

"有人真是翻身得解放了,原来日日夜夜苦大仇深,现在倒教起别人来了。"陈寰握着杯子,悠悠地晃着。蜂蜜在水里飘飘摇摇散去,像日光蒸发在空气里。

许佩珍瞬间来了火,把杯子往玻璃台面上一踬:"你再这样没大没小地跟你姐姐说话你以为我不能打你是啊?人在那里,你爱谈不谈,还想威胁谁吗难道?宝玲也是瞎了眼,不然你以为你这样的又能有什么好女孩子往你近前靠。大概你现在能在台里说上话了,了不得了?哪一天,你冷了宝玲的心,你就屁也不是。她能把你扶上去,就一样能把你拽下来。"

陈寰起身回屋,带上房门。他原想很重地摔一声,可是他觉得他母亲的话确实给了他不一样的启蒙——他的爱情是为别人而培育的,他的工作是基于工作以外的人情,他的亲人以为他好的名义安排着他的人生,他的恋人杳无音讯。他没有一样可以由自己支配的程序,他感到末梢神经在逐渐失灵,慢慢地,筋骨和器官也就坏死了。

这样的人，已经不配重重地摔门。

加班的晚上，裴宝玲煲了汤送来。刷了浅绿漆的不锈钢保温桶，洁白圆润的手指轻轻旋起，看着就已可口。头一层是晶莹剔透的莴苣炒火腿，中间一层是腊肉丁和玉米粒炒饭，最底下一层是竹荪老鸭汤。裴宝玲见他忙，周身又有同事们人来人往，就没有多逗留。

"吃完了你合上，不用刷，扔在门卫那里就行。"说完系上围巾翩然而去。

隔壁办公室的霍主任扬扬走来，笑道："谁还能借个筷子让我尝一块。"

舞蹈组的女同事揶揄另一个："哎哟，看来霍台吃腻了你的饭了。"职位都是抬着喊。

另一个迅速把道具绸子抽走："少放你的瘟屁。"

陈寰笑着打圆场："多着呢，霍主任到小会议室来吃。"

霍主任自己打了饭，和陈寰一老一少坐在灯下吃着。他们关系一向好，以至于刘主任倒有些生气，曾开玩笑，说陈寰背弃师门，私通外敌。霍主任也算是陈寰的师傅，他面试就是霍主任主考。霍主任喜欢他，说他像年轻时候的自个儿。霍主任从来不跟陈寰谈业务上的事，他乐于跟他分享些人生经验、处世方法。陈寰听着，有些对，有些不对，但只是听着，从不回嘴。

霍主任就喜欢他这一点："祸从口出，你不说话就对了。我要不是嘴巴大，别说台长了，市长也有的做。"然后又不免再说一番他家老丈人以前怎样怎样辉煌的事。

霍主任说："说起来，你也真是值了。"

陈寰知道他是说裴宝玲，夹了一块老鸭给他，却仍旧堵不上他的嘴。

"市里表彰纳税先进的那天是我带人去录的,裴占山交了多少你知道吗?《金瓶梅》上怎么说的?哦,泼天的富贵啊,真是泼天的富贵。"

"她跟我从来不说这些。我这一阵子忙,也不怎么见面。"陈寰笑道。

"少来。"霍主任把身子朝斜上方一拎,意思是他不与他交心,"你在我跟前少打马虎眼。老刘年底到龄要滚蛋了,他们就全要交给你了。"

"没呢没呢,哪儿都说到这话了。"

吃完了饭,师徒二人下楼遛弯消食。

霍主任说:"先前那个姑娘叫什么来着,姓周的?过去了就过去了,别把不快活丢给小裴,她并没什么错。"

"是啊,都是我的错。"

"我知道你喜欢先前那个多一点。但是,好多事都是后来居上鸠占鹊巢的。而且,慢慢地就自然而然了,尤其是男女的事,心态要自己调整。家里的人年纪都大了吧?起码比我大。你不是还有个姐姐吗?那他们不会管你的。他们会说小裴不错啊,长得也好,家世也好,这样的女孩子理应是被人喜欢的,才不会管你是不是就喜欢她。"

陈寰眼睛一亮,又苦笑了笑。

霍主任说:"喜欢这种话,我这个岁数,讲起来都觉得肉酥酥的,寒毛直站。年轻时候记得最深的感觉,到老了反而会嘲笑。"

"是吗?"陈寰不相信,也没法为自己的中年预设。

"是啊。而且,即使是喜欢,也算不得什么,都是风里的火,说灭就灭,就算有烧得久的,也迟早会灭。其实,和一个不喜欢的人在一起反而会比较保险,不会担心自己有朝一日不再喜欢她。"

陈寰讶异极了。喜欢这件事,难道不是星星之火可以燎原越烧越烈的吗?他不想再听了,霍主任的话听着像传销,像邪门歪道。他拉着他加急了步子往办公大楼的方向走,可霍主任讲到了兴头上,仍旧不停:

"我和我太太,一样的。熟人介绍,她家又强。结婚就结婚咯,我没什么损失。我不喜欢她,我可以把心留着以后隔三差五喜欢喜欢别人,总好过一开始觉得她很美,慢慢看着她变丑,从喜欢到嫌弃。"

至年下,为了要不要登门给裴家夫妇拜年,许佩珍和陈缘产生了分歧。陈缘把电话开了免提,让陈寰跟母亲先说了两句。

"喏,你儿子也在这里的,不要说我在中间捣鬼。我问了莫黛的意思,她也觉得时机不成熟。况且就裴家那个样子,每天门槛都要被人踏破了的,他们要是还不想陈寰被示众,你直愣愣走过去,他们要不开心的。"

"可是夜长梦多啊。"许佩珍总觉得窗户纸不捅破,始终会有变数。

陈缘同陈寰在这一头相视一眼,都无奈地摇摇头。陈缘说:"你还当如今是你们的那个年代呢?现在结婚当天离婚的都有,拜个年又算得了什么定数。"

"总要好些。"

陈寰听不下去,进了内室。

陈缘见他门缝掩实了,就拎起听筒,压低了声音:"我实话跟你讲,我已经叫莫黛去探过口风了。宝玲爸爸压根就没看上你儿子,就不同意他们的事,宝玲动用了多少家族里有身份的人去说情呢。至少等她老头子松了口,他才好过去。"

许佩珍说:"之前不是说他们尊重自由恋爱的吗?"

"空口白话谁不会说,你不也说过这样的话。"

许佩珍叹了口气:"今时不同往日。原先他不跟宝玲好,她家倒往跟前贴,现在又摆谱。"

"你别会错意了,人家什么时候往你跟前贴了?只是那时候,周玺芝还在,你以为你儿子左拥右抱抢手得很,幻觉罢了。"

许佩珍忍了半天,还是拆了自己的台,低声下气道:"想想,那孩子也挺好的，起码不用踮着脚尖蹭人家鼻尖。"

"事到如今，说这样的话只显得没意思。"陈缘挂了电话，见陈寰倚着门框怔怔地朝她看着。

因为话题和过年有关，那一晚回到居所，陈寰忽然就做出了一个重要的决定——他过年要去河婴。他不能干等周玺芝出现，坐以待毙，断了呼吸。他知道河婴不大，就托他姑姑打听，姑姑问他究竟，他就半遮半掩说了一些。姑姑很惊讶："我听你妈妈说，是你看不上人家，甩了她，怎么又找她？"

陈寰只在心里冷笑。和他预计的说辞差不多，他知道他母亲会放出些叫人咋舌的话。

姑姑认识的人多，很快打听到了地址。初三这一天，他带了一点行李出门。许佩珍问他干什么，他说以前的老同学有聚会。许佩珍说："凡事要知道分寸。"好像知道点什么似的，不排除姑姑会向她报备。但只要她不拦，他也就管不了那么许多。

到达的当晚找了个旅舍住下，饭后悄悄地去周玺芝家楼下转悠了一圈。也许一家人出去吃饭去了，屋里黑灯瞎火。夜里睡觉，他听到了竹子折裂的声响，原来外面已经下了很大的一场雪。他把空调开得很高，只穿着内裤，起身倒了一杯水喝，赤脚也不觉得冷。第二天一出门，才感到寒风刺骨。

到了周玺芝家，开门的是她的母亲官秀丽，看了看他，又看了看他手中拎着的东西，想不出这个拜年者是何人，就有点不好意思地问："你是？"神色确实像个孩子。陈寰说他是周玺芝的朋友，路过，来看看她。官秀丽露出了诚恳的笑容，连连引他入厅房，为他倒茶切水果。

"她不在，跟她爸爸去亲戚家了。"

"您没去？"

"我身体不好，要静养。雪地里来回跑，马上就咳嗽。"官秀丽说，"你是她的同事，还是以前的同学？"

"校友。以前关系很好。"他把范围说得很大，但这样总不至于是谎话。

"以前？现在呢？"

"她去江北之后联系得就少了。"

"之前的单位还不错的，不知道她闹什么情绪。现在常常要加班，还要跑车间。她一个女孩子，孤零零在那儿也是辛苦。"

陈寰笑笑，喝茶。

"他们多久才回来？"

"我也不知道呢，才出去没多一会儿，你给她打个电话问问？"

"打了，正在通话。没事，年里头大家都忙，我回头再约她也行。"没有见到周玺芝，他反而有种放心，就像一个怀疑自己身患绝症的人，迟迟不敢去医院查，去了医院，门诊排满了没有查成，倒得到一丝丝放松和宽慰，至少有一半活的几率。

陈寰又坐了半个小时，与官秀丽良久无话，有些尴尬，便起身要走。临行前朝周玺芝的房门看了看，竟怀疑她就在里面。走到门口，官秀丽忽然问他："你是她的男朋友吗？"

陈寰换鞋的脚慢慢地滑进去，陷进去，一时不知如何作答。

"如果是的话，就算了吧。她已经走出来了，未来怎么样不知道，起码有快乐的可能，如果再回过头去，还是伤心。她从小就不快乐，我想她能找到个让她快乐的人。"

陈寰怔了一下，别无他选地轻轻点了点头，脸上全程都带着的那点仪式般的微笑虎头蛇尾地消失了。他带上门，下了楼去。

周玺芝家的房子是她生父单位分配的，在一个贸易市场的楼上，上去需要爬过一个很宽很高的坡。陈寰走到街对面时，看到坡前停下了一辆车。从驾驶座下来了一个男人，到后面开门，周玺芝也下来了。他们本来是一前一后地走着，上坡时，男人转过身来向周玺芝伸出了手，大概是积雪太厚太滑的原因。

他知道那是她的继父，年轻而有风度。他知道他们不是情侣，但他还是无法直视他拉着她的手。他从来不知道，爱一个人的感受要靠第三个人来测验。但他想，周玺芝一定早就懂得了这种感受，裴宝玲比她继父正当得多。

在陈寰的眼睛里，远处皑皑白雪上缓缓前移的周玺芝只有一只瓢虫那么大。他同时感到另一只瓢虫爬到了自己的身上，痒痒的，忽然会啮一口。

那天下午他就回家了。

他想起了他到江北的那一次，他觉得他以后都不会再来找周玺芝了。

然而，周玺芝的电话在暮春的一个下午突然打来。当时，陈寰和裴宝玲正在音乐厅看一场荷兰轻乐团的表演，手机一阵震动。他见是不熟悉的座机，以为是房产或贵金属推销员打来的，险些拒接。

"你方便说话吗？"周玺芝的声音熟悉得像是他们昨天还在通话。

陈寰对旁边的裴宝玲做了个手势，慢慢地起身，弓着腰从人群中离席。

在外走廊上，春风静得像鼻息，世界因为他们即将发生的对谈而终止了一切嘈杂，他们反而不知道该怎么说话。

"我上周才知道你来过。"良久，周玺芝说道。

"没事，顺路去看看你。"才说出口就觉得不像，所以一个"看看"说得倒不像"顺路"该有的轻描淡写，是郑重其事的腔调。

109

"我还不错,你呢?"

"我也挺好的。"这个时候只有充壮门面才好旗鼓相当。

那一头静了一下,隐约传来一声"快点啊",大概是有人在叫她。他连忙说:"你还有事吧?那去忙吧。"说完又后悔,怕她以为他毫无与她聊天的兴致。

周玺芝说:"那我先挂了。"然后,他们的对话就结束了。万语千言做不到提纲挈领也就罢了,竟然耗费在了一些废话上,可废话又废话得不彻底,像是一种对隔阂的试探——谈大事之前该有的闲话家常,说些有的没的。

陈寰觉得周玺芝在慢慢地回头。他生出一种蓬勃的喜悦,以至于后来听轻音乐都像摇滚,惊天动地的澎湃,有山有海。他全然忘记了裴宝玲,好像手边的女子只是素不相识的听众。

离场时,他走得很快,步履轻盈,裴宝玲嗔了一声"赶死吗",他才驻足等了她一下。他其实一点都不想等她,他只想等周玺芝的电话,他觉得周玺芝一定会再一次打电话过来。然而,就像在江北的街心广场上等到半夜的经历一样,他又一次失算了,周玺芝那一头没再传来任何消息。他忍不住回拨了过去,那一头的中年妇女用地道的方言回他:"啊……你找哪个啊……我这块是缙水路报刊亭唉……"

周玺芝这一次听从了官秀丽的话。在官秀丽眼里,她虽然算不上叛逆,但也不是什么顺从的孩子。那一天晚上,母女二人难得地在屋里聊了很久。

"你起码应该告诉我一声。"周玺芝倚着墙,透过窗子看外面沉沉的星斗。

"有的时候,你把我想得也太笨太笨,以为我什么都不知道。你虽然不和我说,但我能看出来。"官秀丽叹了一口气,眉目间哀愁起来,

"你现在的年纪是快乐的年纪,因为人这一辈子,后面多的是艰难苦楚,你现在不快乐,要等到什么时候?以后就没机会了。况且你又不像我,你脑袋里装的东西太多,到我这样的岁数,快乐未必有我一半多。"

周玺芝想,同样的穹庐之下,有人也在仰望星空吧。

官秀丽又问:"你和他在一起快乐吗?"

周玺芝被她问住了,是不快乐的吧。可是,失去他,她好像更不快乐。她想反问她母亲,爱情本身真的是快乐的吗?是因为得到、占有、操控而享有快感吗?而不是在重重矛盾里泥足深陷,而无法自拔,并且甘愿以这样的境地为桎梏,让身心在疲倦中逐渐苍老,活到死就寿终正寝,活不到死就了此残生吗?想一想,还是活不到死的吧,不是说情深不寿吗!

周玺芝一点也不敢和官秀丽分享这些,怕她以为她的女儿疯了。

过了一会儿,游复予来敲门:"她大了,你别总给她上课。"

官秀丽走后,她把陈寰的信拿出来看,洁白的纸页上只有短短数言——新年好,路过河婴,来看看你。没有落款,他的字迹也极普通,但这就像她在人群中看到极普通的他并爱上他一样,她没有理由辨认不出。

那天还在年里,她出去走亲戚,在家里随便拿了两样礼盒带着,晚间人家来了电话,说里面有她的信,写着亲启。她拿到手时,快乐迅速淹没了尴尬。

快乐。她想到这里,发现自己有过快乐,并且顺藤摸瓜想起了很多很多的快乐。这封信失而复得,是她和他的缘分,但是这样穿梭如风的缘来缘去,她真的已经承受不起。她要听妈妈的话,即使忍不住和他联络,也只能是致谢,而非由此复联。

明明周玺芝用的是公用电话,断了退路,婉拒一切可能,算不上藕断丝连,裴宝玲却仍然有了一点警觉。吃饭时,常常吃两口就搁下碗盏,抬眼看着陈寰。这一天,气温又上涨许多,裴宝玲穿了一条裙子来见他。陈寰看出了点什么,努力在脑海里打捞一些往日的碎片。当他回忆起周玺芝也曾有过这样一条裙子时,他确定裴宝玲是故意的。陈寰不说话,拿了本画册给她,让她到隔壁间等他。

"端午那天,我爸在湖光饭店置办了几桌酒,请的都是家里人,让你一起去。"裴宝玲说。

陈寰低头改文件,说:"怎么,你请到了何方神圣为我疏通啊,我去拜见你爸之前是不是先去拜访一下这位高人?"

"你少说这样的风凉话。我这两天来回奔波,累成这样,你倒是说一两句中听的啊。我爸整天训我,你再跟着起哄,我的夹棍气要受到哪一天!"裴宝玲把画册往沙发上一扔,重重地坐下来,像是坐着他陈寰一样。

"小姐的身子,丫鬟的命。"陈寰不甩她,他知道她看中他的就是这一点。她会为此生气生恨,可最后汇成一股,照样成了爱。

端午节当天,气氛并没有陈寰预想的那么紧迫。裴家没有向任何人引荐他,亲友和裴宝玲的同学中也不乏年轻男子,他混迹其中,十分安全。只是他全程都坐在裴宝玲身边,也微微引起了不少女眷的私语。大家在讨论他的存在,在细心揣摩裴宝玲和他交谈时的口气和表情。这样的活动,一次不多,两次不少,三次四次大家就心照不宣。

裴宝玲十分自然地引领着他完成这种隐形的推介,却不会告诉他她父亲的意思——万一哪一天他们不能瓜熟蒂落,落得一拍两散,她另结了新欢,外人看她,也总不是翻修的样子,毕竟从来没有什么官方信息发布出去。体统永远是要的。

陈寰不是笨人，裴家留这样一手，他能猜得到，却没有为之悬心，只觉是人之常情。况且能有这样的暗语播散出去，对他来说已经足够。台里见风使舵，让他火箭上位，全面协助刘主任的工作。虽然刘主任到年底才下，但已经有人对他半真半玩笑地以"主任"相称。

地位，本来不是他想追求的，甚至和追求钱追求富裕比起来，他都不那么想追求地位。

小时候，他追求的是宠爱。明明因为年龄和性别，他本就享受着远超于姐姐的那份宠爱，但记事前，他根本不懂，记事后就连本带利地在父母面前蚕食、瓜分、独占了全部的宠爱。长大一些，他追求的是成绩。下课和他们打球打游戏，上课却比他们一万倍地走心，考前佯装不在意，考后又说失手，别人没有和他竞比的心，知道成绩出来他照旧会遥遥领先。后来，知道什么都比不上钱。再好的成绩也要想办法折合成钱才有它的意义。

说到底是在其圈谋其事，什么身份追求什么价值。

不追求地位，就没有什么可追求的了。这地位是裴宝玲给的，纵然两者之间只是约等于，他也应该对裴宝玲施以一些追求的姿态。但他知道，为了不让好感快速消弭，他们只能打持久战。敌退我才能进，敌进我故意退。屡试不爽，所以驾轻就熟。

一天晚上，台里宴请外宾，陈寰参与接待。桌上，红白啤莫名其妙都喝了一些，散席时他脚步已经不大稳。前辈问他要不要紧，要不要送。他摇摇手，依次打招呼别过，自行上了出租车。

他把窗户摇下来，把头搁在边上吹风。司机说危险，他说："你专心开车。"

转过一个三岔口，又过了一个红绿灯，他见一路景致逐渐熟悉起来。努力回忆，这是什么地方啊，是哪儿来着。嘴边的感觉，就是说不上来。等到和校门口的两座塔形雕塑擦肩而过，他才想起来，是学校啊。

113

"停，就在这下。"

没人拦他。这种乘客，早走早好。

他在林荫道下慢慢地走着，月光被树枝筛洗过，迷蒙地落在头发上。远处靠近街巷的地方有浮散的灯影，年轻人在里面交错徊行。初夏的夜风是情人湿润的嘴唇，一缕就是一个吻。他和它缠绵嬉戏，意乱情迷。

他继续往前走，然后，遥遥地看见周玺芝的宿舍楼。他还记得是靠近楼梯的那一间，防盗窗上的镂花坏了一小块，阳台上投出些剪影，是女孩子们在洗漱晾衣服。他在长椅上坐下来，慢慢地，目不转睛地看着。他知道自己不算酩酊大醉，毕竟他清楚地意识到，周玺芝不会在窗内出现。他想象不出周玺芝出现在窗内是什么样子，他们认识得太晚，从来没有一个温柔的夜，可以供他在她楼下等她，送一点东西，说两句情话。他们的爱情，从来没有在温室里培育的阶段，一上来就是风刀霜剑。这样的心酸。

他倚着木制长椅的靠背，缓缓地滑下去。他告诉自己，就眯一小会儿，就一小会儿。

大概，是校园里葳蕤的植物们弥散着绿色的气味，这使梦中的他想起前年夏天，他和周玺芝去郊外远足的事。他们租赁了一幢山房，周末两天的费用是一千块，这在当时，对于经济拮据的他们来说是非常奢侈的事。但陈寰一直对周玺芝说，他很想和她在远离城区的地方待两天。他说得很真诚，眼睛里闪光，夸张得像是夏夜里忽闪忽闪的流萤。

那是一幢老式的洋楼。原先的主人一定拥有尊贵的身份，不然不会获得土地使用权。几经易手，归于现在的所有者，由其一番改造，成为度假者梦寐以求的天堂。

黄昏时洗了澡，换了人字拖和细麻的衣服，坐在木板铺就的露台上。沿着花池摆放的小株盆栽栀子开着相对袖珍的花朵，洁白花瓣在暮色中有了枯萎蔫谢的迹象，咖啡色的痕迹如同伤疤。周玺芝手里拿着一个细长的玻璃杯，杯中是清水，她躺在摇晃的藤椅里，轻声地告诉他，在山的另一边住着她一个久未谋面的亲戚，是她的婶婶，他们那里管婶婶叫小妈。

小妈和她的丈夫一直很恩爱。小妈是学舞蹈出身的，身材修长有致，面容洁净端美，她的丈夫一直以她为傲。他觉得，娶到她是他这辈子最幸运的事之一。

他出席重要的活动都要她陪伴在侧，不让她做任何有伤身材和皮肤的家务，她的所有珠宝首饰清一色都是定制，他还请专门的建筑设计师为她设计了一座带超大练功房的山居别墅，就在山阴一面。

铺垫多了，总是让人觉得下一个情节就是骇人的反转。陈寰问："现在呢？"

"离婚了。听说她一个人住在山里，很少下山，亲戚朋友都很久没见过她了，包括我妈。她们一开始玩得很好。"

"为什么？"

"她不愿意生孩子，我叔叔不同意。她说如果生孩子，就到国外代孕，我叔叔也不同意。"

陈寰眯着眼睛，像是咀嚼着她这话里千回百转的缘故："男人和女人担心的，好像永远不太一样。"

"他们结婚的时候我记事了。婚礼上，全场瞩目，他说会好好照顾她一辈子，但他没有。他离开了她，留了一所空房子给她。"周玺芝对着笼罩山巅的灰紫色晚霞轻声说。

"不能全怪他。"陈寰说。

"世界上最不缺的就是人了，他很快就遇到了新的人。你说，他和他现任的太太在一起的时候，会想起她吗？他们拥抱的时候，他能回忆起她在他怀里的样子吗？"

梦忆至此，陈寰猛的一个冷战醒了。裴宝玲抄着手站在他对面的一棵老槐树下，穿着一件大红的 V 领过膝裙，裙摆在风中微漾。夏天的凌晨四点半，空气是种浓浓的蓝。陈寰顾不上自己的姿态，艰难地爬起来，摇了摇肩周。

"你怎么来了？"

"我？你是问我怎么来了吗？"裴宝玲悠悠走过来，自上而下傲睨着他，"你等不到周玺芝，等到了我，失望得很吗？"

他环顾左右，长路上空空荡荡，好像真是周玺芝失约了一样。

"谁都有庄周梦蝶的雅兴，可你得挑好故地重游的时机。刘主任高风亮节功成身退提前把位置空出来给你，你走马上任第一天就这样衣衫不整？"裴宝玲从包里把房卡拿出来递给他，"就是你们学校隔壁的酒店。衬衫和西服的吊牌我刚刚给你剪了。鞋子是欧码，也不知道合不合脚，你先穿着，不行的话晚上我带你去换。领带在深紫色的那个手袋里，波点和条纹的你自己选着搭配。快去吧。"

她这样滴水不漏的连珠炮陈寰并不陌生，只是钝钝地问："我领带打不好，你不跟我去？"

"大堂经理原来在我爸那里做过事，一起去不好看。"

任职的第一天，四号演播厅在录一档企业家纪录片的室内访谈部分。事先没有人打招呼，问了外宣，说是人家忙人不得闲，邀了几次，今天有空临时就来了。

陈寰问是谁，说是裴占山。陈寰走入内间。

玻璃窗后多了一个人，裴占山的余光觉察到了。身体微微地朝沙发的另一侧偏了偏，笑一笑，算是招呼，但没有正眼看他。或者，浅茶色镜片后的眼睛即使正眼看他，他也觉察不出。事后他客气的话，可以解释，说这是顾虑着镜头。不客气的话,什么解释都不必有。陈寰蓦地想明白了,裴宝玲给他置办了这一身行头,不是给台里的人看的,是给她父亲看的。

到了将近十二点,节目才录完。陈寰克制了一下步态,迅速而有英姿地走进演播室。台长紧随其后也赶到了:"裴总,就在隔壁饭店,国色厅。"

"不了不了,我下午两点的航班,还要先去公司一趟。你问你们主持人,刚才我都跟她讲不好意思,我手机不方便关,被催了两三回。"裴占山戳戳手表,上面的钻在演播厅的灯光下闪耀到刺眼。陈寰插不上话,也轮不到他插话。

"便餐,不让你喝酒。"台长笑着上来搭着他的肩。

"我跟你拘什么礼,山庄的那顿我记着呢,迟早要吃回头。"

都笑了。

陈寰随台长送他到电梯口,裴占山说:"小陈你来。"台长非常自然地握手打招呼走了。裴占山的司机接过他的外套和手提包也迅速下了楼去。

"怎么样啊最近?"裴占山问。

"蒙您关照,都很好。"出于某种本能,陈寰很快堆起了笑,法令纹一丝不苟地对称着。

"我说小玲。"

"是啊,我也说的她啊。"到这里,好像才真的可以让人发自内心地笑一笑。

"我有时问她,她嘀嘀咕咕气呼呼的,也不知道说的什么。她大了,我也管不了什么。你是男孩子,多承担些,不要跟她计较。"

"知道的,您放心。"

"好了,我赶时间,也不跟你说太多。于私嘛,你是她很亲密的朋友,相处的时候要注意。于公,你现在又是主任的身份了,年轻人在台里行

117

事,很多人都看着,更要注意啊。"话不用太狠,能起到"月出惊山鸟"的效果就够了。

"我知道。"电梯开了,陈寰快步跑去用手拦住门。裴占山走了进去,顶灯让他的眼睛看起来如幽微黑洞。陈寰松手,门慢慢阖上,电梯下行。

空间就是世界,分割在两个世界,陈寰觉得一阵满满的安全。

一天晚上,裴宝玲来陈寰这里吃饭。桌上老生常谈,裴宝玲要他租个像样的房子,陈寰认为没必要,一直在争辩。

吃到一半,陈缘来了。一见裴宝玲在这里,说:"哟,宝玲在,那我走了,你们聊。"裴宝玲见这架势,知道他们姐弟有话说,也很自觉,笑着说:"我向来是吃完就抹嘴走人的,缘姐这会儿来是洗盘子吗?"说笑着,陈缘送她下楼。

等到回来时,陈缘的脸色如霜打过一样,问道:"你跟周玺芝还有联系吗?"

"全世界都来质问我一遍才好呢。"陈寰懒洋洋地准备回房间休息。

"我不是别的意思。我是问,如果你和周玺芝还有联系,你帮我问问她,她的同学里是不是有一个叫涂悦的,涂改的涂,喜悦的悦。"

"你怎么不问崔蔚希?"

"你这是笑话我?你知道她不乐意跟我说话。"

"不用问了,我知道这个人,以前和周玺芝她们住在一起。"

陈缘坐下来,脸色比先前更复杂了,像是又心安又忐忑。

"她怎么了?"陈寰倒了杯茶给她。

像是一枚桂圆核在嘴里无味地滚了很久,半响,陈缘说:"这个人威胁我。"

"威胁你什么?"

"让我和古明德离婚。"

"拿什么威胁?"陈寰听出了一点点门道。

"我跟古明德的照片。"

"什么照片?"

"你说什么照片?"陈缘抬起头,气没处撒地白了他一眼,惫于解释的样子。

陈寰忽然明白了。去年年初,香港演艺圈爆发的一宗大丑闻就是和这种照片有关,他忍不住苦笑,她和古明德都是要人到中年了,竟然有这样的情趣。

在陈缘的推测中,涂悦和古明德好了很多年。陈缘和他结婚后,涂悦打道回府,但其间,古明德曾邀她回苏城,或是专程去找她。他们的私密照片只会是通过古明德的手机泄露出去的,不可能有其他任何途径。他睡觉的时候,他洗澡的时候,都有可能。

"你怎么知道她是谁?"陈寰问。

"她发了彩信给我,我找人搜了她的电话。她现在是房地产中介,电话挂在网上,职业经纪人,有名有姓。我看这名字嘛,以前周玺芝和崔蔚希聊天时,像是听到过。"

"你还没跟他说?"这个"他"自然指古明德,在他心里,只有黄骥文才是姐夫。

"不知道怎么说。他要是回过头去质问那女人,把她逼急了,她真把照片发到我公司去,不是没可能。"

"真要这样,他不治她?"

陈缘冷笑:"也不一定,她护着他,他的脸她还模糊处理了一下才发过来,他们好得很。"

陈寰坐在她对面,一只手掩着嘴。陈缘知道他在想办法,知道他不会见死不救。她头一个告诉他,是因为她能相信的人只有他。

陈寰最后给出的办法是，让她先停掉手机，换个号码，假装没有收到这条短信。陈缘怕充耳不闻，涂悦收不到回音会先斩后奏，与其这样，不如有商有量。

陈寰坐到陈缘身边来，搂住她的肩膀。陈缘把头埋到他怀里长长地叹了口气。不要多，往前翻两年，发生这样的事，以陈缘的脾气只会大吵大闹把烂摊子推给他人。陈寰问她，古明德背着她和别人来往，这样的男人，不如离婚算了。说这话时，他自己竟也心虚起来。

陈缘说她老了，孩子也大了，离不起了。离婚需要底气的，所有的"离"都需要底气，离婚、离职、离家出走……没有底气，是不能说走就走的。得有接纳的处所，得有一条后路，照得见光看得见亮，而她现在，除了皱纹，什么都没有。

陈寰说："没事，我养你一辈子。"

陈缘掉下眼泪，问："你会吗？你小时候把我书包扔出去让我滚，你记不得了吗？"

陈寰弹了她脑门一下，像是弹自己的孩子。

陈寰知道他姐姐的意思，在这件事上，她不想和涂悦硬碰硬，想要智取。那么就需要一个人去找涂悦聊聊，动之以情晓之以理，说服她主动退出。陈缘不宜直接出面，陈寰与她不熟，又是异性，更不合适。合适的人只有两个，一个是崔蔚希，一个是古明德。

"可是长辈的事，晚辈不该知道。女人的事，男人也不该知道。何况是无聊的丑闻。"陈缘说，"所以我想请你去请周玺芝，我知道有点难为你，我也是没办法。"

陈寰不觉意外，她今天来，张嘴就是周玺芝，显然是开门见山来的。只是他坦言，他和周玺芝早已没了联络。

"只要你想,总能找到她。"陈缘戚戚地看着他。

他一瞬间对她失去了所有的同情,嫌恶地看了她一眼,感到一种沼泽般污秽的自私。

"你们在一起的时候,我也曾在妈妈跟前为她周旋,给她的印象应该不坏。"

陈寰心里笑她这时还在他面前模糊焦点。明明周玺芝是唯一既认识她又认识涂悦的"外人"——为她洗地,还可永无交集,一举两得地腰斩秘密。她居然还想让自己看起来老实单纯。

雷雨之夜,闪电逼上窗帘的刹那,亮得让人仿佛可以顺光越界,在时空中来回穿梭。陈寰把白日里的场景拿出来咀嚼,陈缘的建议他是动心的。以别人的名义去找周玺芝,脸面上不至于太难堪。虽是不情之请,但也说得通顺。他主要目的是去找周玺芝,至于她是否帮这个忙,其实并不重要。在自私这一点上,人与人之间总是不分伯仲。

殷璎这次很痛快地给了他周玺芝的联系方式。也许是他二次登门打动了她,也许是周玺芝同他们打过招呼——如果他来询问,可以告诉他。殷璎说:"什么理由都是其次,有时候,没理由看起来天地可鉴,有理由反而显得无理取闹。"不管是什么理由,她祝他好运。

陈寰到江北的那家塑料制品厂时,周玺芝正抱着一摞审核好的文件走在长廊上。她穿着一件藕色的麻纱裙子,外面罩着一件白大褂,平底鞋,护士一般。背影他一望便是。领着他前来的同事说:"去啊,那就是。"

他怔了怔,叫她:"玺芝。"

"哎。"她转过身来。

第六章 昨日欢颜

咖啡厅很暗。涂悦来的时候,外面又卷来一阵乌云,越发地暗了。陈寰听见周玺芝起身招呼她:"你又瘦了,怎么这样瘦?"

"天天绕大半个城去跑小区,换谁能不瘦。"

"你现在发财了。"

"发个鬼的财。"

周玺芝给她加糖的声音。铜匙在杯中搅拌,慢慢地晃,慢慢地点进主题。

"过去这么久了,也没找一个?"

"谁要啊。"

"你要求太高,你给自己打个八折,提高一下别人的积极性和购买力。"

"拉倒，倒贴也没人要。"

"我要。"

"拿走。"

浅浅的嬉笑后，一阵淡淡的静默。

"我还是要劝你，为了这种男人不值得。"周玺芝说。

"换我劝你还差不多，你既然不跟陈寰在一起了，他家的闲事你就不要再管。人跟人好，鬼跟鬼好，苍蝇跟个烂腿好。古明德不是个东西，老女人臭味相投才会和他走到一起。陈寰跟她一窝生的，也好不到哪里去。但你不一样，你是好女人，我从来不当面恭维谁，但你确确实实就是好女人。别蹚这种浑水。"

"他既然不是个东西，你干吗还这样追着他不放？"

涂悦不言，半晌，幽幽地说："气不过呗。"

"你啊，就跟人家炒股似的，明明跌得要死，还不肯罢休，真的非要撞南墙吗？"

"你不知道，人一旦有同归于尽的心，金玉良言都听不进，什么都不顾了。"

"别这么不理智。"

"爱得深才不理智。"

周玺芝无言以对，涂悦倒见缝插针地点她一记："你跟陈寰那么久，就这样说散就散，大家抽身而退，过得怡然自得，可见你们没有什么感情，现在你还这样替他张罗，未免太跌份。"

周玺芝像是被她掐到了软肋，一时下不来台却也只有硬着头皮："过去的就过去吧。"

"可问题是，我们都能过去吗？"

那晚，一席对谈后，涂悦与周玺芝告别道："明天下午我就回去了，就不跟你打招呼了。这件事，先到此为止，我暂时不会再骚扰她，但保不齐哪天动怒，还会杀回来找她的麻烦。玺芝，这个面子我是卖给你的，她也算搬对了救兵，换作第二三个，都没有这样大的面子。"

涂悦走后，陈寰从后排的厢座里起身，坐到了她的位置上。周玺芝眉眼黯淡。

"走吗，还是再坐坐？"陈寰问。

"走吧，这儿闷得很。"周玺芝说。

在甘露桥上，二人凭栏站了一阵子。陈寰侧过头来看着她。和厂里那天的乍见比起来，她在他眼中更加自然贴切了，然而因为真实，却也无可避免地浮出一种惘然。那一日，她在小会议室里听完他说明来意后，并没有对古明德的秘密表现出什么诧异："我知道这事。"

"涂悦和他？"陈寰问。

"是啊，很早就知道了。"

"那你为什么不告诉我？"如果他们还是恋人，陈寰或许是指责的语气，但他当时的声腔里只有一点卑微的请求之意。

"就像你姐姐说的那样。长辈的事，晚辈不该知道。女人的事，男人也不该知道。尤其是你和崔蔚希。在什么都不知道的情况下，你和古明德，她和陈缘，这做亲戚的都已经处不来了，知道了，还不知道要怎样。"

远处，烟火开放了，以水为镜，往上飞，也往下坠。周玺芝在夜风里拢了拢头发，说："涂悦说的也不是没有道理。"

"我很早之前就跟你说过，这种人像传销，发展一个下线是一个。"陈寰说。

"她长大了，变了，以前她是我们中最小最安静的一个，公开场合多说两句话就脸红。人家说，岁月如刀，一点都不假，人人都要开膛破肚的。"周玺芝说。

"你不要中了她的毒。"

周玺芝又一次转过身来,一字一句地说:"她是在帮我解毒,因为我中了你的毒。"

烟火的光落在了周玺芝的脸上,落在了她的眼睛里。他很想抱她吻她,却没有勇气。鼓起这勇气,比被她拒绝还让他烦闷。

后来,陈寰送周玺芝回江北。他坐在副驾驶上,周玺芝坐在后面。他想起了他们相识之初,好像常常也是这样。世事总是像画圈一样,绕着绕着就头尾衔合,但他们却并不知道衔合之后有没有循环的机会,故去的时光会不会重来。

周玺芝下车前的话否决了这个念头。她说这一次,不是替陈缘消灾解难,而是帮涂悦,免她误入歧途。事情既然解决,大家就可以回到各自原先的位置继续安顿下来。

陈寰目送她进入厂工宿舍楼后,拦了一辆出租车原路返回。他也没有精力多想了,毕竟裴宝玲的那些未接来电也急等着他去编拟一个温顺的名目予以回应。

又过了一阵子,莫黛带着两个与她年纪相仿的太太来苏城玩,陈缘听到了消息,抢在裴宝玲之前安排接待。商场电影院自然是没有去的名堂的,就定了一日垂钓,一日赏荷,一日吃早晚茶。在渔港接风的那一晚,莫黛摘掉剥龙虾的手套,说:"桌上有男人嫌吵,没男人又没意思。"施太太腼腆,只是笑,蒋太太吸着卤汁道:"宝玲把男朋友叫来我们瞧瞧。"

"他上不了台面。"陈缘率先拦道。

"哪有这样讲自己弟弟的。"莫黛扭头看裴宝玲,"打个电话让他来,要是他有局就算了。今时不同往日。"

裴宝玲慢吞吞地擦擦手,走到一边去打电话。陈缘说:"有什么不同往日的,怎么屁大一点事都被你说得跟中头彩了一样。"

莫黛斜睨了她一眼:"屁大一点事?我看你是吃的灯草灰,放的轻巧屁。现下这样,难道比不得中头彩?你也别装没事人,有能耐你还去以前的窝棚里住着啊。"

陈缘不语。从陈寰和裴宝玲相处开始,莫黛讲话就像换了个人。以前她看不起陈缘,只是藏着掖着,现在看不起她,倒坦坦荡荡起来。好像陈寰真是踩着她的肩膀接触到了裴宝玲。她功德无量,她当坐上席。

裴宝玲回来坐下:"他加班,不得空。"

蒋太太说:"更叫人好奇了。"

"没什么奇不奇的,俗人一个。"陈缘说。

"宝玲手机里一定有照片,给我们看看嘛。"蒋太太说。

裴宝玲做事向来大方,也不害羞,翻开来给她们看。

"一表人才哦,是吧?"蒋太太手脏,用两腕抵着手机,捧过来与施太太二人品鉴。

陈缘和裴宝玲,裴宝玲和莫黛,莫黛和陈缘,三人之间互相看看,不再多话。

陈缘想不到的是,陈寰当晚并没有在台里加班,而是与一个人喝酒。这家酒馆很老了,在一条死巷深处。这个人不是别人,是他的姐夫,也就是陈缘的前任。

黄骥文看起来很瘦,面色蜡黄,像是害病。陈寰间接地问起来,却说刚刚做过体检,除了血糖偏低,别的没什么问题。陈寰说:"那就是你太辛苦了。"黄骥文笑笑,给他斟酒。他确实过得很紧绷,不是没钱用,只是害怕没钱用,就拼命挣钱。白天在公司做事,晚上去和别人合伙的灯具批发中心核账。

"什么人,可靠吗?"陈寰问。

"老朋友了。"

"留个心眼,不要再上当。"

黄骥文不语。陈寰不与他见外,又是关心才这样说,他却仍觉得耻辱,每次想起投资上失策的旧事,陈缘的辱骂声就像洪钟一样回荡起来。

窗外开始淅淅沥沥地下起雨来,空气里流动着一股清凉,像是温柔的秋天,然而秋天还很远。他们二人看着窗外,多少克制着的往事咬着饵跃出水面。

"青蓝也很想你,只是不大方便带她出来。"自然是陈缘扣着不放,陈寰却补了句很不像的话,说,"她大了,功课都做到很晚。"

"有次在贵德那儿的地下通道看到,个子很高了嘛。"

"没打个招呼?"

"没。"

"干吗这样,上去说两句话也没什么。"

"算了,她回头又咋咋呼呼的,那么多人,难看。"

酒馆里来来往往,一些人来,一些人走。有的人没带伞,站在屋檐下抽烟,等开车的朋友来接。大多是刚下班的工人们,蓝衣服的下摆上有机油的污渍。叫一碟猪头肉,一盘花生米,一锅牛肉烩粉丝,一碗蛋汤。有一些人大声说着笑话,肆无忌惮地编排厂里的领导。严谨者话少,低声,微笑,时时侧目。

陈寰拿小酒盅碰了黄骥文的杯子,二人对饮。

"好在,她现在过得很好,这对青蓝也好。"黄骥文说。

"全是大面场上的热闹。"

黄骥文也不细究,凡事,怎么会里应外合面面俱到,总有些背地里的苦衷。

回去的路上,雨停了。深巷之路凹凸不平,多有积水。黑暗中,鞋掌拍打上去,像耳光一样响亮。两侧是盘踞在这座城市最中心地带的城中村,积古高楼和尖顶平房俱已成倾塌之势。政府和他们谈不拢拆迁的价格,只好任他们留在这里。一楼人家的庭院里有高高的桂树,残雨毫无暗示地落在人的发髻和脖颈间。

风很细,像是猜到两头不通,所以派细风来探探路一样,吹在身上有种痒感。

黄骥文忽然说:"小周好像就住在前面不远的地方?"

陈寰乍听还没懂,想了一下才知道他说的是周玺芝。

"是,澜光的老房子,在西边三岔口那边。"

"你们最近怎样?"

陈寰无所适从地仰了仰头,像不会做题的孩子习惯性搔首掩饰般。

"我们没在一起了。"

"哦,是什么时候的事?"

"有一阵子了。"

"是出了什么事吗?"

"也没什么,不太合适吧。"陈寰知道这是含混要脸的说法,又垂下脖子,把头埋入夜色藏起来,唯恐漏洞扩张,让人瞧见自己的卑鄙。

黄骥文没有再问。朋友之间,女人总是更喜欢挖掘女人的难堪,男人对男人却有真实的恻隐。二人在路口道别时,见车流汹涌,霓虹璀璨,都生出慨叹——大把大把的时间就这样没有名目地过去了。

独自往家走的路上,陈寰为今日的黄骥文高兴,纵然辛苦,好在正慢慢地通往幸福。可没过多久,他就又听到了黄骥文的坏消息。

中秋,台里发了螃蟹礼券,陈寰一向不喜欢吃湖鲜,打算送给黄骥文,抬头就请办公室的人直接打了黄骥文的名字。陈缘无意间瞧见了,拿着票进房间来质问他:"都多久了,你怎么还和他来往。他现在的那个老婆不是厨子出身吗,你还怕他吃不好?"

陈寰懒得解释,走过来一把夺过票准备出门。

陈缘不依不饶狂轰滥炸了一顿。

"你吵什么。"陈寰回过身来,一字一顿地通达了噩耗,"他儿子,刚出生三天,死了。他老婆也疯了,每天靠吃药镇定。你是没见过他了,那么高的一个大男人,现在体重恐怕就一百多一点。"

他见陈缘木木地睁着两只眼睛不说话,便又追了两句:"你现在不是信佛,初一十五都上白於寺烧香吗。青蓝穿旧的衣服你不还往贫困山区寄吗。都这么慈悲为怀了,那你就行行好,高抬贵手,帮帮以前曾经一床睡过的人吧。"

送票的那天是裴宝玲开的车。裴宝玲问他:"你姐知道吗?"

答非所问,陈寰眯着眼,抄着手,窝在副驾驶上,说:"有什么深仇大恨非要念念不忘。"

"修辞错误。念念不忘这么好的词,是拿来形容恩情的。"裴宝玲说,"不过,无论是仇还是恩,是爱还是恨,记得都简单,释怀都难。她现在过得好,才会耻于让人知道自己当年过得那样不好,就像一个红了的艺人,怎么会随随便便提起当年去三十八线小县城走穴的事。"

"你和她一样吗?"陈寰问。

裴宝玲侧了他一眼,说:"那是当然。不仅念念不忘,还会让你碎尸万段。"

陈寰半边嘴角扬起来,笑中有邪气,戏说:"你怎么可能下得去手。"

裴宝玲冷哼:"该出手时就出手。"

似乎人人都伺机而动,没过几日,陈缘竟也是类似的说辞。一天晚上,她带着一点钱过来,让陈寰以他的名义接济黄骥文。"你如果说是我的钱,他大概是怎么也不会要的。"

大概陈缘自己也觉得态度转变的幅度过大，很快就读懂了陈寰眼中细微的惊诧，说："这是该出手的时候了，迟了，说不定还会后悔。"这话在她嘴里有了歧义。听不出是她过了一阵子会后悔自己拿出了这个钱，后悔帮了黄骥文，还是说，假使黄骥文没有这个钱，弄得更加凄惨，她会后悔自己没有及时相救。

陈寰但愿是后一种。

他询问陈缘的意思，看是不是把青蓝带去陪他两天，丧子之痛，人总比钱更易抚慰。

"不行。"陈缘当即打断他。

"你干什么要这样一直关着她？是姓古的不让？"

"你怎么总是习惯性地怀疑他？"

"因为他不是好人。"

"可我现在的一切都是他给的。"

"我现在的一切都是裴家给的，那以你的逻辑，他家全是好人？"陈寰说，"算了吧，在这个世界上，人如果真的很好，是赚不到那么多钱的。"

"不说这个了，我不会让青蓝去的。"

"到底为什么？"

陈缘双臂交叠，握着自己的肩膀头，说："她一直都觉得她爸爸很伟大，以为他过得很好，我不想让她看到她爸爸落魄的样子。"陈寰明白了她的意思——在真相面前，孩子没有大人的承受力。她会感到一切都毁了，大楼塌了。

大楼塌了的声音，一般人大概都是没有听过的，陈寰也不例外。可是枫叶红了的时候，他听到了这个声音，当时他正在裴宝玲他们研究生院礼堂的后台。裴宝玲单独申请了一间化妆间，拿一只小号的刷子细细地从口红上蘸一点,工匠切割钻石般描着唇线。

"离得那么远,后面的人哪里看得见。"陈寰在一边对着镜子整理领结。

裴宝玲低下头,嘴角有玄妙的笑:"探戈里没有观众和演员,只有男人和女人。我不是跳给他们看的,是跳给你看的。"她昂起头,嘴唇鲜明如红纸剪出,这样的嘴说露骨情话毫不胆怯且非常配套。

因为留学生们姗姗来迟,又逢国庆六十周年各项活动太多,研究生院的迎新晚会一拖就拖到了秋天。裴宝玲会跳探戈院里是知道的,只是她原来的搭档出国去了,一时也没什么人能顶替上来。她拉上陈寰说要教他跳舞,陈寰一口回绝:"我跳舞?那台底下的人是看小丑还是看耍猴?"

裴宝玲说:"你不学也行,那我就得教别人,教另外一个男人。教他怎么搂我的腰,抬我的腿,勾我的脖子,扣我的手指。"她说着说着,脸就靠了上来,鼻尖被氤氲的鼻息湿润过之后轻滑地蹭着他的下巴,像刚刚开封的洁白固体胶。

陈寰一度担心他的胡楂儿会刮破她的皮肤。

只是,她说的这些,他好像一点也不在意,可她在意他在不在意。他需要在意的不是她说的这些,而是她"在意他在不在意"的这个情绪。

她的眼神是进攻式的,睫毛是防御式的,神色聚拢在一起是稳操胜券式的。

他只有颔首,然后在吻她的时候用她喜欢的画圈法轻轻循绕她的舌头。

陈寰从幕后撩起一线缝隙,见台下已济济一堂。那种热闹、焦灼、严阵以待都让他不适,好像走在黑色的甬道里,随时会有不可估测的事情发生。裴宝玲忽然在身后拍了他一下:"看什么呢?"

他颤抖着转过身来。

她已经脱了外套,露出里面一袭浅紫色的纱裙,风中丁香一样地摇曳着。裙上散落着细小晶石,衬着她光洁的面孔,如星辰拱月。

"紧张吗?"裴宝玲问他。

"紧张。"陈寰说。

"真好。原来你也会有紧张的时候,我以为你真的是天不怕地不怕的。"

"不是怕,就是紧张。"

"有什么区别?"

"怕是对别人的,紧张是对自己的。"

"你永远是这么自私,自恋,自命清高。"她又问,"那你对我是怕还是紧张?"

他力不从心地笑了笑。她却无视他的服软,继续咄咄逼人地盯着他看。好在来了一个后勤服务的同学唤她,让她最后再去试听并确认一下伴奏带。

他们的这支舞叫《废约》,是从一段舞剧里撷取出来的。讲的是受尽爱情折磨的女人对她的情郎怎么也提不起恨,说好不与他相见,却又总是忍不住与他相见。

整场演出就十八个节目,除去最后一个合唱,他们是倒数第二个,带点压轴的意思。陈寰不习惯这种隆重和瞩目,可裴宝玲却是习以为常的。她做惯了人群的中心,所有的赞美和礼遇都照单全收,举重若轻地嬉戏在各种官方和民间的场合,并且总能不负众望地把惊艳回报给那些期待的眼睛。

第十四个节目是吉他弹唱,演员上台时,就有人来通传他们做好准备。

陈寰说:"要是我不小心出错怎么办?"

裴宝玲说:"没事,有我来化险为夷。"

133

陈寰的眼里，自信的她散发着一种愚蠢的美丽，浑然不怕还就真的安然无恙了的美丽。

第十五个节目开演后，服务的同学来帮忙收他们的手机和水杯。陈寰的电话突然响了，他接过来一看，是殷璎的号码。殷璎说周玺芝厂里的化学制剂泄露，连她在内的一批厂工全部进了医院。人一直昏迷不醒，情况不容乐观。

他心里的一座大楼顿时塌了。

裴宝玲听到他问哪个院哪个房间，下意识地跑过来夺他的电话。陈寰一手拿电话保持和殷璎通讯，一手力道惊人地钳住裴宝玲的双手往下按。

"我现在就来。"他挂了电话，对裴宝玲说："我得走了。"

场务在不远处轻声催促："到你们了啊，快点。"

前台的主持人在报幕，很清晰地说着"双人舞"，那声音在他们听来，洋溢着一种甜美毒辣的愉快，好像对这个后台里上演的比舞蹈更加精彩的节目了如指掌。

座下掌声雷动，比之前所有的掌声都要响亮。众人期待着的，不光是裴宝玲的美，还有节目单上那个男人的名字——这样别开生面的青云出岫，这样掷地有声的花落谁家。

裴宝玲站在渗进帷幕的一束光里，脸在暗中，看不清什么表情。

陈寰看了她一眼，转身走了。

裴宝玲的楼也塌了。但陈寰事后听说她那一晚表现得很精彩。她和一团空气交织在一起，完成了一种前所未有的舞蹈。她在宽阔的舞台上回旋，裙摆翻飞成鸟翼，助她孤独飞行。戏中人的彷徨也好，愤慨也好，哀愁也好，通通落到实处。众人沉醉在她的眉眼之间，坠落在她怀里，一病不起。没有人想到那个叫陈寰的男人去了哪里,偶然有人在全场灯光亮相的谢幕时分问起,她从容一笑,说舞剧里那个本来无名无姓的男人就叫陈寰啊,他是角色的名字。大家啧啧赞叹,为这样镜花水月迷蒙幻灭的虚虚实实,为她独特的兰心蕙质。

她说她能够做到化险为夷,就真的不会轻言放弃。

在去医院的车上,陈寰舒了一口气。周玺芝固然是重中之重,但当时的环境本身就让他有撤退的冲动,殷璎的电话成全了他,有这个理由撑腰,他更能宽恕自己一些。

到医院后,他并没有第一时间见到周玺芝。急救室外的大厅和过道里站满了记者,长枪短炮的闪光灯竞相绽放。市里主管安全生产的领导在随行人员的开道之下离开了现场,说是择日召开发布会。陈寰打电话给殷璎问她在哪儿。殷璎说:"我跟护士站的人说过了,你登记你的名字,直接进来,手机记得调震动。"

房间里很暗,护士换了一瓶水,嘱咐殷璎:"人太多,怕忘了,你一刻钟后按个铃,我来拿体温计。"说完就走了,平底鞋轻轻得不像人类。

殷璎从边上端了个凳子过来:"你坐啊。蔚希刚才也说要来,我让她明早来换我。"

陈寰落座。进来之前,他被护士带去洗手消毒换鞋套戴口罩,全副武装后,手脚不知怎样安放,拘谨僵硬得如同假肢。他看了看床上躺着的周玺芝,又环顾这间浮动着微光的监护室,轻声问殷璎:"你来了多久了?"

"我也是刚到。"

"她家人知道吗?"

"我等你来商量这事。医院这边是说要通知的,只是原先听她说,她妈妈身上也不好,还没敢惊动。"密密匝匝的气声像杯酒上一层浮沫,依次破裂，隐入水中。

"先别说吧。"陈寰把凳子往周玺芝床边挪了挪，摸了摸她的手。手连着膀臂都很凉，不知是不是吊水的缘故。

"医生怎么说？"

"你来前十分钟才把命保住，只是，呼吸道有可能会落下病，另外就是年轻女孩子嘛……还没结婚，怕以后有影响。"是说生育。

"什么时候能醒？"

"谁敢保证，医生也都没办法。刚刚已经走掉了一个，闹事的家属才走，没人敢吭声。"殷璎略显迟疑，想了想，说，"老佟托人打过招呼了，应该不会有太大的事。"

里面不可久留。他们出来时，窗外一轮圆月。

之前手机震了一下，不是电话，是短信。裴宝玲写道："她如果没有大碍，请你早点回来。"谩骂和质问之外的大肚能容反而让他不知所措。

出了病房，殷璎和陈寰在紫藤游廊下坐着，问他："你到底怎么想的？其实我今天私心想着，我没喊你来，那是我对不起玺芝。但是我喊你来你要是没来那才好，事情就只会残忍而不复杂。现在这种局面，比出了事故还叫人头疼。"

见陈寰不语，殷璎又道："裴家的小姐，老佟曾经一桌吃过饭的。据他说，模样才学样样都是人尖子。那我就想了，我哪个眼睛都瞧不上的你到底是有什么样的能耐，让这些如花似玉的女孩子都为了你前赴后继，难道命中注定了金锭子只瞅着你朝下砸？反倒是玺芝这样的好姑娘就要刀山火海地受尽折磨，过得连我都不如。这个世界真的有公平可言吗？命运真的掌握在自己手里吗？我反正是不信的。"

陈寰正欲说什么，殷璎却率先一声冷笑："我知道你在心里笑我，笑我一个婊子，居然人模狗样地教训起你来了。是啊，我是个婊子，可我从来没想立牌坊，我婊得表里如一。光这一点，就值得人面兽心的家伙学习啊。"

"我还是很感谢你。"陈寰说。

"全天下都脏得要命，只有我出淤泥而不染，所有的侮辱都不值得回应，高高在上一笑置之，瞬间化身成神——啧啧啧，大概玺芝喜欢的就是你这副德行吧。你也捏准了她的七寸。"殷璎起身说，"时间不早了，你先回去休息吧，明天下午来接蔚希的班。"

陈寰望着殷璎的背影，说："她没醒之前我是不会走的。"

殷璎脚步一顿，倒不曾回头，仍自顾自走了。

那一晚，他睡在走廊的灯下，来苏水清洁明亮的气味带来一阵一阵的幻听。殷璎的冷嘲在回荡，像冰凉的体温计埋入温热的腋下。倒不是恍然大悟的，毕竟他太了解自己。她的一席话起不到当头一棒的作用，只是一面镜子，让他再一次照见自己。

夜里，死亡厂工的家属又来闹了一回。女人尖锐的哭叫之声直溜溜地滑过清冷的地砖，摩擦后更加尖锐。没有人接待他们，白色的衣袂从他身边拂过，是漫不经心的风。

死亡不是一件遥远的事。这样大的城市，每天有多少老人老死，多少病人病死，多少人无缘无故地出车祸或是被脚手架上的重物砸到以致意外而死。他们不会想到自己的生命在接下来的这一秒里终止，他们以为很多话还有说出的机会。

他看着那个披头散发的女人在叔伯弟兄的拉扯之下依旧奋力地向前爬行，眼泪鼻涕口水在脸上混合成了一张透明的罩子。

周玺芝醒来的黄昏，陈寰正在她床边打盹。前一天，她已经转入普通病房。陈寰挑了一张靠窗的病床,可以遥遥望见木叶斑斓的韵惯山。

周玺芝睁开眼,看见了他,她倒没有惊诧。睡久了,好像还和以前他们在一起时她醒来见到他一样。她也没有力气说话,胃里隐隐地疼。她的睫毛像濒死的蝶翼,静静地扑扇着。她慢慢地想起了前因后果,事情依次衔接在了一起,面貌整齐起来。

病中有各种点滴和营养液支撑,她不缺水分,一触即发,眼泪掉了下来。

听到殷璎的声音,陈寰才醒了,见她正在给周玺芝擦脸。周玺芝也望着他,两个人怔怔的。

"到底是谁在守着谁啊。"殷璎甜软地埋怨道,和那一日在紫藤花廊下直直戳他鼻尖的女子判若两人。

"病中连守三天,不及醒前一秒。"殷璎说他傻,不会举重若轻,净做些无用功,说完了就出去买小米粥。不过给他们腾地方而已。

静极了。间歇会听到门外的女医生在和走廊另一头的人遥相呼应地远距对话,带着点苏城地方腔,轻率油滑,听起来不符合医院这种地方的规制。陈寰默默地走到另一边,把殷璎刚才给她擦脸的毛巾拿到洗手间淘洗。洗完了,依次夹好,晾起来。

"现在觉得怎么样?"他终于问道。

"还好,想吃东西。"

"殷璎去买了,马上就回来了。"

"你没上班吗?"

"请了假。"

"刚升职就请假不好。"

他不知道她是从哪听到他的消息,一注温水灌到了身体里。

"没事。"

又静了一阵子，两人又同时开口。都怕静，怕话断了续不上。
"你说。"陈寰说。
"你困了吧？"周玺芝说。
"刚才睡了会儿，还好。"
殷璎提着一袋食物推门而入："不用硬撑，回去睡吧。"
她像个大当家的，他们做不了主，只有听她的安排。
陈寰收拾了自己的包，将走，又说："我姐知道了，说过两天你好些了来看你。"
周玺芝知道陈缘是为了涂悦的事来感恩的，却并不十分想见她。殷璎懂她似的，拦在了前头："气没还原，话都还说不清楚呢，叫她先别来。"
陈寰见周玺芝垂着眼帘不作声，也就没执意再说什么，让她好好休息，就出了门去。

陈寰倒不知道周玺芝是如何想的，也不知道裴宝玲的态度。沉默让一切都非常蹊跷，且类似博弈，不在技艺，而在运气。他本心上想告诉裴宝玲，他们在一起的这些日子，他如坐针毡，没有踏踏实实吃过一餐饭。只是回到台里，领导对他这几日的缺勤只字不提，同事之间也没有人窃窃私语，让他反而有些自惭。毕竟这都是裴宝玲带给他的，包括他不上班去看另一个女人的权利。
裴宝玲没有急着见他，火急火燎的质问会让他变本加厉地厌倦她。她没那么傻，她的"不见"会让他自发生出一种惶恐，就像流感来袭，自身免疫总比抗生素有效，她要他独立意识到自己做了些什么。
只可惜，事情没有顺应她的走势，他剑走偏锋，有的是办法。

这样的工厂自然是不能再回去了的，陈寰与殷璎商量，出院后送周玺芝去哪里静养。殷璎说去她那里。
老佟一月有半月在外面出差，然而即便是偶然的进出，对她也是不便宜的。陈寰打算在外面给周玺芝租房子,只是怕她不愿意,让殷璎谎称是一个姐妹的房子。

"我们来把事情捋一捋吧陈寰。我想问问,你现在的女朋友是谁?如果是姓裴的,那么玺芝就不劳你操心了,我虽然没什么钱,但一碗饭总可以分给她半碗,何况现在的境地只是暂时的,她很快会好起来,可以工作,自食其力。如果你女朋友是玺芝的话,那你为什么不直接把她接到你那里,这听起来没什么不妥之处啊。我们不要把事情弄得黏糊糊的,一是一,二是二。"

"我需要一点时间来过渡。"陈寰说。

"过渡?从裴小姐那里慢慢回到玺芝的身边,动作缓慢所以不对任何人造成伤害?"殷璎笑了起来,"你可真伟大。"

无论这策略听起来是不是让人舒服,好歹陈寰给出了一个说法,殷璎也就赞成他的意见。出院的那天下午,为使谎言逼真,陈寰不曾露面,殷璎则回家取车来接周玺芝。

周玺芝正在病房里独自收拾东西,敲门声忽然响了。她走过去,见透视窗外一张戴墨镜的脸,棱角熟悉,只是病了这一阵子,不大想得起来,只说"请进"。

来人转动把手,轻轻一推,走进来,卸下墨镜,生疏而和气地与她打招呼:"好久不见,只可惜你别来有恙。"声调像是含香的麦芒。

"他不在这里,我也要走了。"周玺芝继续回过身去叠衣服。

"找他的话,我会去电视台,去他家。我是专程来看你的,何必这么拒人于千里之外。"裴宝玲抚平另一张空床的床单,轻轻坐下。

"你不会是看我没有带鲜花和果篮就生气了吧?"

周玺芝不应。衣服一件件装入箱中。

"怎么说大家也相识一场,老朋友遇难,他来帮扶一把,于情于理都说得过去，我不会多嘴多舌，更不会横加干涉。只是现在你既然康复了，大家也应该按部就班各司其职。"

"这话你应该跟他去说。"

"放心，我会去说的。不过这次的突发情况里，你是事件的主角，可不好这么轻轻松松置身事外的。我来讲这几句是仁至义尽，不要到最后，有些人听不得好言好语，非要意气用事拖泥带水，弄得打打杀杀血流成河才哭爹喊娘。"

周玺芝丢下衣服，转身笑道："请你叱咤风云的父亲找人崩了我？"

"他自然有这个本事。只是你这样的小角色还没那个必要。"裴宝玲昂起头，眼睛里涌动着一股华美的阴气。

"所以你只是要我离开他而已？"周玺芝问。

"这对你难道不是举手之劳吗？"裴宝玲说。

"你凭什么跟我提这样的要求？"周玺芝又问。

"凭我是他的女朋友。"裴宝玲说。

"有关系证明吗？情侣介绍信？同居暂住证？有吗？"

说到这里，好像有根针笔直地坠到地上——叮，嘤，嗡。

裴宝玲如遭掌掴，还是以自己的双手。她有些下不来台，只能轻轻地站起来。她的眼珠四下滚动，好像随时会从眼眶中坠落。她忽然扬起手，朝周玺芝的侧脸直刺刺地劈来。周玺芝抬起膀臂，一把抄住她的手，竭力钳制住。这让裴宝玲的记忆从她们上一次对峙的瞬间一下子就滑落到了迎新晚会的后台——她夺取陈寰的电话时，他也是这样钳住她的手。时隔数日，这个他曾经比翼的同林鸟以一模一样的姿势故技重施。

周玺芝的脸是苍白的，如花瓣经风雨漂洗，是个病人的样子，可力量又大得很，底气十足，绝不示弱。对照之下，裴宝玲竟觉得她有些捉摸不透的可怖。

"你贵族出身，是大家闺秀，不要做这种市井泼妇的勾当，有失你的身份。"周玺芝捏着她的手一点一点放了下来。

裴宝玲禁不住微微地点头,凄惶笑道:"你们工厂的这把火来得真是时候,能让一个将死之人凤凰涅槃浴火重生。"

"借你吉言。"

周玺芝其实是后怕的。她没想过,自己有一天可以在裴宝玲面前力压一头。裴宝玲的话倒也是对的。祸福相依,这一次飞来横祸让她生出了无畏之心,太多东西可以瞬间失去,不做寄望反而更得自在。

后来陈寰陪同着周玺芝来到公寓,帮她把东西一点点地卸下来,拆开来,剥出来,差点就要把一颗心挖出来,捧出来。上次为她搬家已经是多年前的事了。二人在灯下,都有些恍然。

"被褥都已经提前晒过,夜里要是冷,橱子里还有一床毛毯。"他说。

周玺芝一进房间就闻到了太阳的香气,簇跃着的太阳分子在有限的空间里四处乱撞,让深秋闻起来是温暖热烈的,让室内截然不同于室外,而有了家的质地。

她一直渴望有个家,却一直没有。四处流离,落脚的地方仅仅只可以落脚。行李箱始终不会落了灰,衣服保留叠放的习惯而不是挂在橱子里。随时要走,随时作别。

"这次谢谢你。"周玺芝的脸上带着笑,辛涩却祥和。

陈寰走过来,一下把她搂在怀里,像鸵鸟那样深深地把头埋在她的颈窝里。他的五官是凹凸温热的,触到她的皮肤,也如鸟喙啄食一样有摩擦的灼热感。

周玺芝的手臂垂在那里,像面对空气,不去拒绝,也不以拥抱回礼。

就这样僵持了一会儿,他大约感到无趣,直起身来。周玺芝看他眼眶是红的。

周玺芝说:"你哭什么呢?"

陈寰说他觉得自己无能,他没有办法爱上裴宝玲,却要和她在一起。如果一开始就远离她,也许还不会像今天这样进退维谷,但他现在一切都靠她,早已泥足深陷。

"你和我讲这些有什么用呢?我并不需要你的解释,也没有办法帮你。我现在,自保都难,估计接下来很长一段时间都要吃百家饭。"周玺芝的话夹生,口吻却是平常的。

"你可以帮我。"陈寰说。

"怎么帮?"

"你等我。"

"等你什么?"

"等我离开她。我们可以重新开始。"

"你确定我现在愿意和你重新开始吗?即使愿意,我为什么要等你从她身边离开再重新开始,而不是现在、立刻、马上,下一秒就重新开始。过去了这么久,陈寰你还是这样奇怪的逻辑,你一点都没有变。"周玺芝说,"只可惜,我变了,时代变了,周围的环境也变了,整个社会都在变。你不进则退,我们的距离越来越远了,你难道不这样觉得吗?"

陈寰不作声。

"一个人去银行贷款,需要抵押房子抵押地皮。我当然可以等你,那你可不可以告诉我,你能给我什么样的筹码压箱底。古诗里说,忽见陌头杨柳色,悔教夫婿觅封侯。真的到了那一天,你强大到不需要倚仗裴家就能转圜自如,那恐怕也只有裴家的人才配得上你了,你还会回来找我吗?还会要我吗?"周玺芝凄然一笑。

"你为什么不相信我?"陈寰问。

"因为我以前一直都相信你,世上的质疑都来自深信。"周玺芝从桌上拿起他的手套，送他下楼。夜风清寒，周玺芝止不住咳嗽起来。陈寰随手帮她拍拍后背，周玺芝不禁闪过身，大庭广众之下没有根据的亲密让她不适。但这个人毕竟是陈寰，再不适也是一个很浅很低的值，比起一个陌生人所带来的不适要微缩得多。

一日，官秀丽打了电话来。她上一次的电话恰是周玺芝出事之前，像是巧妙地避开了她的灾难。事实上，官秀丽总是很想打电话又很怕打电话给她。周玺芝希望她打电话来，但每一次接到她的电话又总是敷衍回答，没法交心。时间一长，成了恶性循环。他们厂里的这次事故早已上了新闻，只是官秀丽只知道家务，不读报不上网不看电视，消息闭塞。游复予照理应该有所耳闻的，却也没有电话来。周玺芝略问了问，才知道他也在住院。

"流感。他们单位三四个人一起住院了，都是一个办公室或者隔壁间。"

谁都不大好，也不关心对方好不好，路人似的。

官秀丽说："你姨舅舅给你物色了一个男孩子，做律师的，听他说是很优秀。"

"你谢谢他吧，我最近太忙。"

"他问你现在做什么，我说你在厂里做人事。问拿多少钱一个月，我说我不大清楚。一来是我真不清楚，你从没跟我说过。二来，哪有男孩子问女孩子挣多少钱的。"

周玺芝想，那是他们那个年代。男人挣钱，女人持家，不像夫妻，倒像主雇。现在的男人可没那么傻，既然社会上总有一股女权的声音，倡导男女平等，那男人要做事，女人一样要做事。男人挣得多，也就不会找一只没有价值的蚂蟥，除非她足够有姿色。话又说回来，姿色就是她的价值。和那些工作的女人也没什么区别——一个是到老了退休，一个是到老了色衰，总之前半生要为男人耗掉。

她不够美，再不挣钱，怎么会有人要？

又絮絮说了一阵子。官秀丽说姨舅舅这几日会到苏城来，可以从中安排。周玺芝怕姨舅舅亲自安排的话，她工厂的事会露馅儿。既然已经瞒了这么久，说出来也没意思。虽然她也想让官秀丽知道，倒不是当委屈倾诉，是叫她自责，家长竟做到了这个份儿上。

"算了算了，你直接让他把我的电话给那个人好了，我们有意思的话自己会联络。"

官秀丽高兴极了，忙不迭地"好好好"。

这个叫须辰的男人倒是很热情，晚上来了电话，周玺芝并没怎么搭腔，他一个人竟谈了半天。周玺芝不喜欢他的音色，支着手拿电话，听筒隔耳朵很远。须辰约她第二天晚上出来吃饭，周玺芝推脱说有事。他又说后日，周玺芝只说再说吧。

才将电话挂了，陈寰打了过来，问刚才和谁通话那么久。周玺芝不作声。他大约也意识到自己没什么资格管她，才岔开了，说台里发了水果，其中有梨子，品相很好，打算送给她吃，润肺是最好的。

他的声音她不能再熟悉了，电话里听起来，比当面还要逼真，像超写实的油画。

但她本能地说不用，说晚了，要睡了。挂了电话，如同报了桩咬牙切齿的仇。接着就回拨给须辰，说："就明天吧，后面事情更多。"他毕竟是律师，职业习惯让他对她的改变产生疑惑。周玺芝没好气，说："什么为什么。刚才是刚才，现在是现在。我这里就是明晚了，随便你。"

须辰笑笑，说："你之前轻声细语，原来也有脾气。"

周玺芝听他话音里有种洞明的戏弄感，很不自在，又想反悔，却怕翻来覆去在姨舅舅那里落口舌，便再不多言。

次日，须辰在临近朱雀湖的水上餐厅请吃晚饭。下班高峰的湖光大街堵车堵了半小时，周玺芝一点不着急，她的不守时能让他自发撤退再好不过。

病后第一次出现在人多的场合，周玺芝有些不知所措，好像幽魂还阳。不远处有年轻男子半信半疑地起身，向她招手。

"也不敢确定是你，你比照片上瘦。"须辰给她斟了杯柠檬水。

周玺芝脱掉毛呢外套，里面一件旧玫红的线衫旷落落地罩在身上，风一吹就能经幡飘动一样："镜头里的人一般都要胖一些。"

须辰把菜单转向她。

"你来。除了香菜和鱼，我不挑食。"周玺芝仍旧转给他。

等菜的间隙，月亮从东方升起来了，又白又大又圆，像个认真要做到最好的人，认真得让人不忍。水波荡漾，细碎驰骋的丝光在远去，又在停留，带着不舍。霓虹自然是亮的，却抵不住它无心之中艳压群芳。树影是暗的，为了它的光辉而沉寂消磨。每一样都有各自的担当，恰如每一个人都有各自的走向。

周玺芝看久了这光，问道："今天是古历多少，十五吗？"

"我看看。"须辰掏出手机。

周玺芝听到他的声音，猛地回过神来。

其实也不必要了，倘若"人时地"都是对的，那才值得纪念。

这样的餐厅，来的大多是情侣。须辰是好心，却还是有点操之过急。他们这样全程恭谨对谈的男女，坐在这样的格局里还是有些不像。

周玺芝百无聊赖地夹着一片三文鱼在碗里蘸着芥末，头顶忽然一片黑影罩下来。她抬起头，见裴宝玲挽着陈寰直直地站在他们桌边。须辰乌黑的眼珠圆溜溜的，像桂圆核滚动在洁白的瓷盘里，问周玺芝："熟人吗?我叫服务员添碗筷。"

裴宝玲笑道:"熟,太熟了。"须辰正要唤人,裴宝玲一抬手拦住了:"吃过了。再说熟也未必好,就像三文鱼得生着吃。"

"看来身体复原得很好,已经可以出来吃饭了。不过医生叮嘱过的,风大的时候还是不要出门。外面起风了,一会儿回去小心。"陈寰还没说完,裴宝玲就拽着他转身:"电影要开场了,何必在这看戏。"

周玺芝一直低着头,看着他们的鞋子扭过去。他滚烫的目光落在她身上,她却能感觉到。

外面的风果然很大,初冬的氛围初见端倪。须辰并不傻,大致已看出梗概。周玺芝与他沿着湖堤走到大路上,车流多了起来,须辰伸手来搂护她,周玺芝立即直起身子,隔着衣服也像被他触到了皮肤。他发现了她的不适,很快就自觉地放下了手。

须辰要为她拦车,周玺芝说稍等,还有几句话要说。

"他是我之前的那位,其实我们已经没什么了,但我现在还没有一个好的状态去接受别人。我来见你,是因为家里的亲戚太热心,我想你恐怕也是一样。所以,见过一面对他们也算是有了交代,以后的话,如果没什么必要,就不至于再联系了。"

须辰看起来很年轻,面貌上的不谙世事和他世故的职业不相匹配。周玺芝如果要请律师,大概是不会请他的吧。老话说"嘴上无毛,办事不牢"。

须辰说:"我知道。"后两个字说得郑重,意思是"你何必强调,说出来倒没意思"。

周玺芝说:"你知道归你知道,我再申明一遍会更好。"

像是受到老师批评的小学生一样,他很快低下头去。

"我可以等你。"他说。

差别就是这样的直观。

一个男人要她等待,一个男人为她等待。

她很被动,却没法恨他。她很感动,却没法爱他。

女人有很多种,其中有两种是可以拿出来一起说的。一种是山谷式的,有声就有回音,像崔蔚希。她们住在一起的时候,两个人洗完澡,在蚊帐里挖冰镇西瓜吃。崔蔚希盘着腿,白花花的大腿肉和红艳艳的西瓜肉相映成趣。她说她一开始并没有看上宁伟,他太笨拙,像熊。她和大多数女孩子一样,给自己预设的那个人应该是白马王子。但他对她很好,她也就能接受他,试着对他好,像他爱她一样去爱他。这是他们的爱情,一报还一报,千金散尽还复来的爱情。周玺芝不去评价对不对,好不好,认可这种存在,却始终接受不了。

她自己是溪流式的。她只知道去寻找海,途经江河湖泊也不会干扰这样的执念。她遇到一个陈寰,也许就是这片海。他咸,她淡,她孤注一掷,他海纳百川,他城府,她婉转……这时候都成了妄谈。毕竟,是她为自己指引,这是她选择的爱情。

殷璎来探望她的午后,两个人在阳台上闲话。红茶甜腻温厚,仙客来花期已至,正在盛放。殷璎说:"说这么多,其实很简单。她要的是爱情,至于是不是这个人无所谓。你要的是人,至于有没有爱就无所谓。你觉得她糊涂,可清醒未必是好事。你选了一个陈寰,只会淹死在你的海里。搞不懂这样的男人,到底哪里值得留恋。"

"不是我留恋他。我也知道他不好,但是一直没有出现比他更好的人,即使出现了,也因为我习惯了他的存在而感觉不到别人的好。"清瘦的周玺芝在冬日的阳光下白得近乎透明,睫毛轻轻眨一下整个人就要全部粉碎凋落一般。

这一句话触及殷璎心底。她想老佟对于她来说也是这样的。好也好,不好也好，路已走得这样远，早就无心回过头，找一个便捷的渡口。

"可是你要小心。"殷璎劝她，"你已经拒绝过他的提议，如果回过头来接受，比一开始就接受还要被他看低。毕竟，一个是逆来顺受，一个是自作自受。"

周玺芝撩起垂落的发丝。

"没事。我总觉得，该结束的时候，一切自然而然就结束了，事情这样耗着，纠缠着，反反复复着，是还没到结束的时候。反正，不等他，我是一座空房子。等他，我也是空房子。那就等吧，说不定，他最后真的会住进来。"周玺芝忽然间喜上眉梢，笑着对她的闺中密友说，"璎，你知道吗，就到现在为止，我还是觉得，他最后住进来的可能性要比不住进来大得多。"

殷璎也笑了起来："你病是好了，不过这心病是顽疾，我看很难好，虽然我和你同病相怜压根没资格说你。"

两人面面相觑地笑着，却都是黯然的。

149

第七章 向隅承恩

　　凌晨两点，陈寰忽然坐起来说："我得走了。"裴宝玲扭开灯，眼睛如同没到花期被人工催开的骨朵。他又躺了下来，说："梦到明早有会，一睁眼十点钟了。"裴宝玲支着头侧卧着，说："是不是压力太大了？要不然想办法挪到哪个闲差上去休息一阵子吧。"

　　陈寰摇摇头，说睡吧。裴宝玲熄了灯，朝他身边靠了靠。

　　他抓住她搂上来的手。这确实是裴宝玲的手。

　　那一天下午在周玺芝那里，也是梦中惊醒。然而也不能算是梦，半寐之中，觉得掌中的手指触感有别，一下子就以为误了点。先前裴宝玲一再嘱咐晚上有饭局要一起去，他朦胧间好像看见她走过来，半嗔半笑："我说左等右等还不来，原来在周玺芝这里腻歪。"

　　周玺芝仿佛是一直没睡，清醒得很，下床倒了杯温热的茶给他。脸上的无奈是看得见的,却捎带着一种偷情者的自责。他为这种尴尬的局面说了声对不起。客厅里没有空调,周玺芝出去把他的衣服抱来。

这种低到尘埃的姿态,抵得上一万个"没关系",久而久之,他倒连愧疚之情也吝于付出了。

陈寰一走,周玺芝感到这世上的人都死绝了,就剩下她一个。世界空旷,每一个器官也跟着空旷。这种坐在家里等他盼他的日子不能太久,她知道。

她给殷璎打电话,让她有空帮忙物色一份工作。殷璎说:"我有事同你说。"又听见佟先生在那头叫她,殷璎就挂了。晚上她直接到了周玺芝这里,进门就是一句"我怀孕了"。

周玺芝听着,像是当空一盆水浇到了殷璎头上。

"他知道了吗?"周玺芝问。

"不是他的。"知道她会这么问所以卡着话音接口一般。

外面起大风,呼呼的声音,听着都冷。窗户旧了,先前一刮风就咣哩咣当,周玺芝叠了一张旧报纸卡着。

她到厨房给殷璎倒了杯热水。

"他知道我怀孕了,但是不知道是那么回事,他要我生下来。"吃到了茶里的菊花瓣,殷璎随手端起茶几上的烟灰缸舔着舌尖轻轻往里啐,周玺芝凭空想象着她妊娠反应加重时候的样子——作呕,脸憋得通红如待杀的鸡,臃肿,长斑。

殷璎望着被她啐乱的烟灰,说:"陈寰也抽烟了?"

"抽得少。"周玺芝问她"那么回事"到底是"哪么回事"。

殷璎说是个夜班出租车司机。第一次聊的时候只是聊得来,第二次再坐他的车就是缘分到了,又是包车去机场,就聊得久了些。接到佟先生返程也是他送的,当时她就觉得气氛有点涌动。他找零时把名片夹在了里面。

"那第一个电话就是你打给他的咯?"周玺芝问。

殷璎轻快地闪躲,说:"后来就出去见面。"

"我是说第一个电话是你给他打的咯?"

"是啊。"

周玺芝听她的口气,倒没什么歉意,反而闪耀着一星半点昂扬的挑衅,好像她在兼顾着与佟先生的恩情之时还可以放手追求自己的幸福,而她只能翻来覆去吃陈寰这碗冷饭馊粥。

事实也确实如此,周玺芝的声腔软了下来:"后来呢?"

佟先生白天上班,那个夜班司机白天不上班,时间刚刚好错开,事情的面目也就合情合理。不过弄大了肚子这样的事,周玺芝还是觉得荒谬。"你只顾着玩,不计后果的吗?"

殷璎说她和佟先生在一起的时候一直服药避孕,没有过什么差错。

"那是和他。"周玺芝打断她,"和他在一起,你一不小心生十胞胎都可以,名正言顺。"

殷璎冷笑:"名怎么正了?言怎么顺了?"

"总比和一个野男人名正言顺。"

殷璎说她和司机上床,并不代表她就喜欢他。她和司机上床,也不代表她就不再爱佟先生:"身体和心有时候是可以分开来的。"

周玺芝恍惚起来,像透过一杯水看灯光。她默默揣测,难道陈寰真的也是这样的吗?

"你也是自求多福的人,我不该来跟你说这些烦心事的,可是除了你,我也没什么说处了。"殷璎把杯中余茶饮尽,起身告辞。

周玺芝忽然又问:"佟先生是什么态度,是听说你怀孕立即就让你生,还是考虑过后的结果?"

殷璎的眼神在她脸上凝固了一阵子,像是懂了她的意思:"他没考虑,直接就这么说的。"

过了一天,殷璎来了个电话,说她的避孕药被掉包了,她吃了整整一年多的维 C 片。

她们在电话里一致笑了起来。这种事,换在别的女人身上,大约会恨之入骨,但对殷璎不同。佟先生撵她走,是面上要做的功夫,人道主义的,实际上他却是舍不得她的。她对他而言,也许就是一根挂头带包浆的拐杖,一瓶味道适宜的止咳糖浆,熟悉他的身体,因此不需要磨合,省去无数琐事。但她既然甘愿成为这种下场,也就没有什么可以计较的了。

佟先生没有儿子,他坦言他很想要个儿子。

在这种邪恶的单纯面前,殷璎才隐隐感到自己的背叛是难以饶恕的。

事已至此,周玺芝劝她不要再和司机来往,就当作顺理成章地走上了佟先生预设的轨迹。

真相也是分门别类的。他的真相让殷璎感到幸福,殷璎的真相却只会让他痛苦,作为负面的一方,从道义上来讲,也理应重新筹划当前的格局。

"不会有后患吗?哪天他找上门来,带着孩子去做鉴定呢?"殷璎细想了想,倒也释然了,"算了,我和老佟之间本来就是后患无穷,也就顾不了这许多了,而且你说得对,负面遇上负面,未必不是负负得正,因祸得福。"

又一日下午,殷璎来了,不一会儿陈寰也来了。周玺芝坐的单人沙发,殷璎坐的是长沙发,陈寰看看,久也不坐。殷璎拍拍坐垫,说:"你来坐啊,我又不是老虎。"陈寰只得依言来坐。殷璎拿肩膀撞他,又俯下腰去望他的脸,说:"你这就没意思了。在外头你左拥右抱的,在玺芝这里,你倒这么男女避嫌？假不假！这样的作态，要我是玺芝，还真以为我俩有什么不可告人的话似的。"

陈寰苦笑："我什么时候左拥右抱的了。"

殷璎自信地白了他一眼："哟，陈主任你现在身居要职还怕没有那样的时候？你就是没存着这个心思，少不了也有红的绿的愿意上来贴着你。"

周玺芝冷眼瞧着，喝茶，不着一言。

殷璎又说："陈主任，能给个机会做下孩子的干爸不？不愿意就直说，我们不高攀。"

陈寰笑着剥花生给她吃："赶紧把嘴堵上。"

大家说笑了一阵子，陈寰问起佟先生有没有什么打算。殷璎十分自然地望了周玺芝一眼："你没告诉他吗？这是比怀孕还重要的喜讯啊。"

殷璎说佟先生打算和台湾太太离婚了。她当了这么久的合同工，终于要捧上铁饭碗了。

周玺芝从没听殷璎说过这话，然而周玺芝太了解她，她使的是激将法。周玺芝再看看陈寰，倒没有受到潜台词的干扰，除了恭喜，仍旧嗑他的瓜子，剥他的花生。或者，殷璎也说得太明了些，以至于有些失真，被他听穿了。

他大概又以为是周玺芝指点殷璎这么做的。

殷璎一走，屋子里又清冷起来，清冷中还有一种滑腻，像蛇一寸一寸地游过来，鳞片那样规整清晰。

"她倒是修成正果了。"陈寰打开电视，听得出这不屑倒不够自信。

"她运气好，遇见了真佛。"周玺芝更不自信，毕竟取经路上，还会有精怪假扮出一个小雷音寺妖言惑众。陈寰问她是不是等得很着急。周玺芝拿抹布擦去玻璃茶几上的水渍，说："习惯了。"从她认识他开始，

155

她就一直在等待,等他有份稳定的工作,等他母亲的认可,等的内容太多,以至于没有分条缕析的可能。既然如此,那就索性等下去。换一个男人,还是要等,甚至是从头再等。

"我打算回邱城了。"陈寰说。

"别告诉我你是为了离开她,是为了我。"

"不然呢。"

周玺芝没有继续申明她想要的途径——在苏城明堂正道地处理好一切,而不是两个人夹着尾巴败北一般逃窜到他乡。可是人一旦妥协了一些,就要妥协到终点,其间不要妄图重获话语权。

回邱城这件事,陈寰只告诉了周玺芝,因为只对周玺芝有利。

他母亲那边是不能说的,尽管许佩珍其实很想他回到她身边靠着她,为她养老送终,但在她眼里,裴家的便宜还远没有占够,更遑论裴宝玲这样的贵族媳妇真要上了门与他们定居邱城也是种麻烦。

陈缘那也不能说,但他隐隐感到,陈缘已经看出了他要离开裴宝玲的心思,毕竟她靠得近,又算是同龄。那一日他听周玺芝的,让陈缘别去医院。陈缘张口就是:"一定是周玺芝不叫我去,我不过是想还个人情。不去就不去吧,你倒还是听她的话。所以啊,这世上最难的是盖棺定论。谁都死不了,裴宝玲死不了,周玺芝也死不了,就算以后结了婚也未必是死,今天改朝换代,明天就重祚复辟。你就玩你的吧,总有一天,你会死在她们前面。"亲姐姐这么诅咒,他倒不觉得愤怒,她毕竟是她们的同胞,归属于同一种阵地。

裴宝玲是最不能说的。她也不会反对他,只是,他要是说回邱城,她马上就能出台一个新的方案,关于他们以后如何在邱城生活。她天生有随机应变的本事,他要想出其不意,必须就默不作声,并且努力制造外围的繁荣假象,松了她的戒备之心。

所以,他自问这计划只是为了周玺芝,周玺芝却在怀疑,他灰心又寒心。让他来不及伤感的是，裴宝玲这次先下手为强，而且放了个大招，她说："陈寰，我们结婚吧。"

结婚。

陈寰非常严谨地回忆了一下，这确确实实是第一次和"结婚"这个词迎面撞上，像是在KTV唱歌时，来了个新朋友，也许是个麦霸，也许只会在角落里玩手机，摸不清什么路数，不敢与之交谈。陈寰扶了一下镜框。他配了副平光镜，台长说这样看起来老练，比之前容易服众一些。

"我什么都没有啊，怎么结婚？"

"你没有的我都有，我没有的只是一个你。我们属于互惠互利，你怎么还不明白这道理。"裴宝玲新烫了头发，卷卷地垂下来，挠得他脖子一阵簌簌地痒。

"你爸怎么说？"

裴宝玲轻轻在那发痒的脖子上抽了一掌："到底是难不过婆媳好不过婿丈，还是天下男人不管到了什么岁数都一样——再等一等吧，他永远和你是一样的口气，以至于我有段时间特别神神叨叨，居然担心你是他私生子。"

裴宝玲听不得"等"这个字。所谓时机都是借口，"等"都是在观望其他的可能。她绝不可能做他的可能，她更是必然要做他的必然。

她说甘露桥那里有新的法式花园要开盘，从宣传画册上看，儿童房有非常漂亮的弧形阳台，让他抽空陪她去看看。说得铿锵如一则通知。

非常奇怪，裴宝玲对他的感情与日俱增，像是酒兴喝着喝着就更浓。过年他要回家，裴宝玲说要开车送他回去。许佩珍听说了，叫他只答应她让她送。"人一旦甘愿做阶下囚，你要释放她赦免她，她反而觉得你在害她。"

这话他觉得不错,此前他决定先送周玺芝回家,周玺芝说不用,他也是不高兴的。在火车上,他和周玺芝共用一副耳机,周玺芝困了,伏倒在他肩头睡去。他转过脸来亲吻她的额头,她喃喃地说:"走开,胡子扎人。"

后来在去往邱城的路上,途经服务区,裴宝玲说饿了,要下来吃东西。陈寰说不饿。裴宝玲说:"你只有饿的时候才会陪我吃饭吗?"他们在靠窗的位置上对坐,裴宝玲点了一份三鲜炒饭,这个时候不再说"小饭店的餐具都不干净""油不知道是什么油呢"之类的话,一勺一勺,大口挖着吃,香得很。又挖了一勺喂到陈寰嘴边。

他有点抗拒,但还是吃了。只是不喜欢这种人前的亲昵。又想,真的是不喜欢吗?是和不喜欢的人在一起才不喜欢吧。如果是周玺芝,他大概很能感受到那种情调,他想着想着不禁低下头去窃笑。裴宝玲问他笑什么,他说没什么。她便又露出雍容而凛锐的眼神。陈寰兴致全无,说到外面抽根烟。

冬季的阴天,看起来像上帝也得了流感。公厕门口来来往往的人,嫌水冷,都没有洗手,直接就抄起手回到车上了,没什么人愿意站在冷风口里散步或透气,零星的几个都是和他一样的吸烟者。

他又想起周玺芝来。在车上,他问周玺芝:"要不一直把你送到家吧?"

周玺芝说:"你参见我妈?"

陈寰抬头挺胸的样子:"有什么的,又不是没见过。"

周玺芝的笑收去了一些,说:"你想见,我还不敢让你见。"她有她难以开口的情由。她母亲假如从头到尾都未曾过问,她日后过得不幸,娘家不说难辞其咎,最起码得收容她哭诉的鼻涕眼泪。大人已经提点过一番,她还是一意孤行卷土重来,将来有了苦处,就真没脸让他们心疼了。

陈寰没有追问,倒也省去了一番辩论。列车进入一个壁灯辉煌的过山隧道,明亮,狭长,像是通往什么好年景似的。

他熄了烟,对周玺芝更加思念。

远离她,他总是惦记她。一旦在一起,又会放下那种跳动的心情。肉体固然是美好而欢愉的,可肉体接近,心会变远。所谓的心有灵犀,一定要有所距离,如同诗中"海上生明月,天涯共此时"的意思了。好比这一刻,他非常确定,周玺芝一定是在想他,一定一定。

裴宝玲送完他,倒没有什么回去的意思。到了晚间,真打算订酒店住下。只是接近年下,房源非常紧张,豪套全部告罄。

裴宝玲打电话给家里人,让他们想办法。不一会儿她父亲打了过来。

"你别说了,让他们赶紧帮我调剂一下房间要紧,迟了我就要睡马路了……这些人现在也是真有本事,怎么我说个什么都要跟你汇报,那我要他们干什么用,拿钱不做事的吗……你知道就行啊……"她微微侧过身背着他,也放低了声音,"你让他不要再给我发短信了……我清楚得很……"她冷笑起来,"裴总,哪一天你能不再用威逼利诱这样的手段,你就算是个成功的企业家了……想做个儒商,我看你还差得远……我总有我的去处……"

他们进了路边的咖啡厅。

"以后别这样跟他说话了。"陈寰说。

"你还为他说话?"裴宝玲无心喝茶,研究起瓷盘上烧制的油画来。

"他是谁?"

"什么?你说了半天到底在说谁。"

"我一开始是说你爸啊,但是你中途跟他说,是要谁别再给你发短信?"

裴宝玲看着窗外,商家为除夕夜准备的灯火已经蓄势待发。

"一个我和他从小就认识,刚从奥克兰凯旋,学历和个头都比你高,家境和脾气都比你好,追求攻势也比你猛烈的男人。"

陈寰很平静。这本来也不是什么值得大惊小怪的事,毕竟她这样璀璨,只是他靠她近,就觉得一片白光。那些遥远的目光里,她有黑夜打底,就璀璨得异常。

"你还为他说话。要知道,在他们的眼里,你都是选择题,ABCD哪一个选项都可以。只有我当你是判断题,非对即错,对了值得欢喜,错了一错到底。"裴宝玲的笑容里浮动着绰约的沮丧。

很快来了短信,说房间已经订好。裴宝玲从始至终也没担心过。她小时候向她父亲要东西,他一开始都说没有,拖一阵子总是会给,意思是来之不易,让她珍惜。起初还会满足,久而久之,她就油掉了,因为养成了习惯,知道总不过是"打一巴掌给一个甜枣"的套路。

她父亲也必然要为她订好房间,不然就是派人来接她,总之不会让她跟着陈寰去他家里住。裴宝玲自己也不会这么做。再热烈,也会有一丝丝本能的冷静作为保险。这是底线,她不会逾越。

裴宝玲原计划隔日去看陈寰父母,第二天清早,家里的司机就来酒店敲门。电话里,陈寰听她这么说,倒松了一口气,说:"你去吧,我没几天也回去了。"许佩珍在隔壁听见了,来问:"怎么,不来了吗?我昨天连夜去超市买了各种圆子和卤肉,还有一只甲鱼。"

"她不在乎你一只甲鱼两只甲鱼的,她没法来吃了我们一样可以吃。"电话里,陈寰听不下去,来关门。许佩珍强行拦住,挤了进来:"怎么了,你见了世面了,嫌我们小户人家寒酸了?材料倒是小事,关键你姑姑中午要来吃饭,我已经跟她说了,女孩子要来,这样像什么嘛!你不要任由她放鸽子,以后放你个大鸽子你哭都来不及。"

陈寰可以想到她是怎么跟他姑姑描述的。裴家的门第,裴宝玲的眼界,唯一能说的就是这些,毕竟她一点都不了解她儿子和这个女孩子的爱情,他们也根本没有爱情可以供她作为演讲的参考材料。

他披上大衣,匆匆下了楼去。

他经过市中心的奥瑟亚大酒店,那是全市最好的酒店。前一夜,他和裴宝玲就是在顶楼的旋转餐厅吃的晚饭。裴宝玲问:"你为什么选择这里,是喜欢这里的菜式吗?"他说她是贵宾,贵宾就应该带来这种饭店。裴宝玲说:"不是我扫你的兴,论规格,这家真的一般啦,不过你喜欢就好啦。"裴宝玲说她刚刚在电梯口看到楼下的婚宴大厅,新郎新娘捧着花在门口迎宾。

"如果真是你们这里最好的酒店的话,那我马上嫁过来你们岂不是也在这里办酒?"裴宝玲拿着汤匙在燕窝罐子里拌来拌去,"啊,难道真的就是在这幢大厦里吗?会不会有很特别的故事发生,忽然很期待啊。"

陈寰很明白,裴占山既然在默默促进着那个不知名的男人追求裴宝玲,一定是对自己不够满意。不满意的渠道是多重的,可能是来自台里,可能是来自裴宝玲的心情,更说不定,他安插了人手监视自己,这没什么不可能。他也许很明白周玺芝的存在,然而他不会直接告诉裴宝玲。感情上的事,父母总是希望女儿可以不要经历太多的挫败,最好可以一马平川。他那种曲曲折折"来之不易"的教育方式大抵是不会用在这个上面的。

裴宝玲在策划着结婚,裴占山在重新选人。不管从哪个方面来讲,史无前例的紧迫感都来势汹汹。

裴占山他恐怕利用不了了,至于裴宝玲,当然可以利用,只是照这境况看来，就必须要利用到底，为"利用"负全责，以婚姻为秤砣，平衡这份"利用"。

计划在一点一点地偏离航向。他也开始怀疑自己原计划的可操作性——他从没打算和裴宝玲结婚，但要最大化以裴氏一族的势力为跳板在台里上位，再借机调回邱城脱离他们的掌控。

这似乎就不可能实现。以裴占山的能力，他怎样扶人上马就可以怎样拉人下马，和苏城邱城没多大关系。他们的人脉盘踞起来如千年榕树根，他一蓬野草，既然泥土的养分没有被他们榨干，就要顽强地在他们的夹缝中生存。

他把自己想得很凄惨，很可怜。他无形之中把这种可怜全部归咎于自己的出身，继而就迁怒于没有给他一个好出身的父母。他要是有裴宝玲这样的出身，也不至于蹚这趟浑水。可这浑水毕竟是他自己选择蹚进来的，与人无尤。而这世上也总有更凄惨，更可怜的人，甚至，惹来的都是些无妄之灾。

陈寰初六回苏城，初七就去瞧黄骥文。早晨天已经有回暖的迹象，他还在楼下早餐馆的屋檐底下看到了一只燕子。下午却又变了天，街道上寒气沉沉，去往黄骥文家的那条路久也无人清扫，风卷着落叶刮蹭着地面，像拖着犯人去行刑。

黄骥文得了重感冒，从床上爬起来，裹着毯子来开门，喊一声"哎？你来啦"，几个字都像"嗯嗯嗯"，鼻音之下没什么分别。陈寰让他回床上躺着。他在饭店订了一份老鸭汤，连带着高压锅一起端了来，径直走到厨房里加热。

黄骥文头疼，也不与他客套，就仍然回床上躺着。

"她这一阵子怎样？"陈寰搬了张椅子坐在床头，询问他爱人的近况。

"医生说有好转,我看不出来,还是一时风一时雨的,只是也不大可能加重了,也算好事。我昨晚刚从那儿回来。"黄骥文从床头抽了张纸巾过来擤鼻涕。陈寰看纸篓子里已经堆满了,伸手要来换垃圾袋,黄骥文拦住了,说还没到要人服侍的地步,说着鼻涕仍往下淌。陈寰顿时觉得房间内的空气都是肮脏黏腻的。

比之常人,黄骥文是瘦弱恹悴的,比起前一阵子孩子六七的时候,身体虽拖沓,精神却有了恢复。

六七那天,黄骥文在小区楼下做了一天道场。他一向不太相信这些,可是孩子太小,每个人看到他都说,必须要超度一下。陈寰白天在卢城开会,晚上连夜赶回来,到黄骥文这里看了看。只见有两三个棚,灯火通明,却没什么人。道士们在誊符文,吹鼓手没有在吹,歇下聊天。黄骥文在不远处跟邻居们致歉,大家可怜他,都很配合,连停自行车的地方都腾了出来。只有一个小姑娘一直不停地说吵死了,大概还不知道前一阵子她一直很好奇的那个大肚子阿姨成了精神病,那个无缘得见的小弟弟一个多月前就夭折了。

家长总是避讳和孩子谈这一类的事。

黄骥文也变了,精神上非常敏感,稍有风吹草动,立马警觉地回过头来。孩子刚走的时候,他只是沉默,到了六七,倒有些怅然若失。也是自然的——连妻子都去了另一个错乱的世界,这意味着最后一个可以休戚与共的人也消失了,他几乎一无所有。

精力已经被悼念消耗得差不多了,还要再从为数不多的余值里匀出一半来照顾她,他觉得自己也快要死了,快活成了一个负数。

他戴着茶色的平光镜,哭久了的眼睛会舒服点。"你坐啊。"他过来招呼陈寰,又转过头去问一个年纪和他差不多大但比他晚一辈的男子:"五子,打个电话问问四爷怎么还没到。再不是下了车摸不着路的?先让他打车，不行你去接一下。他七老八十地赶过来，再跌了绊了的，回头你表姑姑他们要怪我了。"

"她肯留在那里了？"陈寰问他。

"这不是她肯不肯的事啊，要听医生的。"

"在家里不能治疗？"

"可以治，但是家里没什么东西能给她摔了。"

陈寰只觉胸口像被一片薄薄的木头富有弹性地刮了一下。黄骥文来了个电话，接完了，两手撑着腿站了起来。"你坐一会儿啊，我去接个人。"就一点一点地走进了光渗不透的夜色里，看不见了。

老鸭汤热了。黄骥文起来喝了一碗，眉目因为热意慢慢舒展开来，像沸水中的茶叶。他和他说起裴宝玲的事，问到裴家的小姐待他如何。

陈寰一时语塞。似乎每次都是这样——黄骥文问到一个人，他的回答里却是另一个人。

"玺芝，我和她又在一块儿了。"

黄骥文不吃惊。或者是了解他的喜恶与心性，或者也没有力气一惊一乍，只是说："缘分来来去去，是常事。两个人，毕竟不是一个人，要一往无前总是很难，有一个想回头看看，就会多出多少事情来。"

不锈钢勺子在白瓷碗里放着，不是非常合宜。汤水颜色浑厚，舀一勺，像是吞服什么固体。阳台上的衣服在滴水，黄骥文说洗衣机坏了，过两天有师傅来修，他没什么手劲，拧不干。床头有本盗版的《圣经故事》，厚厚的，像一沓卫生纸。他的生活灰扑扑的，有种平庸温和的死寂。陈寰问他，和陈缘还会不会有来来去去的缘分。

黄骥文没有张口就答，想了想，才说："不会了吧，我们的缘分都被堵死了。"

这是黄骥文对他说的最后一句话。过了一个多月，天气真正暖和起来，他打算陪黄骥文一起去看看他爱人，却怎么都拨不通他的电话。去他家，开门的是一对年轻的小夫妻，说是一周前刚刚搬进来。问黄骥文住哪儿，说不知道。

下楼时见两个老太太在花池边一边择菜一边闲聊。

"我问那小两口的，我说这个房子里有个小孩死掉了哎，女人也疯掉了哎，风水肯定有问题，怎么能买呢。男的讲他们年轻人不信这个东西。我的妈，真是不懂事。"

"讲不通，我们跟他们讲不通，他们跟我们也讲不通。我姑娘叫我晚上不要去跳舞，说有危险。怎么可能呢，我不跳才有危险，整天在家里面，闷也要闷死咯。"

"你是老风流。"

"哈哈，不要瞎讲。"

"……"

陈缘听说了，当即就露出落寞的神态。她一直是不赞成陈寰和黄骥文多来往的，一是没意思，二是古明德这个人看着不像计较的人，却最是小气量，总也要顾及他的面子。

可真的断了来往，她又觉得没底。陈寰说："现在你难过也晚了。"

陈缘说："算了吧，我只是为青蓝难过。"

陈寰说："你别急着解释，我也不需要你解释，有些事大家心里有数就行，解释了反而异怪，你以后能好好过你的日子再好不过。"

正说着，古明德回来了，进门就朝楼上喊："陈缘你给我滚下来。"低头看见陈寰的鞋子，又笑着朝里走来。陈寰始终不喜欢他，说要回台里加班。古明德说："吃了饭再走啊，我叫你姐姐去买点菜。"

陈寰只是大步朝前走。陈寰一走，古明德一扬手把什么东西摔在了陈缘身上。

"你以后再搞这些鬼八道,老子他妈的找人做掉你信不信。"

陈缘拨了拨头发,弯腰捡起来,是个 GPS 追踪器。它显示他的车一个月内有十余次停在本市酒店的地下车库。换在以前她不知情的时候,大概总又是说出差。陈缘觉得他不负责任,并不是对她不负责任,是对这种事不负责任——好歹从家里拿两件换洗衣裳,装最起码也能装得像。

"想吃什么,我去买菜。"陈缘随手把东西扔进垃圾桶,根本也没想等他的回答,从厨房拿了帆布包扬长而去。

转眼入春,裴宝玲正式把婚期的拟定搬上了日程。

"问问你家里人,尤其是你妈妈,你姐姐,要不要看黄道,女人一般都很相信这个。"

陈寰丢下那一堆让他焦头烂额的文件,双腿一蹬,借力滑轮椅,渡到了窗畔。三月嫣然的阳光落在脸上,冲洗着连日来令人疲惫的公私各事留在他脸上的不快。

"你信吗?"

"在你眼里我是一般的女人?"

陈寰听那话音像是又要动气,连忙抚慰:"你的不一般早就可见一斑了啊。"

"举个例子我听听。"

"你要是一般,早就找个王孙公子嫁了,怎么会在这里,和一介平民商量婚期。"

"听你这口气,倒好像是你成全了我的不一般,我还要感谢你呢。"

陈寰啜了一口裴占山从云南带回的春茶,语气也被茶净化,是一种四平八稳的温润:"不是你说的嘛,说我们之间,是互相成全。"

周玺芝得知此间种种后,平静地说:"那你先成全了我吧,我真的很累,很想走了。我妈身体也不好,我想回去照顾她。"陈寰坐在床沿,握着她的手哀求,让她再等等,给他点时间想想办法。周玺芝轻柔地梳理他的头发:"你还要我怎么个等法,等你和她结了婚再离婚再和我结婚?"

陈寰一个劲地摇头:"我不会和她领证的,只是一场婚礼而已。"

"这场婚礼的意义和目的在哪里?"周玺芝弯下腰,与他四目相视,"如果到了这个地步,你还能信口雌黄地编出一个理由说这一切都是为了我,为了我们的将来,或者我真可以放手让你去完成这个仪式,可是陈寰啊,你已经词穷了,你就算有再高的语言天赋,也给不出一个恰如其分的承诺了。所以,你就成全了我吧。"

午夜场的电影频道在放一部台湾的老电影,插曲听来非常老旧,出自民国名伶的嗓音。她凄凄唱着:"我度过了多少寂寞的春天,今天才伴在我的身边。"

这都是歌里凭空勾画的爱情啊,如果有真正的爱,怎么会让爱里的人忍受漫长的寂寞。她们不是要寸步不离的陪伴,而是相隔千里也能有共享婵娟的安然。周玺芝拢了拢额前凌乱的碎发去厨房里做宵夜,她近来常常会感到饥饿。殷璎曾经捧着圆滚滚的肚子慢慢在沙发里坐下来,告诉她这很正常:"两个人的营养要从你这一张嘴里进,撒开来吃吧,你看,我现在胖成一头猪我也不管了。天底下,只有孕妇的身材能免于苛责。不过话又说回来了,你真的还没告诉陈寰吗?作为陈世美第二十三代嫡系传人,他不是没可能继承祖宗的衣钵啊,你要不趁此机会以正名分,恐怕他真要去做了裴家的乘龙快婿,留你苦守寒窑呢。"

周玺芝切着披萨,切的手势和力道甚至接近于"锯"了。她说她不想把局面搞得像是她在逼他,那太没意思了。他要她,一定得是要她。如果他因为这个孩子而要她,她还是判断不了他感情的纯度。如果有了孩子他都不要她,那大概也没有比这更难堪的事了。

殷璎风卷残云地消灭了盘中残余的美味,啐她:"呸,比起自己觉得难堪,我还是更怕场面上的难看。"

周玺芝初次感觉到胎动是在第九周,这时她发现楼下已有桑葚卖。梧桐树高大碧绿,满街的翠荫里,人们早已薄衫飘举,原来已经是立夏时节。

室外的温度明显高出很多,她一边擦拭着额头的汗,一边同小贩结账。这时电话在包里轻快地震了一下,是陈寰的短信,让她晚上打车到白於寺附近的一家素食店吃粥。她没回,上楼换了条裙子,洗净了桑葚,用饭盒装好了,放进包里。白於寺不远,且这段路上不存在晚高峰,她打算六点出发。她抬头看着对面的钟,指针这时忽然走得很慢似的。

到了白於寺,周玺芝环顾四周,终于看到了一家灯火衰败生意惨淡的粥店。吱吱呀呀的木楼梯走到尽头,她见窗边坐着一个盛妆的女子正遥望着暮鼓沉沉的寺庙,捧啜着一盏茶。

周玺芝走了过去。

裴宝玲的红唇森森地往两个颧骨的方向一提,挂作一袋鲜血淋漓的秋千网,唤道:"来啦,坐。"又吩咐服务员上粥。

裴宝玲撩起桌布看了看周玺芝下半身的行头,笑道:"这条破裙子你怎么还留着啊?这颜色已经过气很久了。"

"你是富人,才站着说话不腰疼。我温饱线上的生活,只能这么节省着过,是不配讲究风尚的。"周玺芝低下头捻揉着裙面上的一处小小的刺绣,"而且,我也没有发现它有什么不好的,除了洗完之后有点皱。"

"机洗?"裴宝玲问。

"手洗。"周玺芝说。

裴宝玲把餐边柜上的小菜一碟一碟地摆上桌:"你可真有耐心。我没穿两次就扔了。"

粥来了。

裴宝玲要了红豆,帮周玺芝点了薏米,说对皮肤好。周玺芝说:"我不能吃薏米。"裴宝玲狐疑地看了她一眼。周玺芝想了想,说:"过敏,吃了身上会起疹子。"

裴宝玲又笑了:"得了,现在弄得好像我是故意的似的。"裴宝玲跟她换了过来,又说,"没法证明我不是存心的,最起码能证明我没在这碗里下毒。"

周玺芝说:"有什么话,就边吃边说吧。"

裴宝玲一脸委屈:"怎么了,就不能喊你出来吃点东西,非要有事才找你?"

周玺芝看了一眼窗外。暮色中,香火散去,白於寺的大雄宝殿岿然如佛本身。

"动用他的电话邀我,我以为你是无事不登三宝殿啊。"

裴宝玲的调羹钝钝地在稠厚的粥里搅动着:"要真是平时不烧香,临时抱佛脚,佛怎么会帮助我呢?"

周玺芝拿餐纸拭了拭唇角:"看样子,有什么好事发生了。"

裴宝玲打开手袋,取出一封烫金镂花的新婚请柬贴着桌面移到周玺芝那一岸。

第八章 烟花当头

夜间的列车，充足的冷气，来来往往上下站的乘客，周遭的一切都显得疏离。邻座的中年男子里面穿一件白色短袖老头衫，外面罩了一件处处长满了口袋的驼色马甲，满面须髯，闭目养神，像是什么世外高人。周玺芝几次想去洗手间，见他这般姿态，也不敢搅扰。好在车程并不久，很快到了河婴。高人竟也随她一同下了车，说："巧啊。"

周玺芝并未感到害怕，说："巧。您往哪儿去？"

"河婴招待所。"

周玺芝说招待所早就不存在了啊。高人迷迷糊糊地哦了一声，不能相信似的："那不是政府的吗？公家的，怎么就不存在了？拆了？"

周玺芝告诉他新的政务中心建在城东，对公接待不是安排在中心对面的迎宾馆，就是承包给私人酒店了。周玺芝问："您是来参加什么会议？"

高人摇摇头。

游复予的车驶过来了。高人问她方不方便捎他一程，沿途看到有住店的，就放他下来。

周玺芝没有拒绝。

周玺芝问及她母亲的身体。游复予不知是碍于外人在场，还是刻意回避真相，缄口不言，只是摇摇头。周玺芝把脸沉沉埋入双掌之中，久久，问道："是最坏的那一种？"

游复予仍旧不语。周玺芝问："她自己知道吗？"游复予说一直瞒着。

高人这时候插了话："病人有数的，毕竟自己的身体自己最清楚。"话说得不错，道理也不是什么新编的道理，但过分冷静的语气让亲属们感到一种辛辣的冷漠。周玺芝看到道路前方有宾馆寥落的霓光，就让游复予靠边。高人很识趣地下了车，向周玺芝道谢时骤然变得十分恭谨，几近谦卑："你贵姓？大夜里给你添麻烦了，有情后感。"只是，素昧平生，萍水相逢，又显见得是客气话。

"免贵姓周。顺路而已，你好走，再见。"周玺芝摇上了窗。

周玺芝接到游复予的电话是在她和裴宝玲碰面的那天晚上。那一晚，裴宝玲出人意料地同她说了很多话。原来，陈寰那几天所谓的"出差"其实是和裴宝玲飞赴清迈拍摄婚纱照。裴宝玲舀了一勺豆子到周玺芝的碟中："你不会以为这些照片是合成的吧？要不要我拿机票给你看。"

暮色沉沉地压在殿顶上，如鳞的琉璃瓦在晚霞中呈现出一种富有魔力的暗红色。山道上零落的行人在浓密的灌木丛里一闪而过，像陈寰的话一样让她分辨不清。周玺芝说："他昨天还在对我说，让我相信他，让我放心。"

裴宝玲为她添茶："这有什么的。如果我今天不约你出来，很可能我和他结婚两三年了你还是一样在等他。所以很多时候，看似复杂的事情都可以双管齐下,他陈寰有这个本事,我裴宝玲也一样有。一边劝退固执的情敌,一边挑选新婚的伴手礼。"

裴宝玲对镜补妆的间隙瞥过一眼,读出了周玺芝眉间残留的质疑,笑着说:"不要再纠结啦。你一直相信他,事实却证明你是一错再错,这一次,在我和他之间,你必须选择相信我。因为,在这个特殊的关口,作为敌人的女人远比作为情人的男人值得信任。"

回家的路上,数次反诘,周玺芝本心上还是不愿意去相信裴宝玲。若非当夜游复予的一通告急电话如当头棒喝般敲醒了失眠中浑浑噩噩的脑袋,可能她还是会坚持坐在家中等陈寰上门,与他摊牌问个清楚。与此同时,裴宝玲的告诫也如洪钟大吕般在黑暗处连绵起伏不绝于耳地回荡起来:"蛇蝎之辈,变成女人,可能是报恩还愿的白娘子,变成男人,那就说不准了。你即使不相信我,我也劝你不要打草惊蛇,不然,错过了现出原形的好戏,你极有可能这辈子都会蒙在鼓里。"

夜的黑与静以一股惊人的沉默之力打通了她的任督二脉。周玺芝一下子就想清楚了。一切的一切都没有可读的理由,都只是一种"瘾"而已。陈寰迟迟不肯抽刀断水,是他一介草民不费吹灰之力就借助好风平步青云抵达了所谓的上流社会,见识了显赫与尊荣,也丧失了回到尘埃中摸爬滚打的能力。他不是对裴宝玲上瘾,是对那个世界上瘾。而她自己一味地忍耐屈就,也不是对陈寰上瘾,是对这份畸形的关系上瘾——她怀疑自己再不挣脱出来,日后遇见良人,也难拾初心,以平静面目与之交往。

夜色逼仄,她倒豁然开朗,一下子就放下悬念,心满意足地睡了过去。一觉至次日正午。起床后,她刚关闭了飞行模式,手机就弹出好几条陈寰的短信。字里行间皆是隔靴搔痒的甜蜜。周玺芝匆匆回了几个字,大意是母亲旧疾复发,要回家一段时间。发完了就回房中收拾起箱笼。

官秀丽这一次的病发,游复予电话中说是"很严重"。他很少说重话,周玺芝心里有了数，只是没有想到，竟然严重到了这步田地。直到她看到官秀丽端坐在病房，被洁白的被褥簇拥着，她也还是充满疑问——只是形容消瘦了一些，不像面无血色害大病的那一种。周玺芝悄悄问游复予拿了诊断书，见抬头赫然写着"省人医"的字样，底下的日期是四五天前。

"你带她到苏城去检查？那你为什么不告诉我，你们拿我当什么啊？"气愤之下，她一下把诊断书摔在游复予脸上。

游复予捡起来，扶正了眼镜，说道："我怕有你在场，知道了，情绪失控，她也就知道了……"

周玺芝一口打断："那你最起码检查完了告诉我，我去医院接你们，大家出来一起吃一顿饭。"她转过身，回想起来，那两天正煎熬在陈寰的事迹里，他们来检查，她见一见，大家说说话，好歹能宽宽心。谁想到，陈寰不要她，他们也不要她。终于母亲也落得如斯下场，她痛心疾首，眼泪一时断线，再难止住。

"全省的人都汇集在那里看病，各个地方的口音，她说她听见了，心里慌，害怕，说一刻也不能多待，要回家。"

无论怎样，游复予还是告诉了周玺芝，这是他几经思考后做出的决定。他不敢悄无声息地就让她活生生的母亲死在他手里。游复予说那天在省人医的号是提前一周预约的专家门诊，片子经两个主任医师看过，回来又请河婴人医的副院长看了，都建议保守治疗。游复予说："化疗照道理可以再拖一两个月，但是人太受罪。我也了解她，让她掉光了头发可能还不如让她死。"

"她不抽烟，我爸也不抽，你也不抽，怎么她就会栽在这上头。"周玺芝食不知味，拿筷子一下一下杵着碗里的饭菜，捣得支离破碎。

"我问了医生，是不是早几年的病没能根治，所以癌变，又说可能性很小。"游复予摇摇头，"旦夕祸福，大概就是这样的。"

官秀丽倒很平心静气。

每天晚八点到隔日八点是游复予陪床，早八点到晚八点换成周玺芝。黄昏的那一阵子，官秀丽都会叫周玺芝出去走走，透透气。周玺芝坐了一天，也很累，等护士换了整的吊瓶，就下楼散一圈。这一天她七点多钟回到房里，手执一把刚买的富贵竹来插瓶，见官秀丽在打盹，就轻声问："是谁来过了？"

介入科的病房很宽裕，这是病号的幸运。几乎一人一间的情况下，也没有别科的病人愿意共享这里疏松的环境。毕竟晦气，像是紧挨着鬼门关。

官秀丽嗓子越来越哑："没有啊。"

周玺芝说垃圾桶里有刚刚遗弃的果皮。官秀丽说大概是护士留下的，或是隔壁病友家属借过去用的。周玺芝不大相信。官秀丽的睡眠近来少了许多，又时常喊身上疼，总是要半夜把床铺摇起来，人半坐着才能稍稍睡一会儿，这个点盹着很怪异。周玺芝凑过去，果然看见枕套上有水渍。官秀丽紧紧闭着眼，尽力呵护着谎言，却不知早已被一路到耳根的泪痕反光出卖。

隔日傍晚，陈寰的电话来了，问及官秀丽的情况，周玺芝以"不太好"一语带过。陈寰说台里俗务缠身，不然一定要去河婴看一看的。周玺芝坐在一棵银杏树下看着两三个孩子用面包屑投喂池塘里的锦鲤。听见这话，只是替他心虚。下月初就要结婚的人了，却还坚持声东击西，她也真的是佩服他的耐力。

周玺芝忽道："看这情形，恐怕这一两个月都不能回去了。殷璎下个月初就足月了，听她说，老佟想操办一下的，只是她自己不情愿，还是想低调点。如果他们不摆酒，你也记得封个红包替我去祝贺一下，我到时候再电话提醒你。"

陈寰脆生地应下了，一点也没有拖泥带水露出任何马脚。周玺芝想，他要是露出马脚,她或者心一软还会告诉他,他这样周全,真是回天无力了。

她的手又下意识地移上小腹:"你觉得殷璎生的是男孩还是女孩?"

陈寰说:"不是说酸儿辣女吗?她那么嗜酸,大概是男孩子吧。"

周玺芝说:"你喜欢男孩还是女孩!"

陈寰说:"又不是我的小孩。"

周玺芝说:"我知道,我是问你的喜好。"

陈寰想了想,说:"女孩吧。男孩活得累。"

周玺芝说:"大概都觉得别人容易,都觉得最难的是自己。"

说话间周玺芝进了住院楼。电梯逐层停靠,让等待的人群失去耐心,个个都怨言频出。等降落到一楼,发出"叮"的一声,周玺芝一回头,发现乌压压出电梯离去的背影里有一个看起来十分熟悉,只是逆着一片水乎乎的清光,让人微晕,又顾着进电梯,来不及想。直到进了电梯站定,听到那一端陈寰在迟迟无人应答的情况下狠狠"喂"了几声,周玺芝才想起来,他是那一天晚上和她一起出火车站并且还搭了她顺风车的高人。

可这世界上到底没有所谓的高人。即便有高人能引领凡俗之中的意念遨游四海八荒,也难以普渡苦厄,卸下这一躯躯饱受折磨的肉身,引接到极乐的彼岸。周玺芝看着官秀丽迅速消瘦,听着她喉头的浓痰为她本就衰弱的呼吸限流。她僵直嶙峋的臂腕像一双筷子,像两条相约殉情并在冬眠后真就再也没能苏醒的死蛇一样硬挺挺地陈列在被窝里。每一次周玺芝为她调整睡姿都轻手轻脚,好像稍稍用力就能将之折断。

官秀丽两只泥水洼般的眼睛突然闪动了两下,是在召唤着女儿。周玺芝弯下腰,听见她枯竭的嗓子嘶嘶如秋后老蝉:"疼啊,把管子拔掉。"是求速死。

周玺芝把头轻轻地伏在她的胸口上。从小到大,她们母女从未这样过。周玺芝说:"你再忍忍。我再陪你两天,你再陪我两天。"

"你是不是有了?"官秀丽说。

周玺芝愕然。她到底是她的母亲,对她的一切了然于心。

"就是那个男孩子的?"官秀丽问。

周玺芝惭愧地点点头——是啊,就是那个男孩子的,她这小半生就是这点出息了,绕来绕去还是那个男孩子。

官秀丽的眼皮沉沉地掀动着:"舍不得流就留着,追不回来也别追了。有困难去找你小妈,她一定会帮你的。游复予,你不要靠他太近,防止传出笑柄。"

这就是官秀丽最后的遗言,她死于两日后的深夜。这两天里,她谢绝包括周玺芝和游复予在内的所有亲属友人的探视,试图保全死前的最后一点尊严。

游复予去签字,办理各项手续。周玺芝一个人站在子夜空荡荡的走廊上。周围的空气像是被一个巨大的泵抽走了,人陷入到一种真空的状态里,甚至微微地失重。

官秀丽的临终嘱咐言简意赅而洞若观火。斯人已去,周玺芝已经无从探寻她到底是在生命最后的光景里捋顺了这几十年的风风雨雨,或是这几十年的风风雨雨里,她如孩子一般地"活着"根本就是所谓的"大智若愚"。

那些记忆中已经很久没有走动的舅舅和姨妈们在电话中例行哀悼了一番后,就葬礼的形式和游复予产生了分歧。游复予说她生前好静,遗容又不想被人窥伺,送到殡仪馆,略奏哀乐,以表哀思即可,一切从简。两个姨妈说万万不能,肯定要请阴阳先生看日子,下葬前需用上好的冰棺抬回老家停灵,叶落归根嘛,吹鼓手和道士都少不得,讣告按五服内远近亲疏依次通发,开吊当天早中晚三餐照规制请帮厨配菜设席搭灵棚,另外的纸烛香火符画灵幡再雇专人打理。游复予不想起纷争,叫周玺芝

177

出来表态。姨妈们压根不予理睬:"她才多大的人,哪里懂得这些规矩。我这个妹妹苦,没享过福,风光大葬就不谈了,该有的就一个都不能少。"

作为男人,舅舅们似乎没有耐心讲得太过婉转:"不要在乎几个钱。退一万步讲,秀丽到底是拿工资的人,生前有积蓄的,这个钱起码要拿出来,用在她自己身上。"

周玺芝孕中易怒,正要发作,被游复予按下了,说就按几个哥哥姐姐说的办。

周玺芝整理官秀丽的遗物,发现她的衣服首饰少得可怜。除了周玺芝在有一年她生日时买给她的一对珍珠耳环以外,就只剩下一枚铂金的婚戒,放在常用药箱的一个格档里。后来清点吊柜里的东西,才发现一只蟹壳青的皮包,包里有一个皱巴巴的信封,里头装着另一枚戒指,黄金的,看起来有些年代。周玺芝怀疑是她初婚的婚戒,因此没有对游复予讲。

官秀丽用的还是老式的翻盖手机。周玺芝充上电,翻阅她的通话记录和短信,发现她和一个没有存入通讯录的电话联系频繁,其中最近的一条短信是二十多天之前。官秀丽说:"我大概是不怎么行了,你要不忙能来看看我是最好的,你要忙就忙你的。哪一天你要是拨这个电话没人接,我可能就不在了。"

近一个月的时间里,前前后后周玺芝也接待过几个远道而来专程探望官秀丽的人,旁观他们与官秀丽的交流,都不符合这条短信的语境。周玺芝试着从前后几条短信去推测这个人的身份。虽然失败了,她却很肯定这是个重要的人,至少对官秀丽来说是。

翻遍黄历,阴阳先生择了初七安葬。周玺芝接来一看,人在空气里难以察觉地颤动了一下。五月初五,既是端午佳节,也是陈寰和裴宝玲大婚的日子,上面班班可考地写着"宜嫁娶"。又听阴阳先生说:"那开吊就放在端午吧,这一天正好是公休假,客来客往也方便。"

他们就去到游复予在白螺乡下的老家。他只有一个兄弟,搞道路研究的,人常年在非洲。游复予非常坦诚地对他说,要在家里做丧事。他弟弟似乎并不觉得有什么地方需要征求他同意,是理所应当的,没有任何忌讳,只是一面说不能回来参加,一面惋惜,说这位嫂子他只见过几次,记得是很温和的人,而且很年轻,怎么就去世了。弟兄两个絮絮谈了一会儿,周玺芝旁听着,胸中有种滑腻的伤感,像是有人用肥皂搓洗着她的心,像是这世上真心可怜官秀丽早逝的只有游复予弟弟这一个人。

初四这天晚上,周玺芝在堂屋守灵。陌生的乡间大宅,久无人居,霉味忽浓忽淡,和房间的深度以及人走动的频率有关。淡时如午阳下飘忽的丝帘,浓时像个粗暴的大手直接捂上她的脸。天已经热了,冰棺壁上一层水珠。月影朦朦胧胧地浮在地面上,这时候,心倒很澄澈了似的,更不觉得瘆人。只是想到那里面的人再也不能与她说话了,就感到一份巨大的不可思议,但转念一想,又慢慢地接受了。

毕竟不是车祸那种晴空霹雳的死法,有个过程,已经叫人对死亡有了预备。

乡里的水质不好,游复予带了柠檬片来,压制开水里那股莫可名状的气味。他倒了杯柠檬水来,叫周玺芝回房里睡,他来守一会儿。周玺芝说就算平时也没有这么早睡的,新地方睡也睡不着,而且这是姑娘儿子该做的事,回头又要给他们说不作兴。

人躺在冰棺里,像虫子被松脂包起来,成了琥珀,这一刻仿佛永恒。游复予默默地朝着定格的官秀丽看了片刻,起身回房。

他关门时,周玺芝觉得官秀丽临终的提点多余了。他一向自重,或者,这样的时候,刚刚经历了永别,是断然不会有不可估测的闲情,只是,再过一过,他要是说一些俏皮话来调侃,她也不是全然不能接受,自小对他的不亲近反而促成了亲人之外的可能。风吹过肩膀,她被自己吓到了,她居然在自己母亲的灵柩旁想入非非起来。也许官秀丽的提点根本就是针对她,而不是针对游复予。反正她那么了解她,到了那样的病入膏肓,也能以母亲的直觉从她身上搜罗到蛛丝马迹。

　　水喝掉半杯,电话响了。周玺芝接起来喂了两声,裴宝玲噗嗤一声笑了:"我已经到了邱城,在酒店住下了。"
　　周玺芝疲乏地应道:"好吧。"
　　裴宝玲问怎么了,周玺芝说母亲去世了。裴宝玲倒吸了一口气:"真是对不起。"
　　周玺芝说没事。裴宝玲顿了顿,又说:"他都没说去吊唁一下?那你现在应该不会后悔这个决定了吧。"
　　周玺芝说陈寰只知道她母亲病重,去世的消息她还没告诉他。
　　"这是给他留面子,还是给你自己留面子啊?我就敢打这个赌,别说你现在告诉他,就是人一断气你立即通知他,他也不会去。他这两天忙得热火朝天根本没工夫搭理你这个大活人,更何况去搭理你母亲的灵魂。"裴宝玲自觉言过,叹道,"阿弥陀佛,亵渎亡灵真是罪过。不说这个了,结婚之前想最后一次动员你来观礼,这么说你要操持丧事肯定不得空了?"
　　周玺芝说这是自然的。裴宝玲说:"太遗憾了。那好吧,明天我还要起个大早,就不聊了。"

　　端午这天,周玺芝和裴宝玲起得都早,陈寰做新郎的人也起得很早。吉时反而比较迟,花车队安排在九点九分启程,说是取"长长久久"之意,计划着,接到新娘后回家中奉茶喝甜汤派红包,十点半再转到酒店迎宾。
　　婚庆公司的人早早地也到了。他们是初次看到婚纱照,纷纷夸赞起新娘子的容貌来。陈寰听着很不以为意,想着做这一行的,看见猪一样的新人也只会夸。许佩珍穿着新裁的暗红织金唐装进来招呼大家吃糖，听见了倒很受用。她又把她那套烂熟于心的推荐语搬出来了："名门之后，气质肯定不一样。"好像可以让大家冥冥中想到"门当户对"之类的词，紧接着，她家也就成了名门似的。大家更加会问是什么样的名门，她就提起亲家的名号来。知道的自然瞠目，不知道的，她再搬出亲家创办的那些企业的名号。她自己作为说的人都觉得，真是如雷贯耳。大家啧啧赞叹，有人说她是前世修来的福气，她又不高兴了，骨子里不肯承认是她家高攀了。她这风从婚期拟定下的那一天起就放出去了，一传十，十传百，很快取得了不俗的效果，像是街上迎面碰见以前在单位闹过矛盾的同事，对方主动上来打招呼，更主动提及此事，语气竟比她还激动似的。雪耻的快感让她挺直了腰杆，软软地走在云端。

陈寰自己不可能这样，他也看得出，她母亲一直在努力抑制得意之情，尽可能地表露出"都是他们自己的缘分到了"的自然感。

台里没有什么新的动作，他想裴占山怕是结婚当口抬他抬得太快会惹人非议，之前裴宝玲也跟他说，不要请台里的人，等回苏城，她家设宴再去请。只是这一阵子他父亲一直在香港，得要一阵子才回。陈寰说："我还说让我爸妈来，一起吃个饭。再有，彩礼你不在乎，我们总要下一道的，不然不要说我们不懂礼数吗？"

裴宝玲眼帘垂了下来，显得不屑而难为情："彩礼？你认为我值多少钱？即便你有这个财力，也不见得我就低贱得愿意待价而沽啊。"

陈寰知道会是这样的结果，感到一阵无趣。令他捉摸不定的是，裴宝玲忽又多云转晴了，捧着他的额头亲了一口："古诗里说，愿得一心人，白首不相离。又说，易求无价宝，难得有情郎。要钱，我有的是钱，关键是，陈寰你真是个一心一意有情有义的人吗？"

陈寰志得意满，反过来捧裴宝玲的脸："你的行动已经表明了你的判断。"

裴宝玲眯着眼:"没错,我的行动会表明我的判断。"

化妆师简单地给陈寰打了个底,提了提气色:"怪不得你之前说新娘子不要我们店里的人化妆,她应该是随身带着化妆师吧?"

陈寰说:"没有,不是不相信你们的技术,她也从来不用化妆师,都是自己化。"

"今天也自己化?"化妆师很惊讶。

"是啊,她喜欢自己化就自己化好了。"

"哦,我的意思是,大多数女孩子还是希望这一天能有别人来服侍自己吧,当然,像她这样的,每天都过公主的日子,大概也无所谓了。"

"是吗?不知道。"陈寰对着镜子紧了紧领带,拿上捧花下了楼去。许佩珍追在后面喊:"身上有红包吗?看到跟着她的人记得派啊。"

陈寰说:"她肯定一早就派过了。"

许佩珍说:"她的是她的,你的是你的,记得派,不要被人小看了去。"

从旋转玻璃大门进入,陈寰见酒店的大屏幕上,他们的视频已早早地开始滚动播放了。入口右手边请市里一个书法家协会的老前辈题了一幅字,是一个新创的字——上面是一个宝盖头,下面左边一个"玉"字,右边一个"寰"字,把新人的名字都嵌进去,寓意今日起共享一个宝盖头,成为一家人。谐音又套用在了古诗词上——"玉寰"千里目,更上一层楼。总之有若干吉利说法。

上电梯前经过宴会大厅,陈寰又见花台已按照裴宝玲昨晚的要求换成了粉紫与白色的搭配,椅套桌布餐巾等等也统一更新。灯火辉煌里,这种色彩固然是好看的,只是从自然光里看过去,竟有些凄哀。那紫色像是红花开谢了,又被雨水冲过,呈一种衰败的颜色。

陈寰让服务员开灯,服务员说:"啊,时间还早着呢。"

陈寰说:"你话好多。"

服务员被他这一冲,有些不明所以,怔怔转身去开了灯,陈寰才心安地上了电梯。

一开始他给裴宝玲订的哪间房陈寰已经忘了,是陈缘后来叫改成了1314号房。陈缘说:"婚礼你就是办得再派头,对她来说也没什么,你要用那些钱买不到的小心思去感动她。"

陈寰敲门前盯着房号看,有些发笑,更不合时宜地想起了周玺芝。1314这种与爱有关的暗示始终能唤醒他对周玺芝的"下意识"。他想,竟然有许多天没有想到她了,真是太忙了。陈寰敲了敲门,未有人应。他按了门铃,又带了点手劲敲了敲,还是一样的安静。他叫她:"宝玲,你不会还在睡吧,宝玲!"

伴郎很好奇似的:"不会是要给你个什么惊喜吧?"

刚才在脑海里一闪而过的周玺芝使得陈寰更加焦躁。他一点也不想要什么惊喜,他只想这场婚礼赶快结束。

敲了半天,始终无人理睬。此时,隔壁房间两个被吵醒的人接连探出头来,本来要发火的,见是新人,又退了回去。陈寰只觉一阵羞耻,更没了耐心,开始恐吓她:"别闹了,快开门。抓紧时间啊,家里人都等着呢。再不开门我走了啊。"

伴郎听他这样说,赶忙嘘了一声,摇摇头,说今天是什么日子啊,怎么能这么说。又拍拍膝盖,示意陈寰单膝跪地。陈寰将信将疑地照做。伴郎朝里喊道:"嫂子,我哥跪下迎接你了,快开开门吧。"

这一声喊得响亮。于是,除了刚才次第缩回去的那两个房客,其他房间的人也纷纷冒出来看热闹。虽说是厚墩墩的吸音地毯,跪下来不觉得凉,陈寰还是觉得很没有意思,这种"没有意思"一层一层地堆叠,让他心凉如冰。他掏出手机来拨裴宝玲的电话,居然关机了。他彻底被激怒了,蹭地站了起来,绕到布草间找来了服务员开门。

183

除了床被睡过了，寝具乱乱地堆着，这个房间丝毫没有任何被人住过的迹象，就连盥洗室的漱杯都还十分规整地倒扣在原位。所有的灯都开着，灯又被无处不在的镜子反射来反射去，弄得满室皆灯，让人有种明晃晃的梦魇感。

陈寰垂手拎着捧花在床畔站立着，前后环顾了一圈。伴郎跑过来慌张地问："不会是弄错房间了吧？"陈寰把花随手扔在床上。这么别致的房号他还不至于记错，况且插在原位的房卡，很能说明房客一去不复返的决心。

同一个楼层的人们挤作一团堵在门口，显然今天的热闹是寻常婚礼不会出现的热闹，是难得一遇的盛况。胆子大的人已经不满足站在门口了，直接走了进来。陈寰的目光冷冷地划了过来，他们才随便给出些诸如"是不是去餐厅吃早饭忘带房卡了"之类的话，好像自己是出于热心才入内的。更有好事者自己看到直播还不够，还要转播给好友。陈寰听见外面有个俏丽的女声在说："我在奥瑟亚呢，这边今天有人结婚，新娘子好像跑掉了。"

伴郎的举止在陈寰看来竟然有些"愚"——他里里外外地翻查着这间八十平米左右的套房，从洗手间绕到客厅，把窗帘后面和床肚底下都看了个遍，好像到这种时刻，新娘还会和他们开"躲猫猫"的玩笑。最后他走到了大衣橱前，还刻意停了三秒才去推移门，似乎是想给藏匿在里面的人一个措手不及。

移门推开后，在场的所有人都震惊了。

那里面挂着一件已经被火烧得差不多了的婚纱，裙摆只剩下了四分之一，穿到人身上大概只能包住臀部，只能跳芭蕾舞。火燎过后的痕迹是死一般沉沉的黑，和洁白的纱缎衬在一起，泾渭分明，势不两立。

陈寰向着全场观众扫视了一圈，说："劳驾你们先出去，我一个人坐会儿。"

众人退场后，陈寰朝那件婚纱走去。这应当是他给裴宝玲定制的那一件，但他拿到成品后几乎看都没看一眼，所以他也不确定这是不是那一件。他伸手去提衣架时，一封信从婚纱内部落了下来。他喜出望外地捡起来——不排除这真的是什么惊喜的环节，像电视综艺节目里演的那样——打开信封执行任务，一个步骤接着一个步骤，是裴宝玲在狠狠地逗他。

只是，从信的内容上看来，还是他想得太美好了。

陈寰：

我此刻正坐在飞往大阪的航班上。如果没有延误，落地时间应当是中午十二点左右。到了酒店我会先睡一会儿，傍晚五点左右起来化妆，好参加婚礼前夜的晚宴。是的，是我真正的婚礼。新郎我曾经给你提起过的，就是我那个从奥克兰回来的小伙伴。我们青梅竹马，几乎是看着对方长大。

他如今在大阪做酒店生意，没有拿家里一分钱。我父亲提出要资助他，也被他婉拒了。听他说，生意还算不坏，国内的很多旅行社都成了他的回头客。

你呢？你现在干吗呢？心情怎么样？

要是你现在的心情很不好，那么，你应该能体会到，两年前，在我学校迎新晚会的后台，你撒开我的手去见周玺芝，我苦苦挽留，你却还是一走了之，把我一个人留在黑漆漆的帷幔后面，我的那种心情了？我相信上天会公平部署人间的恩怨循环，安排种种因果报应。要是诸神实在太忙，那我来代劳，我来安排。以其人之道还治其人之身这种事，也很应该由我躬亲完成。

你是如此聪明的一个人，怎么也会马失前蹄？你要多么愚蠢，才会相信一个被你那么无情抛弃过的我还会义无反顾地追随你，甚至和你结婚。你以为这天底下的女人都是周玺芝？

从我孤伶伶在台上跳舞的那一刻开始，这个计划就已经有了雏形。衔泥如燕，垒至今日，这个局布得你可还满意吗？不管怎样，我却累坏了，结完婚，我要好好地休息一阵子。

我先生认识一位曾经云游列国最后定居日本的高僧。这位大师居住的庭院离歌舞伎町非常之近，我打算虔诚地去拜访他，听他讲课。我想他一定可以指导我，怎样身处繁华而内心波澜不惊。这也正是古人追求的最高级别的修为——所谓"大隐隐于市"啊。

好多事情，后退一步去想都觉得好吓人。像是，我终于对你做出了这样的事，像是，我们已经认识五年了。我有时候回想起来，仿佛在你姐姐家初次见到你还是上个月的事。

你是不是当初的那个你，我不知道，因为我无法判断你是不是一开始从骨子里就是这样可怕的人。但起码我不是当初的我了。我成为今天的我，一个微微有些狰狞的我，离不开你的耳濡目染。我大好年华的凋谢，因这凋谢而生出的腐坏的恶意，都是拜你所赐。我想，周玺芝的轨迹也不比我平坦到哪里去。这种双倍的辜负，用一场乌龙的婚礼来陪葬，已经是很便宜你了。

如你看到的一样。我是这么地恨你，但恨从爱中来。正因我当初那么爱你，现在才这么恨你。庆幸的是，我没有为一个不值得的人走向更深的歧途，更庆幸有珍惜我的人从半路杀出，带我脱离了苦海，领略真正的爱。

1314。当然可以说成是一生一世，不过翻译为"要散要死"也并无不可。

现在，你我缘尽，是要散的。将来，你我迟暮，是要死的。

但你记住，纵然缘来缘去，我对你的爱和恨都将至死不渝。

电话在不停地响，是许佩珍的来电。陈寰关机后踱至落地窗前。十三楼，已经足以俯瞰这个并不繁华的城市。前一阵子缠绵的雨水一直持续到昨天，这时窗外的天气好得让人心生歉疚——难得的晴天却没有完成一场婚礼，实在愧对天公的美意。

裴宝玲恨他，对他做了这样的事，陈寰却恨不起她来，甚至很愿意遥远地祝福她。他当然也没有急于忏悔些什么，只感到茫然，整个人宛如一个被倒尽了水于是空置的杯子。

他在沙发榻上躺下来，回味了这两年来裴宝玲说过的话，像陈酒的滋味在舌尖上活泛起来，他有些醉了，就闭上眼打盹。一直到门外传来许佩珍隆隆的捶门声。

陈缘也来了。陈寰大致能猜得出他母亲将要说些什么。她会摆出一副"早就料到今天这个局面"的架势，来指责他没有听她过去的教诲。

比如她早在五年前曾对他和裴宝玲的交往表现过的仅此一次的谦卑，认为悬殊太大，会有隐患。比如过年裴宝玲送他回来的那一次，先说要到他家拜访，后来又临时撤退，惹得他母亲不悦，发出了一两句颇有讥意的牢骚。她会把所有的责任推到他头上，让他本来很茫然又因为刚才的"盹"稍稍收回来的心再次乱套。他不知道这时候把责任推过来有什么用。他很清楚自己要负责，却不清楚该怎么负责。

她一定还会间接地怪陈缘，毕竟他和裴宝玲的事是从陈缘那里起的头。

陈寰想得一点都没错，许佩珍依然是这个套路。陈缘和黄骥文的婚姻每次出现危机时，她的那些说辞移花接木缝缝补补，分毫不差地又用到了他身上。

187

终于她也说累了，说："我先下楼让酒店改名字，有些客人恐怕已经到了。你赶紧给她打电话。"说完咣的一下关上房门，让他和陈缘都浑身一震。

比这更震人的是许佩珍的"建议"——她让陈寰叫周玺芝过来救场。陈寰虽是倒吸着一口冷气听完她的"建议"，但对这个说起来是"建议"其实更像是阴谋的计策并不感到陌生。

发现裴宝玲离开的那一瞬间，他不是没有想过这件事。可这"建议"无论如何也不该从旁人的嘴里说出来，显得太居心叵测。他知道自己不是什么好人，破罐子破摔，他可以更坏一点。他母亲这样离谱，让他有了一种源头式的悲哀——他的家庭，他受到的教育，他过往二十几年的点点滴滴汇成了今日的他。他凭一己之力是不能扭转乾坤向阳生长的，这是一种宿命。不过，当他想把责任再一次归咎到自己的出身上时，他放弃了——这样怪来怪去，那就真的和他厌恶至极的母亲没什么两样了。

这时是九点五十一分，按照许佩珍天衣无缝的计划，从河婴马不停蹄地赶到邱城需要两个小时，这段时间，化妆团队在房间待命，另外再挑一套婚纱过来。周玺芝抵达后，利用半个小时更衣梳妆，是可以完成十二点半准时开席的原计划的。即便稍迟一些，到了下午一点，也并无大碍，可以冠冕堂皇地宣称"接新娘的路上堵车了"。

迎宾环节是缺失了，但总比整场婚礼没有新娘要好得多。

陈缘说刚才在来的路上，她问许佩珍新娘名字要怎么跟宾客解释。许佩珍竟然没有想到这一层。

"就是到这个关头，她还算计着她那一点虚荣心。她要找来的压根不是周玺芝，而是一个裴宝玲的替身。这个替身是阿猫阿狗都可以，她可以面不改色地对大家说，这个人就叫裴宝玲。"后来是陈缘在旁边提了个醒,说毕竟是结婚,瞒得了一时瞒不了一世。许佩珍才觉得要让酒店把所有出现"裴宝玲"三个字的地方都换掉。至于请柬上的名字,就只好怪搞印刷的店家弄错了,他们只看了打样的那几张,后来的也没拆封检查就糊里糊涂送出去了。只能这样勉强搪过去。

许佩珍一再地心疼那一幅花重金请书法家量身定做的字,心疼着心疼着,忽然又惊喜起来,说周玺芝的"玺"里面不是也有一个"玉"字吗,那也说得通了。说完她竟还朝陈缘狡黠地笑了笑,一种天助我也的神气。

"宝玲家里人不一定知道她背后玩了这一招金蝉脱壳,但莫黛肯定知道。否则,我要是请她来参加婚礼就一定露馅儿。所以,别说是宝玲本人了,就是莫黛也肯定是痛下决心的,一点口风都不曾露过。但凡她顾念着与我认识这么些年的交情,也不会从前到后包得这么严实。这也是肯定的,到底那是她妹妹。"陈缘一转身看见了衣橱里那件被火烧过的婚纱,马上就从地柜里翻出一个酒店的纸袋把它装了起来,"我也先下去了,你快和周玺芝联系吧。"

陈缘走之前用很锐利的目光在陈寰身上割了割,大概是看出他决计不会打这个电话,因此用这种级别的目光提示他,该想个说法应付喋喋不休的母亲。

他们未免将周玺芝看得太没有尊严,认为她对他肝脑涂地得接到电话想都不用想就会立马赶过来解围。陈寰回忆着那些在他们面前对周玺芝的表述,是从来都没有降低过她人格的。那么,他们这种没有出处的近乎于诬蔑的构想简直丧心病狂。这当然也包括他自己,不是这一刻的自己。这一刻的自己是难得的自己,正客观地站在彼岸审视现实中的那个自己。

过了十分钟,许佩珍又来了:"电话打过了吗?"

"打过了。"

"怎么说？"

"她打车，直接上高速。"

"这就是了，你跟她好好说，她一定会来的。她多在意你，不会眼看着你出丑的。那你就在房里待着吧，不要让人看见，我说你去接新娘子了。我和你爸到门口迎宾去。过一会儿化妆师就到这间房里来等着。你姐姐挑婚纱去了，哦对了，你知道小周的三围吗？不知道的话快问一下，然后打电话给你姐。"

"好。"

"我先下去了。你千万别露面乱走动啊，要什么东西就打电话给我，我回头叫服务员给你送上来。"

"好。"

陈寰想，只能这么说。不然的话，他怀疑他母亲都有可能会上街雇一个人来。

从气象局官方发布的卫星云图来看，端午的这一天，全国大部分地区都十分晴好，尤其华东一带，看不见半点雨水洇染的痕迹。这万丈晴空之下，人人各就各位地奔忙着。

裴宝玲搭乘国际航班东渡日本，婚礼就是她即将抵达的终点，也是另一种意义上的起点。

周玺芝那里正一面按地方习俗披麻戴孝哭倒在灵堂前焚纸燃灯，一面接待陆续到来的客人。葬礼上人多嘴杂，一片喧哗，她又哭得泪眼婆娑，看不真切，只隐约又见到了那个高人——和那一天在医院电梯口的感觉一样，唯剩一个离去的背影。她蓦然有一股直觉，似乎这个人正是她已经老去的父亲。她随即丢下手里的活计奔到门口对着明晃空寂的路喊道："爸爸，爸爸……爸爸啊……"多少认识的不认识的人来扶她，说不可能，他都离家那么多年了。说姑娘好可怜，父亲抛妻弃女，母亲又短寿走得这么早。

周玺芝正抽噎着，殷璎的电话来了，口气很虚弱："男孩，凌晨一点左右生的，七斤五两，我给他取了个乳名叫小箬，就是包粽子用的那个箬叶啊。老佟说太女孩子气了，要叫粽子，真难听。难道元宵节生的就叫汤圆，中秋节生的就叫月饼吗？"殷璎说情况特殊，不能亲自去葬礼上吊唁，实在失礼，又说等孩子满月后专程去扫墓以示哀悼。周玺芝叫她不必拘礼，又悄悄走到内室，向她咨询孕中的一些症状是否属于正常，说了半天，殷璎好像没有在听的样子，过了一会儿才听她说："你猜我刚才看到什么了，对面寰圣国际上有个人跳楼了。"

她们到半个月后才知道，那个轻生者是涂悦。警察的电话最早是通过她遗书上的联系方式打到了古明德那里。几乎就在同一时间，陈缘被同事告知，公司所有部门负责人甚至部分客户的邮箱里都被抄送了一份压缩包，解压后是近百张她的不雅照。她想，鱼死网破的这一天终于来了。

彼时，她和古明德都身处于那个后来被传得满城风雨的婚礼上。她的弟弟陈寰走上台，从束手无策的司仪跟前接过话筒，向全场宾客鞠了一躬，说："让大家见笑了。不过，亲戚朋友时常不走动就疏远了，今天，就当我趁节日的机会请各位来聚一聚，请大家斟满酒杯，开怀畅饮。也祝愿在座的每一位端午安康，阖家幸福。"

音乐适时地响起来了，灯光明度也很合宜，罔知所措的人群里有一两个活跃分子带了头，没过多久，其他人也就纷纷提筷举杯，笑语频传。传菜的人鱼贯而入，布菜的人妙手如梭，吃菜的人觥筹交错，整个大厅的气氛美妙极了，看起来和一场正常的宴会没有任何分别。

第九章 海上舟痕

那套周玺芝眼中只有封建社会才会用到的繁文缛节吹吹打打一直到了凌晨，众人方才各自散去。原先铮铮作响的庭院一时之间只剩下了她和游复予二人。

搪瓷钵里纸灰已冷，像一堆黑白照片里的花瓣。中庭无声地流淌着月光，深巷里偶然的狗吠反而坐实了万籁俱寂的氛围。

周玺芝拖着累倦不已的身子在台阶下扫地，扫着扫着，一抬头，见游复予正扶额坐在廊檐下痛哭。

周玺芝去烧了一盘蚊香，来到他身旁坐下。

游复予说："她走的那一天我就觉得她一走，好像所有的人都走了。到了今天，人来人去，这感觉被具象放大后就更加明显。"

周玺芝没有叫他不要伤心不要哭。眼泪是重的，寄存在身体里是种负担。

灯影中有密密的一帮蠓虫子在飞。

游复予说:"你大概也知道,我对待你并不一般。"为着这个心思,他之前总是感到罪恶,百般地苦恼。现在官秀丽走了,他才渐渐地明白过来,他是错把她的女儿当成了年轻的她。

"只是人一死,就什么都没了,世界上再也没有第二个她。"

到了一两点钟,明明困极,周玺芝却没有丝毫睡意,不光是为了这特殊的一天和这天里游复予的坦诚相待。

她从早到晚接了许多电话,唯独没有裴宝玲的。按照她们之前的约定,这是事成的标志。

相约白於寺的那个黄昏,裴宝玲从前到后仔仔细细地阐述了一遍她缜密的计划。周玺芝听得心惊肉跳,根本匀不出一点口舌来中途打断她。

"如果失算了,我会告诉你。反过来,要是你没接到我的电话,就证明大功告成了。"

"这么做,是不是有点过分了?"周玺芝低着头抠着竹垫子上的镂花,不大敢看裴宝玲。

"你心疼他?你有这个工夫不如心疼心疼你自己吧,你看看你已经被他搞成了什么不人不鬼的样子。"

到了这时,周玺芝还要卫护陈寰,着实让裴宝玲不解。她摇摇头,波浪卷像葡萄架在晚风里的剪影。

"算了,随你好了。我今天叫你出来,是把事实真相和你讲清楚。我相信任何一个正常的女人都会悔不当初,恨不能手刃这种薄情寡义的人。但你如果明知山有虎,偏向虎山行,我只能说你太有勇无谋,是我选错了盟友。"

整个计划里,裴宝玲无需她一星半点的配合,只要按兵不动,坐等分享胜利果实即可。

周玺芝想不出裴宝玲为什么又要告诉她，假使她真的在紧要关头动摇，向陈寰通风报信，或者将计就计，趁机和陈寰成其好事，岂非破坏了这番苦心的经营。

裴宝玲请她走这一趟，自然准备充分。周玺芝任何有可能发出的疑问，她都已备下了答案。她捏起一粒周玺芝带来的桑葚，也不吃，只是把玩，玩着玩着狠狠掐了一下，伴着肉唧唧的一声，如血汁液立时渗出她的指缝。

"我之所以能这样胸有成竹，是因为他早就泥足深陷。他要是能放下现有的一切和你双宿双飞，不会犹豫不决拖拖拉拉到今天。你我的合作，始于你对这件事的知情，止于你对这件事的沉默。你知道了，但你没有发声，就代表你上了我这条船。倘使哪一天，陈寰获悉了你的知而不报，我相信，他的痛苦会比这场婚礼独角戏要深得多。毕竟，他需要的人是我，而他爱的人是你。而只有被爱的人背叛，才能叫他终生抱憾。"

距离她们的首次对话已经有五年时间了，是在那一年圣诞节裴宝玲家举行的晚宴上。她带着陈寰和周玺芝参观了一圈，彼此熟悉了起来，就和周玺芝混入人群中聊天。

裴宝玲满脸都是暖烘烘的笑，说的话却叫人齿寒："陈寰嘛，我志在必得。我得不到他，我就会毁了他，叫别人也得不到。要是将来你因缘巧合得到了这个人，你不要高兴得太早，更不要骄傲。因为，那肯定是我不要他了，才给了你可乘之机，这和你捡到个破烂儿没有任何区别。"

在白於寺最后一绺消散的香雾里，裴宝玲捧起粥碗，喝了个精光。起身走到楼梯口，她又回过头来望着周玺芝，维持了很久的倔强之态里隐约溢出一层薄薄的哀伤。

"我当初的话你还记得吗？我现在不要他了，而他是早就不想要我了的。在爱情里拼杀，从来只会有两种局面，要么共赢，要么两败。数次力挽狂澜，还是不幸沦为后者，这是我们的命。我认命，你最好也认。向老天服软，再顺其自然，说不定，这命就柳暗花明了。"

过了一日，官秀丽的骨灰盒正往公墓里送，陈寰的电话就来了，冷静地问她母亲的身体还有她的归期，口气一点都不像刚刚被一场风暴洗礼过的样子。

周玺芝仍然言辞闪烁，当然不会说她正在安葬她的母亲，说了他一定是会来的。

发生了那样的情节，他当然会来，已经没得选。

陈寰说他准备辞职了。

个中情由对周玺芝来说是不言而喻的，她也没有犯嫌地多此一问。她想，如果换作裴宝玲，大概很愿意问一声为什么，再听听他有什么新花样，就算说不出什么名堂，起码可以叫他不舒服一番。她不是裴宝玲，她始终存着一种连她自己都厌恶的宽容。她只说现在有点事，回头再联系。

游复予旁观着一切，却只字不言。他绝不是那种迟钝无感的人。

周玺芝收拾行李准备返回苏城的前夜，游复予叫她到客厅来一下。周玺芝已经想到了大概他是有什么东西要交给她，却没料到是一张银行卡。

他们住着的这套房子是周玺芝父亲之前留给她们母女二人的。官秀丽病重的时候提出来要卖房子，游复予一开始不同意，想着，自断后路，难不成就真的是好不了了吗？要是侥幸康复，不是连个安身立命的地方都没有了？但他在这件事上没有资格说太多的话，说多了，反而显得有什么私心似的。生死关头再生出龃龉，两下里都会不安，这是不值得的。结果他们就还是把它给卖掉了，和卖家约定了半年后交房。

"这里是全部的卖房所得,另外还包含你母亲的一些积蓄。初始密码就是你的生日,不过这不安全,你回头把它改了吧。"

丝丝分明的别离之情见缝插针地戳了过来。

周玺芝正想问卖房子的事为什么早不告诉她,随即又在心中自嘲,母亲查出这大病他们都是到了万不得已的时候才通知她,何况卖房子。

她说:"那你怎么办呢?"

游复予笑了笑:"我总有我的去处,你别担心。"

周玺芝只能点点头,又低下头去。后来,几乎是同一时间,他们都张开怀抱迎住了对方。周玺芝从小都认为,他会有秽亵之感,这时却只感到沉沉的笃实。

游复予说:"我没有任何其他的意思和想法,只是单纯地认为,那个男孩子恐怕是不大适合你的。她既然叫你去找你小妈,之前肯定和她沟通过。你别看她做事没有章法,像个孩子,倒把身后事都料理得很像样子,好像厚积薄发,把一辈子的本事都拿出来了。"

他自然很愿意去照顾她,只是碍于男女之别,要提防着世俗花眼,不能不顾及她的体面。他一再强调,有困难了,随时可以来找他,他能做的,都会为她做。他握了握她的肩头,就疲倦地转过身,回到了他和官秀丽的房间里去。

次日一大早,他把周玺芝送上了火车。检票前,他们一起吃了碗馄饨。

周玺芝的那一碗被醋染成苦汤药的颜色,游复予喜欢原味,半点佐料没加,碗中碧清如赤子之心。周玺芝不时地抬起头看他一眼。

她明白的,这很有可能就是他们最后一次坐在一起吃东西了。

火车上,周玺芝睡了一会儿,只是睡得很不踏实。一会儿想到那个被她认为是父亲的高人,想到他泰然自若地坐在她身边的样子。一会儿又想到陈寰过年时送她回家,绕开过道里拥挤的人群去为她倒一杯热茶。

回苏城后,周玺芝既没有急于去投奔婶婶,也没有去找陈寰,而是先到殷璎这里待了两日。

殷璎俯下身,把孩子稳妥地放入婴儿车,声细如蚊:"到了今天,我初为人母,很能意识到,父亲也好,爱人也好,儿子也好,都是女人这辈子里很重要的男人。既然这头两个都能这么狠心地弃你于不顾,我想,你要时来运转,也只能是生个儿子,以后母凭子贵了。"周玺芝不语。

陈寰却已按捺不住,接连来电,说要去河婴看她和她母亲。

殷璎听说后,冷哼一声:"你应该跟他说——你看我就不必了,看看我母亲倒是可以。"言下之意是让陈寰去死。

午后下起雨来,殷璎打电话让水果店送了一篮葡萄来吃。周玺芝洗净了用一只小青花的盘子盛了来。

殷璎吃了两颗不由得满脸皱起:"太酸了,也不是无籽的。我不能下楼吹风,你回头把它退了去。说起来我也算他家常客,怎么这样坑我。"

周玺芝说:"过河拆桥!之前嗜酸成那样,连陈寰都知道。刚上市的怎么会有多甜。"

殷璎取了湿毛巾来擦了擦嘴,又绕到婴儿床前看了一回。听周玺芝说起陈寰,回道:"葡萄么,大家都喜欢熟的甜的,喜欢无籽的。其实人也一样。你现在就是一颗有籽的青葡萄,不管从哪个方面论证,都占不到一丁点便宜。"

周玺芝剥开一颗送入口中,面目平和:"你是抬举我还是安慰我?二十七岁了还青葡萄?"

"这个和年纪无关。我从来没有过青春期,一上来就早熟得不行。

至于你呢，我不知道你哪天才会熟，起码现在还没有。三十岁在望，这一点都不可怕，关键是，接下来，你要做皱皱巴巴的葡萄干还是有滋有味的葡萄酒？"殷璎走到周玺芝身边坐下，把她的头搂到肩膀上，"你要执迷不悟地回到陈寰身边或者一意为之地生下这个孩子，我没有立场去劝你，劝你也毫无说服力，因为你是亲眼看着我怎么执迷不悟地跟着老佟，怎么以意为之地生下孩子。但你要知道，男人和男人不一样，陈寰除了年轻力壮，没有任何一点可以跟老佟相提并论。女人和女人也不一样，对待同一个男人，有人锲而不舍，有人弃如敝履，可不管怎么讲，能让野心勃勃稳操胜券的裴宝玲甘愿功亏一篑的男人，一定也让她失望到了极点。"

没有说不通的道理，只有醒不来的人，周玺芝想。往往用一秒钟就能爱上，却要花一辈子来淡忘。她自然不会把一生的时间都用来忘掉他，但眼下，她可能要专心致志地"忘他"一阵子，除此之外，什么事都做不了。

她们正聊着，楼下传来钥匙开门的声音。

这是套复式楼，周玺芝来了以后，佟先生非常自觉地住到了楼下的房间，只在每天下班回来后，上楼逗弄孩子一会儿，或是夜里被孩子的哭声惊醒，上来帮着殷璎和月嫂一起服侍。这几日，月嫂正巧回乡下收麦子去了，佟先生上楼就更勤了些。

夏天都穿低领衣服，周玺芝下意识地在佟先生上楼前整理了一下衣衫领口。

殷璎听楼下像是不止一个人的动静，以为是佟先生没打招呼带了客人回来，正要下楼发怒，却被眼前的场景吓住了——五六个青年男子围在佟先生身边，其中一个手中的枪正抵着佟先生的后脑。再仔细一看，男子中还混有一位妇人，个子虽不高，但衣着贵丽，浓妆满面，暗含杀气的样子。她朝楼梯上的殷璎看了过来。殷璎拔腿回房，悄悄对周玺芝说："楼下不管怎么样你都不要出来，孩子交给你。"

199

周玺芝一头雾水,只听楼下遥遥传来陌生女人的声音:"你放心,我对你的小 Baby 没有任何兴趣。另外,我劝你不要报警,你报警就等于是送他的命。"

浓郁的台湾腔让殷璎猜到了事态的十之八九。她握了握周玺芝的手,耳语一声:"他太太来了,假使听到我哭了,你就报警。"说完关好房门下了楼。

孩子还在熟睡。周玺芝坐立不安,又想下楼帮忙,又怕擅自加入会让局势更加混乱。急中生智,她想起,殷璎在网上看到过月嫂虐待婴儿的案例,悄悄在家里装了针孔摄像机,主机就藏在大衣柜里。

画面并不清晰,但配合着楼下传来的瓮瓮的声音,周玺芝也就看明白了一个大概——宋熹嫒绕着客厅转了一圈,敲了敲沙发和茶几,嘲笑道:"我以为他对你能有多好。这个房子,不要说跟我们在台北的房子比,就是我们基隆、高雄还有新竹的房子,也比这个好太多。条件这样艰苦简陋,殷小姐还能对他不离不弃,是你大爱无疆呢,还是他老当益壮啊?"

"你闹够了没有!"佟先生一转身忽然这样说。

枪顺势抵上他的太阳穴,抵得更紧了。边上两个男子上来钳住他的手腕背在背后。周玺芝紧握的双手一下子提到了胸口。

殷璎临危不惧:"他从前跟我说,您是从台湾最高级的学府出来的人。那么,依您的学识和修养,不应该做这种事啊。有什么话,大家不能好好地谈呢?"

宋熹嫒走到佟先生身边,很闲适地为他打理起方才弄乱的西装领带:"你看看,殷小姐都比你开明,我跟你好好地谈,你置之不理,非要逼我动刀动枪。"

文件在茶几上一字排开,股权地产基金……什么方面的都有。每一份都翻到了签字页,殷璎见乙方的红章都已经盖好,法人和律师的名字龙飞凤舞地跟在后面。

宋熹媛的来意昭然若揭，这显然不是一场简单的原配逼宫。殷璎走到厨房，取出一套上好的孔雀蓝钧瓷茶具，沏了茶端到客厅来："既然都是自己人，何必闹成这样。大姐您让这几位兄弟把家伙都收了吧，大家喝点茶慢慢聊。我想，在能力范围之内的要求，他都会尽可能满足您的。"殷璎取了一杯，亲自奉到宋熹媛面前。

宋熹媛俯眼看了看茶，又看了看殷璎，一扬手将茶盏打翻在地："还没轮到你说话！"

佟先生冷冷地望着自己的发妻，说："我真后悔没把佳妮带到大陆来，她跟着你这种魔鬼一样的母亲简直是种危险……"

生怕佟先生再讲出过激的话惹怒宋熹媛，殷璎匆匆打断了佟先生，念叨着"碎碎平安"，去取了扫帚来清理。

可宋熹媛却被"魔鬼"两个字点燃了，她箭步蹿到他面前，仰起脸逼视着这个早就名存实亡的丈夫："魔鬼？所以，现在你知道我是魔鬼了？二十三年前，在垦丁，你跪在关山夕照里向我求婚的时候，你可是称我为女神啊，那女神到底是怎么一步一步变成魔鬼的，你有没有想过呢？"她缓了口气，想到他刚才提到的大女儿，怒火烧得更旺了，"你还恬不知耻地提佳妮？她从小到大，学校组织的父亲节活动你参加过几次？她十四岁那年冬天，夜里发高烧，烧得整个人像只半熟的虾子，嘴里说胡话说的全是——爸爸你别走啊。她毕业晚会登台弹《诺玛的回忆》，全场起立给她鼓掌，她迟迟不下台，满场地望啊，找啊，因为她父亲答应她的，说会推掉所有的活动飞回来参加那个典礼，给他的宝贝女儿捧场的。"

臂弯里悬着全球限量版的手袋，宋熹媛从其中取出一方鹅黄色的手帕拭泪。

方才凄然的温柔转瞬即逝,很快恢复成一脸鄙薄:"这些时候,她的父亲在哪里呢?当然是在大大小小花花绿绿的淫窝里,和那些寡廉鲜耻的娼妇们寻欢作乐了哦。我辛辛苦苦抚育儿女,还要被坐享其成的人反咬一口说成是魔鬼?"她捶了捶佟先生的心口,不由得带出了两声闽南腔调,"里摸摸里诶良心,里啊搁吴良心莫?"

佟先生沉默了。殷璎也不知从何说起。

宋熹媛再度冷笑:"真该打开网络,让佳妮同你视讯,看看她最崇拜的父亲现在是怎样一个威风扫地的糟老头。"

她翻了翻茶几上的文件:"好了,我没时间再跟你们东拉西扯了,赶紧回归主题。你要是同意跟我回去台湾,和大陆的这些闲杂人等断掉来往,为了佳妮和佳姗,我可以既往不咎和你继续生活下去,旧梦重温也好,貌合神离也罢,总之保留夫妻之名,不让孩子们难过。你要是不同意,想在你的这座小行宫里终老,那这些文件你现在最好都签了,你可以看清楚,这上面所有的继承者都是她们姐妹俩,我宋熹媛不会要你一分钱。"

佟先生像是很心寒:"我死后,遗产全都是你和她们姐妹俩的,你何必急于一时要挪走它们。这些东西她们不会打理,很快就成了一堆废品。"此语一出,殷璎和佟先生的目光有过一刹那的短兵相接,又很快各自望到别处去。

"以前你说这样的话,我大概还会相信。现在你是有儿子的人了,即便你没有重男轻女的想法,也难保你的枕边人不会替后代运筹帷幄啊。"宋熹媛向殷璎走去,细高跟叩着瓷砖,在殷璎听来就像死死叩着她的腕,卡着她的血管,要她命,要她死。

宋熹媛说:"这世界上,母亲都是最无私的,但是为了儿女又都是最自私的。这个道理,你作为男人不会明白,但是我就很明白,殷小姐应该就更明白了吧……"

佟先生让她不要再说了，用力挣开挟持者们，坐到沙发上去，看都不看就迅速签掉了那一堆文件："你让我二选其一？那我告诉你，我既签了文件，也会回去台湾——因为我们的离婚手续还没办。佳妮性格太好，我恐怕她难以独当一面，而且让她做生意会浪费她在音乐上的天赋和才华，你就费点心多培养佳姗吧。我一把年纪，本来也很想退休了，有女儿来接班再好不过。谢谢你的成全，也再一次对你说一声抱歉。友情提醒一下，这里是大陆，你们最好注意自己的枪，假如一不小心走火被警察逮捕，依我现在两手空空的状态，是没有能力去做保释的。现在，如果没有别的事，请你带着你的人离开我家吧。"

宋熹媛接过这一叠文件时面如死灰，似乎那并不是硕果累累的资产，而是很简单的一纸离婚协议。她在短暂几秒的懊悔之后，迅速肯定了自己原计划的英明——爱是没有了的，他们都清楚这一点，那不能再放过钱。二十多年前，她和手边这个年轻的皮肤紧致的女孩子一样，以为他一诺千金。现在，他的"一诺"是荡然无存的，只留给她两位"千金"，她只能逼他留下千金给千金们。

女儿们有钱，她有女儿们。人人皆求死于安乐，没有了他的爱，她的晚年不会快乐，但有一些钱，最起码可以过得安稳，不用经历下等的辛苦。

宋熹媛拢了一下头发，维持谢幕前一个良好的姿态。她的手指朝那一帮人轻轻扇了扇。

众人屏退后，她朝殷璎笑道："年轻貌美，世人所求，无人例外。女人希望永远年轻貌美，男人永远追求年轻貌美。他二十多岁的时候，身边是二十多岁的我。他四十多岁的时候，身边是二十多岁的绿岛名媛。如今他快六十岁了，身边是二十多岁的你。希望再过几十年，等到他八十岁的时候，能够改掉这个恶习。殷小姐最好永远记得今天，因为假

203

如他本性难移,你可以学着我今天宽恕你们的样子再去宽恕他们。"

说完这些,宋熹媛迤逦而去。

周玺芝匆匆下了楼来,问还要不要报警,有监控记录下来的视频可以作为证据提取给警方。佟先生摇摇头。

殷璎后来告诉周玺芝,佟先生那一晚问她,他现在没钱了,她还愿不愿意跟着他。殷璎说:"我们当初认识的时候,你说你是开小饭馆的,我因此拒绝你的示爱了吗?"佟先生又问他,愿不愿意原谅他过去所做的一切错事,彼此重新开始。殷璎说:"你放心,我做的错事比你多,要原谅,也是你原谅我。"

周玺芝帮忙抱着孩子,殷璎熟能生巧,一气呵成地换了尿不湿:"要在以前,我会疑心,是不是他和他太太唱双簧,当着我的面演这一出,好告诉我他的财产都没有了,让我不要有什么非分之想。但我现在不会了,我只会认为,他放弃了那些身外之物就是为了留在我们娘儿俩身边。这说明什么?说明我变傻了,间接说明我是真的爱他——精明的女人只有在爱里才会变傻。"殷璎说孩子大一点之后,她真的会和老佟开一个小饭馆:"开业那天你记得买一盆茂盛点的发财树来给我道喜啊。"

月嫂回来后,周玺芝向殷璎和佟先生告辞。

佟先生没有再三挽留,却像每一个好客的男主人那样热情地说:"怎么能说打扰呢,没事常来玩。"

一个月后,殷璎和佟先生领了证,又过了一周,他们盘下了杏林路的一家日料店,将它改头换面做了淮扬菜馆。周玺芝去吃过两次,队伍几乎要排到了隔壁的沃尔玛。好像没人记得这里曾经是一家日料店,都夸这饭馆的老板娘和他们独家秘制的蟹粉狮子头一样八面玲珑风情万种。

离开殷璎家的那一天,周玺芝本来打算去郊区找婶婶。出租车已经开到积善门外了,发现在修路,过不去,只能回头绕路上外环走。周玺芝说算了,先回城里。

进了城,司机问去哪里。周玺芝头一抬,见入夜前的一场雨把这座城市的万丈霓虹濯洗得更加溢彩流光,灯影流离,叫人茫然至极。她发现,原来离开了殷璎,在苏城她已经无处可去。她本已打算下车找个酒店休息一晚明天再去婶婶那里,不知怎么,一转念,又改口让师傅送她到栖凰桥。

栖凰桥对面是她和陈寰之前住的公寓。

楼上不见亮灯,人应该还没有回来。周玺芝在另一个单元楼下的小花园里踌躇了一阵子,还是没上去。听陈寰最近的口气,他应该是在忙着辞职,交接手里的工作。她问他接下来要做什么,他只一味地说:"再说,再说。"

她不知道陈寰那里,时间流逝的速度是否一如往昔。她自己总觉得,分别只不过一月有余,却好像这一辈子的事都发生过了似的。但故事总又无穷无尽,比如她前几日在殷璎家的客房里醒来,穿衣时望见镜中的人已有了孕妇最初的体态,脸也丰润了一圈,外人是怎么也看不出,她正无力地挣扎在爱人的骗局中,又刚刚经历了锥心的丧母之痛。她自己则是很明白自己的,就像方才,返回城区明明就是为了回到这里看一眼,那街头的茫然失措,只是做戏给自己看而已,好让事情看起来是水到渠成的样子,好不那么看轻自己。

电话来了,是陈寰的,他说他刚刚到家。周玺芝仰头,果见卧室的灯亮了。陈寰应该是喝了酒,而且还不少,反复问她到底什么时候回来。

"你又不回,又不让我去,到底是怎么回事啊?"

周玺芝说:"你早点休息吧,我很快就回去了。"

她一直在楼下坐到十一点多,临走时想起了当年陈寰送她的那只细银戒，被她收在书房的抽屉里。她终于上了楼去。

房间里并不是漆黑一片，而是涌动着一股沉澈的蓝色，整栋房子像是落入了一面大湖之中。她很精准地在黑暗中找到了那个戒指盒。隔壁传来了陈寰的鼾声，她记得他从不打鼾的。她听老人们说，从小打鼾的便罢，不打鼾的男人一旦打鼾，就是开始老了。

赤脚走在瓷砖上，整个人从底凉到头。鼾声停止了。为了克制脚步声，她的大脚趾不由得弓起来，攀着地面前行。走到他的房门前，她站住了。

"就看一下。"心里的声音这样说。

她缓缓转动把手，挤出一点点缝隙——床头的小夜灯开着，清洁的光映着他的侧脸，形成起伏如山的线条。她很久都没仔细看过他睡觉的样子了，上一次还是她厂里出事故之后，她昏迷住院，他夜里照顾她，白天就伏在她床边睡觉。萧瑟的秋天，她一睁眼就看到他的睡颜。她那时候也很怨他，可劫后余生的第一眼就看到了他，为饶恕提供了非常美妙的借口。

她轻轻关上卧室门，再轻轻关上防盗门，最后轻轻地下了楼去。

她在路边的二十四小时便利店泡了一碗方便面，吃到一半，电话响了，还是陈寰的。她下意识地透过落地窗朝外面灯火阑珊的马路看去，怀疑她方才弄醒了他，他追了出来。她不敢接这个电话，可是铃声让沉寂的便利店回音重重，充斥着一种兵临城下的意味。

"还没睡吗？"她说。

"睡了的。"他声音虚晃晃的，像转动的镜子上一闪而过的太阳光，"只是刚才做了个梦，吓了一身汗就醒了。"

"什么梦？"

"梦到你悄悄地回来拿了趟东西，又悄悄地走了，以为你把我撇下来不管了。"他悻悻地说。她没举电话的那只手抓住了桌子边缘，它一直在抖。"不要胡思乱想了，早点睡吧，明天不是还要上班吗？"陈寰说明天是他最后一天班，离职之后，他就只有等她回来这一件事可做了。周玺芝说："好，好，过两天我就回去。"得到承诺，陈寰宽心地说："好，那晚安。"

他骗了她那么多次，她骗他这一次应该不算过分。虽是船迟又遇打头风，可经历了裴宝玲那么隆重的失信，他也应该对谎言免疫了。说不定他本身就天赋异禀不惧欺骗，才能在这短短的时间内就走出裴宝玲的阴霾来亡羊补牢，重整她这半壁河山。

她在灯下又独坐了一会儿，关了手机，换上新办的电话卡，将老卡丢入泡面汤碗里，起身，走进了无边无际的夜色之中。

第十章 忽如远客

到山上来练瑜伽的女人很多，周玺芝坐观倩影，大致见有这样三类。一类是朱唇翠影，浓妆曲发，周身环绕着法国香水和意大利华裳，艳光四射，走路带风，睥睨众生。婶婶对周玺芝说，这些是妖精，道行有深有浅，功力有高有低，后台有大有小。一类不施脂粉，素面朝天，清瘦颀长，多喜棉麻质地的衣料，对复古和民族风深爱成痴，对玉镯银饰瓷器茶品戏曲书籍花艺都有一套见解。婶婶说这些人都自诩是仙子，早已渡了红尘中的种种劫难飞升世外。

除了妖，除了仙，三界之内只剩下了"人"，婶婶就是人。婶婶说："玺芝啊，那些一眼望过去会被你忽略的，或者，你第一眼一定看不见注意不到的，那就是人。玺芝，你要学着做一个人。"

周玺芝说："不会啊小妈，我就算本来不认识你，在人海里也会看到你，你太美了。"

婶婶往加湿器中滴入少许甘草精油:"是吗?我美吗?那是你没有见过二十岁的我啊。"

水雾弥漫,梵乐渐起,客人们,也就是妖、人、仙们亦陆续到达。虽说都是做瑜伽,但其实是道不同不相为谋的。只是嘴馋的共性使得她们迎面向婶婶的问好都是异口同声的:"道韫,今天的下午茶是什么?"

婶婶的全名叫管道韫。小时候,周玺芝觉得这名字很好笑,为什么一个人的名字里会有"管道"。后来她知道,婶婶行"道"字辈。再后来,她念了些书,才又知道,这小小一个名字里暗含两个历史上的大才女,一个是东晋的诗人谢道韫,另一个是元朝的书法家管道升。

管道韫不是谦虚的人。她说她不会写诗写书法,但会跳舞,也算和两大才女一样,有一技之长。至于感情嘛,和她们也是大差不离。谢道韫嫁给了王羲之子女中少有的蠢材,又守寡至死,晚景凄凉。管道升的男人赵孟𫖯更是三心二意,长存纳妾之心。

管道韫说这大概还是上天在努力维持人间的公允,总不能让你样样都有。有钱就要你短寿,有貌就要你多病,有势就给你设置一道牢狱之灾,有才就要你情路坎坷,久不得爱。

周玺芝和她并排坐在庭院里,清澈的山风和迟迟的光阴在头顶离去,像浣洗的纱滑过水面。周玺芝说:"我不是出身富贵之家,也没有像你这样的才华啊,为什么要为难我呢?"

管道韫玄秘的微笑在暮色中像一帧流离失所的失焦相片:"你既然能和老天周旋到今天,就代表着任何后果都不足以对你造成威胁。你看上去沉迷,其实比谁都清醒。"

清醒——周玺芝想想,用这个好词来形容自己也算不得僭越。就像八月的某一天下午,她独自一个人绕着山路走到了山那一边,那个她曾经和陈寰度假的独栋山房。隔着被茸茸爬山虎攀满的院墙,她听见里面传来男女细碎的交谈和笑语。

一别数年,房客换了几百轮,依然是赏心乐事谁家院。

她恐怕陈寰哪一天路过这里,也会上山来怀念一下,但仅仅是怀念而已。脑海里的演练比实战容易得多,真要重头来过,大家都不见得有这份信心,就像规划未来,人人都有抱负都有宏图,提戡开拓就感觉黑云压城惨雾茫茫。

何况他是陈寰啊,是她非常了解的陈寰。

又过了一周,周玺芝想下山进城买点东西。管道韫说:"你等一等,等周四的那天我陪你一起去。"周四是瑜伽馆闭馆的日子。

周玺芝说不用了,她其实就是想离开她婶婶一会儿。寄居在此的这段时间里,她每天睁开眼看见的都是她,听到的也都是她的声音,除了和她说话就只能搬个凳子坐在院外,看看远方的云霞。"你挺个肚子,我不放心,遇见坏人不得了。"管道韫这么说。

坏人没有遇到,周玺芝倒是在地铁里遇到了故人。刚走进车厢,就有许多热心人站起来要给她让座,她接受了离她最近的一个小姑娘的善意。刚坐定,对面一个本来也要给她让座的男子端详着她严严实实的口罩之外仅剩的一对眼睛,她的目光当即躲闪开去,却听对方喜笑颜开言之凿凿地叫了一声:"玺芝!"好像是夺魁一般在向周围的人群宣告——就是她,我认错了谁也不会认错她。

孕妇忌口,非同小可,老陶很谨慎地点着菜。周玺芝见他已打了许多钩,让少点一些。老陶固执地摇摇头:"难得又看到你。"周玺芝坚持夺过菜单递给侍应生:"先上吧,没有的菜就不要了。"

两个人对坐,没有事做,相顾着,空气又涩了起来。

周玺芝问老陶现在做些什么。老陶说:"嗐,瞎混日子,在城西开了个二手市场。"

周玺芝笑笑："二手市场？是不是搬家的时候，张家收一套沙发，李家收一台冰箱，慢慢攒出个二手市场？"

老陶当时喝着茶，没腾出嘴来说话，就竖起大拇指，夸她聪明。

邻桌吃完走人了。老陶这才问周玺芝为什么结婚不请他。像变天的六月随时落雨，周玺芝收了笑意，久久说："谁说我结婚了？"这么一说，老陶顿时不敢再多言语，只是"哦，哦"地点着头，这副模样周玺芝看了反而更加生气："你哦什么？你问啊，有什么话你就问啊，反正都已经问了，索性再问问清楚。"

老陶当她是说反话，未婚先孕这样的事又容易叫他想到当年对她的伤害，更不作声了。

时隔多年，他的歉意依然在保质期，她心里恨，但也有一种暗暗的得意。

周玺芝问："那你呢，结婚了没有？"

老陶说："没有，谁会愿意嫁给我。"

菜来了。老陶给周玺芝盛汤夹菜斟茶递纸，像天天和女士约会般信手拈来。周玺芝倒有些难过。吃着吃着，周玺芝说："婚礼嘛，怕一辈子都不能请你了，等生了小孩喊你来出份子。"老陶说一定一定。周玺芝又说："以前你请我吃饭我都心疼你的钱，那是一张桌子一把椅子扛来的辛苦钱，现在你是老板了，宰你没话说。"

这话里有不分彼此的意思。老陶吃着羹，听见了，很喜悦地点头。

"或者，叫孩子认你做干爸。"周玺芝没有避开他的眼睛，"只要你不嫌弃。"

"你说真的？"老陶搁下餐具，拿湿巾擦擦手，仿佛就要参加什么神圣的仪式。周玺芝的莞尔中仍然有不动声色的忧愁，但好歹是笑着的，让他有了久违的心旷神怡。

吃完了饭,老陶要开车送她去郊外。周玺芝说不急着回,她婶婶那里说好听了就像幻境,与世无争,超然云外,但是待久了就很寂寥,像坐牢一样。这也怪不得神话故事里,山上的妖精、天上的仙子都喜欢下凡。说到底,红尘再乱,也比孤孤单单一个人好玩。

老陶说:"那去我家喝杯茶?就在后面,澜光公寓。"

原先那些裂缝脱皮的实木地板都撬了,铺上了时兴的布纹强化地板。屋子四周吊了顶,中央空调的出风口正对着茶几,使得铁线蕨的叶子在冷气中微微摇曳着。窗帘选了和沙发一个系列的蜜蜡色,夏天看起来不怎么清爽,也许冬天在小射灯下会很温暖怡人。美中不足的是背景墙,辉煌浮华的金色软包太过宾馆气,显见得家里缺一个柔曼的女主人来打压一下先生豪放的品位。

周玺芝四下查看,不敢承认,就这么巧,这就是她曾经和大学里的姐妹们一起租住过的那套房子。

老陶并不知情,在厨房给她洗杯子倒白开水。"旧得不成样子的老房子,连物业都没有,就因为在缕闹路小学的施教区,比江东那片新开盘的小高层贵了三四倍,弄成这样,装修也花了快三十万。"周玺芝不傻,听得出来,虽是诉苦,也捎带着笨拙的炫耀。

周玺芝笑他婚还没结,孩子还没影,就考虑施教区了,也太操之过急。

老陶说:"一次性弄得好好的多好,省得以后再翻尸倒骨地换房子。"又说缕闹路小学是全市最好的小学之一,他可以吃得差穿得差,不想以后孩子上的学比别人差。

周玺芝很流畅地想到,学校教孔孟之道,照样有你这样的人行狼兽之举,学校念出来一批一批的中文学士,照样有你这样的人卖苦力起家。她起身,低头,发现看不到自己的脚,很快掐死了刚才的念头。她还能瞧不起谁,别人不瞧不起她已经很仁慈了。

大概一开始看上的人，一点一点到看不上，是有的，好比陈寰。一开始就看不上的，想能慢慢看上，就是很难的了。

又坐了坐，周玺芝说要走了。老陶还是说要送，周玺芝也没有拒绝。开到山上，周玺芝下了车。老陶问能不能留个电话，周玺芝报给了他。老陶很高兴，道了别掉了个车头，周玺芝又走过来叮嘱："苏城就这么大，低头不见抬头见，万一你碰到陈寰，不要说见过我，更不要把我电话给他，不然，我们也就是这最后一面了。"

老陶说这是不用说的，这点觉悟他是有的。他还是很高兴，她虽是一种威胁的腔调，但他很愿意被她威胁，这威胁更让他知道，只要他遵守承诺，他们就还能再见面。

这之后，他和周玺芝的联络不免多了起来。周玺芝除了和殷璎聊天，也没有什么能说得上话的朋友，有个老陶隔三差五说几句，也总好像有个人捧着。老陶的心思她是明白的，她接不接受是一回事，需不需要又是另一回事。

有一次，老陶来接她下山散心，周玺芝说："走，带你去一家店，尝尝淮扬菜。"

当他们并肩出现在殷璎的视野里，老陶和殷璎都惊讶极了。老陶说："原来是你开的店。"殷璎说："你们怎么一起来了？"大家一起吃了顿饭，说了许多的话。

结账的时候，两个人又差点说恼了。

殷璎说："你们赶紧走，我这还忙着呢，楼上包厢马上要来第三拨人了。"

老陶说："那好，就当你请客，你把这钱拿着，算是我给孩子的。"

殷璎推着将他撵到了门外："下回我真要把他抱到店里来了你再给。走吧走吧，常来坐。"

老陶要载周玺芝一道走,周玺芝说再玩会儿。老陶就拜托殷璎:"那我就把她交给你了哦。"

"肉不肉麻,说得好像他是你什么人似的。"老陶走后,殷璎倒又不忙了,前前后后问了一遍,才了解了周玺芝和他重逢的始末。
"所以你现在是什么意思?打算跟他处?"
周玺芝在灯下捏着勿忘我的花瓣,干燥碎裂的细声像远方的人踏着落叶在深秋凯旋。
"我就是来问问你的意思。"
殷璎久久没有说话,看不出是考虑,还是没有答案。"也真是惹人感慨,最后给你兜底的人竟然是陶明辉。你说造化弄人当然说得通,你要说天无绝人之路其实也行。"殷璎压低了声音,"你想啊,你当年要是去法院告他,他不得判个十年八年?怎么能在这会儿出现。"
周玺芝说:"是吗?所以现在天道轮回,他接手我这个烂摊子,来赎罪来了?"
殷璎说:"不。要说喜欢,他和陈寰都喜欢你,但他更心疼你,眼神就能看出来,和陈寰看你不一样。"
自己说或是自己回忆这个名字,和听别人说,后果完全不同。周玺芝的心像被吊车臂快速地拎举到了高空,又因为没有抓牢,而猛烈地向大地坠落。殷璎也意识到了自己的失言,但她没有道歉,反而趁热打铁:"不管怎样,我宁可你跟陶明辉在一起,也不想看到有一天陈寰又跑过来巧言令色勾搭你回去炒冷饭。真的,玺芝,你千万不要再期待着重修旧好,这是不可能的事了。你把最好的年纪都用来喜欢别人,现在也应该让人来喜欢喜欢你了。"

预产期在十一月。十月底,周玺芝又进城一趟,在殷璎的陪护下去买了两床好一点的婴儿羽绒被。买完了,二人刚回到餐馆吃了点东西,老陶就来了。殷璎以为他们约好了的,谁知老陶只是顺路过来坐坐,看到周玺芝在这里,小心问道:"你怎么进城的?怎么不告诉我,我去接你。"

周玺芝不言。殷璎道:"嗐,我接,你送,不是很好嘛。现在吃也吃好了,你送她回吧。"

既不是周末节假,又不是早晚高峰,回去的路上竟然堵了车。两个人不怎么说话,心情也很煎熬。老陶究竟没有按捺住,问说:"我是不是哪里做得不对?"

周玺芝说:"没有啊,怎么这么说?"

"以为有什么地方出了纰漏,让你生气了,也不叫我去接你。"老陶的拇指在方向盘上不安地摩擦着。周玺芝想了想,说:"有什么话,你其实可以直说,不用这样费劲地试探我。我们也算认识很多年了,大家也都是成年人,有什么就说吧。"

老陶点点头,似是斟酌了一番,终于说:"你叫我做孩子干爸,还说让我不要嫌弃。其实,要让我做他爸爸就好了,只要你不嫌弃我。"

午后,日光经林立高楼的玻璃幕墙反射,四处穿梭,十分灼眼,周玺芝眯着眼望着窗外,睫毛虚笼笼的。"如果你考虑好了,知道这个担子有多重,也愿意扛,那我答应你,也谢谢你。"她应允得易若吹尘,老陶不敢相信她这么轻松就给了准话,就又追根究底地问了个清楚:"那你是真的愿意嫁给我?"

他的样子看起来有些愚,周玺芝又气又好笑:"我骗你干什么?好吧,你要不信,你先带我回去拿身份证,回来我们还走这一条路,我记得下一个红绿灯右拐就是登记处。"

老陶欢喜却依然忐忑地照着她的指令行事。那一天下午他们没有任何征兆地办完了手续,办得也很顺利,就是之前排了半小时的队让他心急如焚。后来周玺芝一查才发现,这一天是上好的吉日,看来古人言之有理——择日不如撞日。

到了元旦,婚礼就连带着女儿的满月一起举行了。老陶原是想大操大办的,周玺芝却要求低调,就选了个小酒店,请了二十桌近亲挚友。因着酒店布置得当,菜色也很丰盛,请来的司仪团队又很有水准,看起来也有几分排场。

周玺芝不知道老陶是怎么把家人搪塞过去的,总之大家都心领神会地认可了现状。老人们似乎有了孙辈也不想过问太多细节。老陶母亲抱着孩子四处收红包,满脸堆笑。亲友们赞不绝口:"呀呀呀,你看嘛,这就是典型的陶家耳朵,以后不知道多有福气呢。"

周玺芝直到这天晚上才和老陶同房。之前身体不允许是一方面,即使允许,她大概也会多拖一天是一天。房间里空调开得太高,热得人浑身是汗。老陶很不娴熟,怕手肘压到周玺芝,又越怕越会压到。由于那次荒唐的罪行,这副身体在记忆中是很清晰的,而时间毕竟过去很久了,清晰也是一种软化了的清晰。他握紧她的手,吻着她的唇,这清晰才又硬了起来,立体了起来,完整了起来,不再是一个个局部和平面。

对他是从"无"到"有"。对周玺芝,却正是相反。她一上来,感受到了一个男人,这是实际的,无可厚非的。但很快,接下来的每一个环节,像是肌肤与肌肤的交流,甚至毛发与毛发的交流都让她有如身在异国他乡。这和印象中她习惯了的那个身体实在不是一回事,甚至不是一个门类。她努力地,像一个笨学生用心做一份并不擅长的功课那样配合着他。她知道,自己永远要留级,永远毕不了业了,这日子将永无尽头。可是,她没有哀叹的资格。这不是当年那个惶乱的夜晚啊,没有人逼迫她什么——其实,走到现在,谁都没有逼迫过自己啊,就是陈寰也没有。她想。

一切都像小妈说的那样:"本来一帆风顺的好日子里,就会有这样一个其实一点都不值得的人,让你鬼使神差地走错了所有的路,这是劫数。我们来这个世界,是应劫来的。"

这是管道韫在周玺芝下山出嫁的前一夜说的话。她拿了一个雕花的盒子过来,一打开是一套金首饰。管道韫说:"你不要推辞,这是你母亲托我保管的,让我在你结婚嫁人的时候拿出来。她跟我说,你们娘儿俩交流少,是她觉得自己亏欠你,她不好意思。"

周玺芝想到母亲早已不在了,不能送自己出嫁,禁不住放声哭了起来。管道韫搂着她,又拉过她一只手,为她试一只刻凤的金镯子:"不哭了。小妈我小气,没什么可送你的,就送你一个故事吧。"

她说,很早以前,有一个风度翩翩的男人娶了一个窈窕美丽的女人,人人称羡,都说是天造地设,那女人一度也这么以为。可是谁想到,结婚的第三天晚上,这个男人就没有回家,夜宿在了别处,女人立刻要求离婚。但她其实并不是想真的离婚,是借离婚来吓唬吓唬他,让他不要这么放肆。毕竟是新婚燕尔啊,他就能做出这样的事,以后岂不是要天下大乱。

男人起初还在编着各种各样的借口试图蒙混过关,还一味地保证此后绝不再犯。女人是吃软不吃硬,很好欺哄的,也就没有再纠缠不休。但她很快发现,他天生的风流秉性让口头的誓约都成了泡影,他暗地里还是屡教不改地问柳寻花。他也不再有耐心继续圆谎,继续哄骗她了。对于她离婚的要求,他直接说不行,理由是,我花了那么多钱娶你,你得给我生个一儿半女再走。这女人能生吗?她已经不幸了,还要再带给另一个小生命不幸?她不能生,坚决不能生。夫妻的矛盾就此不断升级,可是亲戚朋友们却一无所知,因为这个男人特别善于表演。在外人面前,他是一个天下难找的模范丈夫。他装得非常逼真,连大庭广众之下蹲下身给妻子系鞋带这种事都不惜为之。曾几何时,女人都怀疑,自己是不是错怪他了，可惜不是。而且生育这件事让他们的关系持续恶化，他越要求，她就越反抗。直到有一天，他发现这个妻子开始老去了。他想，这样一个皮肤已经失去光泽的女人应该也生不出什么漂亮的宝宝了。他这才同意离婚。

管道韫把周玺芝的手腕捉到灯下，迎着光细细欣赏镯子上的雕刻："是，这个男人就是你小爷，这个女人就是我。"她说他的龌龊也好，他的薄情也好，她全都知道，但她还是爱他，从来没有想过在人前拆穿他，置他于不复之地。"我住在山上这么多年还没有忘掉他，这没关系，毕竟我始终一人。但你就不同了，你选了个新人来和你同行，就要放弃旧的车辙另辟蹊径。你给了别人生命，就要学着做一个地道的母亲。"

次日，管道韫以嫁女的规格，一早就起来设茶席接待男宾，亲送周玺芝下山。临别前又悄悄与她说："你在我这儿待了这么长时间，也知道，上山来练瑜伽的，都是情场失意的人，是来我这避难的。你现在脱离苦海，跳进爱河，我也算完成亡人遗愿，功德圆满。婚后你要想回门省亲小住，我自然大门敞开，只是不想看到有朝一日你又前功尽弃要搬回来久居。所以千万珍惜，千万保重。"说完这些，管道韫学乡下妇人在大喜时日说了不吉之言后的做派，朝地上狠狠地啐了几口，就向她挥别，又往山道上去了。

年初二，周玺芝和老陶回了山里一趟，带了红酒干果和护肤品给管道韫。有新来的客人不认识周玺芝，问这是什么人。管道韫说："姑娘女婿。"

过后，大概每个月周玺芝都要到山里看看，有时带着孩子，有时和老陶一起。中秋前一天，周玺芝怕她婶婶心焦，住了一晚，到第二天吃了饭才走。正要告辞，来了个年轻女孩子。周玺芝以为是练瑜伽的客人，管道韫却说这是她侄女，大哥家的孩子，叫管爱祺。

管爱祺是来给她姑姑送喜帖的。

"是你前一阵子说的那个男孩子吗?"管道韫问。

"是啊。"管爱祺说。

"这么快?"

"早晚的事,早结早超生。"

"又瞎说。你爸呢?"

"他这两天肩周炎犯了,躺在床上不能动,不然也轮不到我来送啊。"

"哟,怎么这么严重。你来,这有一管泰国带回来的膏子,你带给他擦,要擦到发热才行。"管道韫进去拿药膏去了。周玺芝和管爱祺在堂前坐着,互相点点头,笑笑。周玺芝拿起请柬看看,夸做得精致。管爱祺说:"这都是我男朋友管的,我不管这些。"

周玺芝一打开,见绯红条纹衬纸上用烫银的工艺烙着一对鸳鸯。一只戏水,一只啄羽。画畔,有一行瘦金体小字——得成比目,愿作鸳鸯。再翻开衬纸,见上面写着"送呈管道韫女士台启"及"谨定""恭请"的细文。而落款则明明白白印着——新娘管爱祺、新郎陈寰敬邀。周玺芝不声不响地合上请柬放回桌子上,还是笑笑,说:"男朋友就是本地人吗?"

"不。邱城的,不远就是了。"

周玺芝很夸张地仔细看了一眼手表,说要回去了,朝里喊了一声"小妈,我走了",不等管道韫出来就匆匆离开。这之后,她往山上去得少了,要去也会提前给管道韫打电话,问忙不忙,有没有外人在,探清了虚实才去略坐一坐。

她还是很难过的,说不难过是不可能的。不知道他有没有听说她嫁人的消息。听说了,肯定是不必再等的。没听说的话,她对他而言,是消失在了茫茫的人海里,也是不必再等的。总之不管怎么说,他结婚,也是顺理成章的事了。她又很懊恨，觉得自己沉不住气，应该不要那么着急走，再和管爱祺聊几句，问问他如今在哪里，做些什么。即使答案完全是无用的，但问了终究是好的。

晚上，她想找前一阵子别人送的一个补品礼盒，取一点人参出来煨鸡汤，问老陶放去了哪里。老陶在客厅看股市，心不在焉地应着，说好像在小卧室的地柜里。周玺芝去找了一圈，并没有，说："不知道就别瞎说。"最后是在书橱下面找到的，紧挨着的还有她自己以前常用的一个包。里面有一个钥匙环，上面扣着一个小巧的透明大头贴框子，里面是她和陈寰的合影。还有一个戒指盒，盛放着他曾经送给他的银戒。戒指看起来很灰，半身潜在黑色的丝绒布里，像一个入殓的美人。周玺芝把它取出来，到卫生间用牙膏刷洗，刷着刷着眼泪就掉了下来，脚一勾带上了门。外面，老陶问她找到了没有。她缓了一下，对着镜子，像朗诵一样，说："找到了，我洗个手，一会儿来切。"

再翻出这枚戒指是这一年六月末，她到幼儿园去参加女儿的毕业晚会，看到邻座的一个家长手指纤细，佩戴着一枚小小细细的银戒，颇具美感。回家后周玺芝就把它寻了出来，也不避讳老陶，直接就戴在手上，还是无名指。老陶过了两三个礼拜才发现她手上多了枚戒指，问是哪里来的，周玺芝说是以前上高中的时候和要好的女同学一起买的。她给孩子夹毛豆吃，说："现在戴着倒是挺合适的，以前上学的时候手太肉了，拔都拔不下来。"

她悄悄把这事说给殷璎听。殷璎说："变得这么老奸巨猾！也不是谁都能变的，还是你有这个潜质，那也就难怪陈寰会嗅到你的气味和你在一起，你们根本就是蛇鼠一窝。"

正说着，佟先生来了，跟周玺芝点个头就算打了招呼，便上了楼去。

周玺芝问怎么了，殷璎说这两天吵架，闹离婚，说佟先生动辄就说要回台湾养老去。"吓唬谁，他要回他回好了。我有儿子，有店，手里有一点钱，我怕什么？这个岁数的人，我还怕离了男人活不成？"

周玺芝说："你有的可不止这些，你还有我呢，你还徐娘半老犹有风韵呢。"

殷璎对着她的肩膀就是重重一掌："你这种人最没意思。有事了都找我出主意，我有事了，你全是取笑。"

周玺芝说哪里敢，又说有天有地也不等于有男人，叫她想想当年佟先生是怎么为她放弃身家留在大陆的。殷璎怔忡起来，说我们都开始"想当年"了，看来是真的老了。

周玺芝说："可不是嘛，等过了三十五岁，日子更快呢，很容易就奔四了啊。"

两人对坐着剥虾子吃，聊起以前宿舍里的旧事，都有前尘如梦之感。

"蔚希那时候不是总说，不可能去宁伟老家，还不是去了？又雄心壮志的样子，说女人一定要有自己的事业，现在不是抱着两个奶娃鞍前马后为他做全职太太。"

"生了两个？你是听谁说的？"

"隔壁宿舍王栩华啊，她们一向很好的。那天在贵德买衣服碰见了，聊了几句。问我现在做什么，我哪敢告诉她我开店哪，那个话篓子，要是有事没事就朝我这一坐聊上半天，我不如关门大吉。"

"是给体育部打篮球的那个送了一年饭的那个？"

"就是她。人家眼里只有涂悦，不领她情，叫她不要送不要送，她非要送，那送好了，人家就留着喂篮球场的那几只流浪猫咯。"

"想想涂悦都走了六年了，太快了。"

"我就到今天，每次走到寰圣国际我还腿软，你呢？"

"这倒没有。"

"也是，我是亲眼看见的嘛，又是生完小箬第二天，月子都没有坐安稳。"

"就是现在想起来，还是觉得对不住她。最后见她的那一次，我只是为了劝她打退堂鼓，没有和她交心。一想到我和她头靠头睡了四年，毕业了又一起住了那么长时间，我就觉得自己真是太不负责了。"

"毕竟那一头是陈寰的姐姐。你还是有私心，心里向着陈寰。"

吃完了，周玺芝说之前下了雨，空气好，就没打的也没坐地铁，沿着福荫西路往家走。走到了昭阳路附近，看到一个发髻潦草的女人拎着几袋垃圾出来扔。路灯很昏暗，周玺芝没有注意，那人却定下了，站在垃圾筒旁边望着她。周玺芝慢慢地向前走几步，靠近了一些，又结合周围的建筑回忆了一下，大致想到了那黑洞洞的地方站着的可能是什么人，于是转过身往回走。"玺芝，玺芝。"陈缘的声音并不嘹亮，像是当面和人交谈，但周玺芝听见了，她停下来了。

陈缘走过来，说："真是你啊。"

周玺芝分明是因她这几年见老，变样得厉害而没有一眼认出，这时只说："你好。难怪看着不像，记得你以前一直是留短发的。"

二人站在路边聊了好一会儿，陈缘才想起来邀请周玺芝到家里坐坐。周玺芝说："不了，你还住在这里？"陈缘笑了笑，看得出周玺芝是惊讶——出了那样的事，她还和古明德像什么都没发生一样地过在一起。

那边的电动车库门抬起来了，很快车子开到了她们跟前。驾驶座上的人按下车窗，满目惊喜："这不是……"

陈缘说："是啊，蔚希的同学小周啊，到家里来过的。"

周玺芝点点头，连"你好"都不想说。她想，除非陈缘没有告诉他，她曾经为了他们的那些破事从中斡旋，否则这个男人还好意思停车寒暄就绝对是厚颜无耻了。

古明德也像他妻子一样说了"去家里坐坐"之类的客气话，说完就逍遥地长驱而去，赶赴他其乐无穷的夜生活去了。

一个女人为他而死。周玺芝和殷璎提起来，尚且悲悔，他却像局外之人一样若无其事。周玺芝几乎可以断定陈缘是没有什么好下场的。

周玺芝忍着恶心又与陈缘聊了几句，连陈寰的近况都疲于打听，就接连说了几次"行啊，那你忙吧"，好终止这令人不快的谈话。

分别时，周玺芝还没给出什么叮咛，陈缘倒抢在前面表了忠心："放心放心，我是不会在陈寰面前多嘴的，他现在也是做父亲的人了，大家各自有家庭，提以前的事又有什么意思。"

本来她觉得跟不跟陈寰说是无所谓的事，陈缘既这么说了，她就姑且信了，谁知陈缘却是此地无银。这天公司财务系统升级，换了另一家银行发工资。周玺芝找了个附近的网点办卡，柜台说她之前有过一张本行的卡，新规出台后，一个人只能持有一张借记卡。周玺芝说："我从来没办过你们银行的卡啊，借记卡信用卡都没有办过。"柜台查了一下，说是十五年前的卡，在钟楼支行开的户。

周玺芝这才想起来，是有过一张卡。当年上大学前，学校统一办理，跟着录取通知书寄到家里去，给他们打学费用的。周玺芝说这卡还不一定能找得到，问能不能凭身份证销户再重新办一张。柜员说："不行，就是现在卡在你身上，在我这也办不了。这卡很久没有收支记录了，里面最后的十几块钱早年被当成年费扣掉了，现在是半冻结的睡眠卡，销户要去开户行。"

钟楼支行就在学校边上。她打车到那已经快五点钟，还有半小时就要停止服务。柜员问是销户办新卡还是补卡接着用老卡。周玺芝的五根手指像马蹄似的在台板上踢踏着，想想说还是办一张新的吧。

银行门口的台阶又宽层数又多，从上往下看，简直要以为自己是一个刚刚登基的皇帝。她办完业务下到半中腰,忽听身后有人叫她,就转身仰望。那上面本来岿然立着的人一见凭背影猜测的结果是正确的,就快快地三两步下了台阶走到她身前。

"我姐说前几天看到你了,我还不信。"

陈寰没怎么变样,只是脸上多了一架泛着浅浅茶色的眼镜。他的解释是,两年前开车到乡下去看望一个重病的亲戚,黑漆漆的路上,来车突然打了远光灯,这一刺,之后见到强光眼睛就会犯酸掉眼泪。

他穿了一件青色牛津纺衬衫,袖口松松挽着,手表的表盘和表带都很简单。下面黑色的长裤微微修身,从臂膀和腿部的线条能看出来,他比当初健硕了一些,也许常去健身房锻炼。

银行紧挨着学校外语院。黑铁的栅栏上,白的粉的玫红的蔷薇已开到盛极,微呈颓势。周玺芝问:"这是要往哪里走?"陈寰这才想起,要请她在学校后面的青桥饭店吃晚饭的计划还没有征求她的同意。这已不是他去哪儿她就跟他去哪儿的时光。

周玺芝把包换到另一只手里拎,发现包带被勒得滚烫:"要不算了吧,晚上我还打算带孩子去看电影。"

他怔了怔:"少吃一点,坐一坐,不会耽误你太长时间的。"

观光电梯直达青桥十七楼的过程中,他们发现山外的斜阳已经失去了最后一层金色,成为水红的一颗。这个高度足够让他们俯瞰到学校那几十幢宿舍楼的前广场。几辆物流车正停在那里,迎接着毕业生大大小小的包裹来搭他们这一趟末班车。

场景这样直观,他们都觉得对方一定会和自己一样不约而同地想到初见时的场景。如果她的包裹没有开裂,互相也就不会搭讪。或者,如果她寄了包裹后真的回了老家,也就不可能有后面的那些事了。小半生的错误就从一个包裹开始。

硬要在今昔之间找出不同，大概就只是时间段的差异了。他们的初见正逢近午时分，骄阳似火，遍炙大地。而这一刻，黄昏已至，天色向晚——柔暗的光线，空气中的味道，听不太清楚的种种声音，甚至河畔植株们和地面上的人群所共有的倦怠姿态都带着一种强烈收梢的意味，齐心协力地要为这场白昼画上圆满的句号。

"你来这边银行办业务，是住在这附近？"找到一个僻静的卡座，陈寰拆开湿巾擦了擦手。他的手还是和过去一样洁白修长，青脉蜿蜒。他的目光正如联袂渐起的晚风向她投送过来。要是不认识他，她恐怕还是会为这样英俊斯文的先生付出好感。

周玺芝讲了办卡的始末，陈寰说原来是这样。他自己是过来办理外汇的："大概就下半年吧，我们全家就去加拿大了。"桌面下，周玺芝交叠的双手不由一握，问道："移民？"

陈寰点点头。周玺芝问是哪个城市，多伦多还是温哥华。陈寰说是温尼伯，有熟悉的朋友在那里。周玺芝说真好，以后就是加籍华人了。陈寰说："什么了不得的，要不是我太太被她同学怂恿，我们估计也不会有这个想法。不过去了也好，我实在是不怎么喜欢她家的那些人，去了也能躲掉不少麻烦。"

他称妻子为"太太"，娇宠漫溢的声口强行激出了她的不悦："得了便宜还卖乖。"

陈寰说："我姐说你在经纪公司上班？你跨度越来越大了，从来就不会认着一个工种做。"

"混口饭吃。"周玺芝说，"昨天我们一个演员跟公司抱怨，说公司对她定位不明确，接的戏太杂太多样。其实演戏已经容易得多了，做人才难，什么角色你都要胜任，什么戏份你都要扛。老话说，人生如戏，其实一点都不错。"

陈寰听出了某种影射,笑笑,不言。周玺芝觉得自嗟也确实没意思,就笑道:"你姐姐就最会演戏了,才跟我说不会告诉你,转头就告诉你了。"

陈寰说:"也是一起吃饭偶然聊到的,你别怪她,她没有恶意。"

"我也就这么一说。她没有恶意,但她丈夫实在不是什么善类,你还是叫她留点心。"周玺芝又问,"青蓝爸爸呢,现在做些什么?还来看孩子吗?"

陈寰摇摇头,说不知道他在哪里。

他和陈缘最后一次见到黄骥文是在三年前。当时他们刚刚在饭店给青蓝过完生日,古明德载着一家老小先走了。他们姐弟俩往家散步,顺带消食。走到老图书馆附近,陈缘看到一个蓬头垢面的乞丐在垃圾箱里翻东西吃。当时她手上拎着一袋肉沫拌饭,是从饭店打包准备带回去喂狗的。她想想,走过去给了乞丐。乞丐"谢"字还没说完,看了陈缘一眼,转过头飞奔而去。

陈寰说:"怎么好像是姐夫?"

陈缘本来就看他面熟,这时也回过神来,拔腿就追。一直找到芙蓉里的一条死弄堂中,陈缘看到那褴褛腌臜之人正瑟缩在墙角里用手抓刚才的"狗粮"吃。他满面风尘,眼睛却很清亮。陈缘一下子扑上去,跪在他身前摸着他的脸:"黄骥文,黄骥文,你怎么弄成了这样啊!"乞丐恍若未闻,低下头自顾自抓食吃。陈缘一时泣不成声,捏着他的手臂求救似的摇动着:"黄骥文,你说句话啊,我是陈缘啊,你看看我。这些年你都上哪里去了,青蓝很想你啊你知道吗?"

听到"青蓝"两个字,乞丐抓饭的手停住了。

陈缘一把扯过那包剩饭,抱住乞丐:"离婚的时候你跟我说,无论未来的生活怎么样,自己要照顾好自己,这个道理是你教我的啊,你记得吗?那你为什么会把自己弄成这样啊?"

明明是骇人听闻的事件，陈寰却讲得很平静："后来，我们把他搀起来，想带他洗个澡，换一身衣服。他也听我们的，跟我们走了。谁知走到半路上，他忽然又挣脱开，绕着小路狂奔，很快就看不见了。那一带我们不熟，我和我姐找了一个晚上，没有找到他。"

此后他们又连着找了一个星期，还是不见黄骥文的踪迹。陈缘让陈寰带她去公安局报案，想报失踪。警察问失踪的人家住何处，什么职业，跟她什么关系。她答不上来，在大厅默默坐了一会儿，就回家了。她知道，她这辈子都难再看到黄骥文——这个十几年前她不惜和家庭决裂也要随之私奔的男人。

月亮在别人的故事里升起来了。低下头，他们发现照见的仍是自己的影。吃完饭，一前一后走在梧桐树下，两人久久无话。

路边停着一辆卖台芒的小卡车，周玺芝看卖相好又便宜，就称了一些，陈寰抢着付了钱。小贩看了看他们，猜不透什么关系，只草草找了钱，说一声"慢走"。

走到了朱雀湖后门附近，人渐渐多了起来。陈寰有意识地带着她拐进了一条安静的小路。明晃晃的月光把道路割成一黑一白清楚分明的两半，墙脚背阴处的野草闲花都够着头沐浴宜人的夜色，草尖一点亮像是栖息着萤火。而道路尽头是黑的，仿佛永远走不完。

无边的寂静中，衣料的摩擦声清晰极了。陈寰忽道："玺芝，你能猜得到吧，其实你走的那一天晚上，我是知道你走的。你回家来拿东西，你开我房门，我都知道。"

周玺芝驻足而立，说："你醒着？"

陈寰说："是啊。好像就觉得你那一晚要回来似的，就是睡不着。我后来打电话给你，说做梦梦到你回来又走了，是想看看，这话能不能留得住你，你是不是真的要走。"

"你既然醒着,为什么没有起来跟我说话。"

"当面就有用吗?你要想走,我再怎么留你都会走,就像我姐姐留我姐夫那样,他是不想看到我姐姐了,你也是不想再看到我了。"

他忽然开始忏悔,说做了很多对不起她的事。周玺芝打住了,说年轻的时候,大家都一样,她也有对他不仁的地方。时间过去这么久,已经记不得谁起的头,分不清谁先谁后。

走到一株高大的香樟树下,陈寰不声不响地侧过身来抱她。周玺芝左手拎着包,右手拎着水果袋,双臂只悬在那里,也算有了不回应的理由。他的鼻息在耳畔潮涌,是数年前共枕时再谙熟不过的气流。当然,他怀抱的造型,他的温度与味道,他的下颌骨抵在她身体上的触感,概莫能外。而区别也是显著的。从前,这样的他是他们的一部分,他们互为彼此的主人,但这时的他只是他,是仆仆风尘远道而来的客人。

她对他只怀着无穷的感伤,再不存有一丁点的恋慕。这让她意外,也让她对自己充满了欣慰。

电话响了。她接起来说:"乖,妈妈马上就回来了,你要是听话,那我就带樱桃慕斯给你吃好不好。"挂断时,他看到她的屏保在暗中荧荧亮着,是她女儿的照片。他说:"很像你,很可爱。"

她想,这就是"只缘身在此山中"吧。"其实更像她爸爸。"她的心像那濒死的人得到了故人的探望,挣扎着起来看了一眼,虽有千言万语,却只剩下这寥寥一句。

走到了一个新的红绿灯口,正巧有空出租驶了过来。他们道别,他送她上了车。

坐在副驾驶上,她看着后视镜中目送她的人越来越小,也感到夜间的风在汩汩呼啸,就像这过去十多年里芸芸的人和历历的事,就像这车窗外永不熄灭的灯火和从未改变的城池。